T0001731

La espía

Danielle Steel es, sin duda, una de las novelistas más populares de todo el mundo. Sus libros se han publicado en sesenta y nueve países, con ventas que superan los ochocientos millones de ejemplares. Cada uno de sus lanzamientos ha encabezado las listas de best sellers de *The New York Times*, y muchos de ellos se han mantenido en esta posición durante meses.

www.daniellesteel.com
www.daniellesteel.net
f DanielleSteelSpanish

Biblioteca

DANIELLE STEEL

La espía

Traducción de

José Serra Marín

DEBOLS!LLO

Papel certificado por el Forest Stewardship Council®

Título original: *Spy*

Primera edición en Debolsillo: julio de 2022

© 2019, Danielle Steel
© 2021, 2022, Penguin Random House Grupo Editorial, S. A. U.
Travessera de Gràcia, 47-49. 08021 Barcelona
© 2021, José Serra Marín, por la traducción
Diseño de la cubierta: adaptación de la cubierta: Penguin Random House Grupo Editorial / Begoña Berruezo
Imagen de la cubierta: Mujer © Richard Jenkins / Hombre © Shutterstock

Penguin Random House Grupo Editorial apoya la protección del *copyright*.
El *copyright* estimula la creatividad, defiende la diversidad en el ámbito de las ideas y el conocimiento, promueve la libre expresión y favorece una cultura viva.
Gracias por comprar una edición autorizada de este libro y por respetar las leyes del *copyright* al no reproducir, escanear ni distribuir ninguna parte de esta obra por ningún medio sin permiso.
Al hacerlo está respaldando a los autores y permitiendo que PRHGE continúe publicando libros para todos los lectores. Diríjase a CEDRO (Centro Español de Derechos Reprográficos, http://www.cedro.org) si necesita fotocopiar o escanear algún fragmento de esta obra.

Printed in Spain – Impreso en España

ISBN: 978-84-663-5871-2
Depósito legal: B-9.634-2022

Compuesto en Comptex & Ass., S. L.

Impreso en Black Print CPI Ibérica
Sant Andreu de la Barca (Barcelona)

P 3 5 8 7 1 2

Para mis queridos hijos,
Beatie, Trevor, Todd, Nick,
Samantha, Victoria, Vanessa,
Maxx y Zara,
que seáis siempre felices
y, sobre todo, estéis siempre a salvo;
que vuestras aventuras sean gratificantes
y vuestras parejas os colmen de amor,
obrad con sabiduría, sed dichosos y afortunados
y disfrutad de una vida larga y feliz.
Con todo mi amor,

MAMÁ/D. S.

Todo gran sueño comienza con un soñador. Recuerda siempre: tienes en tu interior la fuerza, la paciencia y la pasión para alcanzar las estrellas y cambiar el mundo.

Fuente desconocida

1

Al echar la vista atrás, el de 1939 era el último verano «normal» que Alexandra Wickham recordaba. Habían pasado ya cinco años desde que, tras cumplir los dieciocho, celebrara su puesta de largo en Londres, un evento que sus padres habían esperado emocionados y expectantes desde que no era más que una niña. Ella también había anhelado que llegara esa experiencia que marcaría su vida, el momento en que sería presentada ante la corte junto con el resto de las hijas de familias aristocráticas. Aquella había sido su presentación oficial en sociedad.

Desde 1780, fecha en que el rey Jorge III celebró el primer Baile de la reina Carlota en honor a su esposa, el propósito de «debutar» en sociedad era que las damiselas aristocráticas atrajeran la atención de posibles pretendientes y futuros maridos. La finalidad de aquellos bailes de debutantes era conseguir que las jóvenes contrajeran matrimonio en un plazo relativamente corto de tiempo. Y aunque en la década de 1930 los padres ya no eran tan estrictos al respecto, el objetivo de casar bien a sus hijas apenas había cambiado con el tiempo.

Alex había sido presentada ante la corte del rey Jorge V y la reina María. El Baile de la reina Carlota inauguraba la temporada social en Londres, y la joven había lucido un vestido blanco de satén y encaje que su madre había encargado en París al diseñador de alta costura Jean Patou. Alex estaba deslumbrante y, gracias a su esbelta figura y a su delicada belleza rubia, no le habían faltado pretendientes.

Sus hermanos mayores, William y Geoffrey, se burlaban sin piedad de ella, y no solo por ver a su hermanita en su papel de debutante, sino también por su fracaso al no lograr encontrar marido en sus primeros meses alternando socialmente en Londres.

Desde su más tierna infancia, Alex había sido, como el resto de su familia, una fanática de la equitación. Además, en muchas ocasiones se había visto obligada a comportarse casi como un chico para poder sobrevivir a las cariñosas bromas y provocaciones de sus hermanos. Asistir a fiestas, bailes y eventos sociales había supuesto un enorme cambio para ella. Por eso, lucir elegantes vestidos cada noche y ataviarse apropiadamente para los almuerzos casi diarios en Londres había resultado tedioso y en ocasiones agotador.

Había hecho muchas amigas entre las otras debutantes, la mayoría de las cuales ya se habían comprometido al finalizar la temporada social londinense y habían contraído matrimonio poco después. Pero Alex no podía imaginarse a sí misma casada con solo dieciocho años. Ella quería ir a la universidad, algo que su padre consideraba innecesario y su madre, inapropiado. Era una ávida lectora y le gustaba mucho la historia. Las diligentes institutrices que la habían educado habían despertado en ella una gran sed de conocimientos y la pasión por la literatura, y habían perfeccionado sus aptitudes en la pintura con acuarelas y en la elaboración de intrincados bordados y tapices.

Su don innato para los idiomas le había servido para aprender francés, alemán e italiano casi a la perfección, un hecho que, sin embargo, nadie consideraba destacable. Hablaba los dos primeros con la misma fluidez que el inglés, y el italiano casi igual de bien. Además, le encantaba leer en francés y alemán. Aparte de eso, era una excelente bailarina, lo cual la convertía en una pareja muy codiciada en los bailes a los que asistía con su familia.

No obstante, había mucho más en Alex aparte de su gracilidad para el baile de la cuadrilla, su amor por la literatura y su facilidad para los idiomas. Ella era lo que los hombres que la conocían definían como una joven «con carácter». No tenía miedo de expresar sus opiniones y poseía un malicioso sentido del humor. Los amigos de sus hermanos la veían como una estupenda amiga, pero, a pesar de su gran belleza, pocos de ellos podían imaginarse casándose con ella. Y aquellos que aceptaban el desafío, le resultaban a Alex mortalmente aburridos. No le apetecía en absoluto encerrarse en la gran mansión de sus padres en Hampshire, bordando por las noches junto a la chimenea como su madre o criando a un montón de niños revoltosos como lo habían sido sus hermanos. Tal vez más adelante, pero de ninguna manera a los dieciocho años.

El lustro transcurrido desde su presentación en sociedad en 1934 había pasado volando. En ese tiempo, Alex se había dedicado a viajar por el extranjero con sus padres, montar en cacerías, visitar a amigas que ya se habían casado e incluso habían tenido hijos, asistir a reuniones sociales y ayudar a su padre en el cuidado de la finca, por la que mostraba gran interés. Sus dos hermanos ya se habían marchado a Londres. William, el mayor, tenía veintisiete años. Llevaba la vida propia de un caballero y era un gran apasionado de la aviación. Además de ser un excelente piloto, participaba en carreras y exhibiciones aéreas en Inglaterra y Francia siempre que podía. Geoffrey tenía veinticinco años y trabajaba en un banco. Le gustaba salir de fiesta por la noche y era un auténtico casanova. Ninguno de los dos tenía prisa por casarse.

Alex pensaba que sus hermanos disfrutaban de la vida mucho más que ella. En cierto sentido, se sentía prisionera de las normas impuestas por la sociedad y de lo que se consideraba que era lo apropiado para una mujer. Era la amazona más rápida del condado, lo que irritaba a sus hermanos y a los amigos de estos, y su talento para los idiomas había resultado de mucha utilidad durante los viajes que había realizado con su familia. A sus veintitrés años ya había estado varias veces en Nueva York con sus padres, y estaba convencida de que los estadounidenses tenían ideas más liberales y eran más divertidos que los ingleses que había conocido hasta la fecha. Le gustaba hablar de política con su padre y sus hermanos, aunque estos insistían en que no lo hiciera en las fiestas y reuniones sociales para no asustar a sus posibles pretendientes. Cuando sus hermanos le hacían este tipo de comentarios, ella respondía de forma tajante:

—No quiero un hombre que no respete mis opiniones o al que no pueda decirle lo que pienso.

—Si no moderas tu lengua y tu pasión por los caballos, acabarás convertida en una solterona —la advertía Geoffrey. Sin embargo, en el fondo sus dos hermanos estaban orgullosos de su valentía y audacia, y de su manera de pensar tan lúcida e inteligente.

Sus padres fingían no darle excesiva importancia, pero lo cierto era que les preocupaba que aún no hubiese encontrado marido y que tampoco pareciera querer tenerlo.

Alex escuchaba los discursos de Hitler en alemán por la radio, y también había leído varios libros sobre él. Mucho antes de los acontecimientos del verano de 1939, la joven ya había vaticinado que la guerra sería inevitable. Y a medida que el estallido del conflicto se iba acercando, su padre y sus hermanos tuvieron que darle la razón. Así pues, no se mostraron sorprendidos, aunque sí terriblemente consternados, cuando el 3 de septiembre se declaró la guerra. Todos se reunieron en torno a la radio para escuchar el discurso del rey Jorge, en el que urgía a sus compatriotas británicos a ser fuertes y valerosos en la defensa de su país. La respuesta de los Wickham, como la de la gran mayoría de la población, fue inmediata. Los hermanos de Alex se alistaron en la Real Fuerza Aérea, la RAF: William, como experto piloto, en el Mando de Caza, y Geoffrey en el Mando de Bombardeo. No lo dudaron ni un momento. Poco después, al igual que muchos de sus amigos, ambos se presentaron en sus puestos para empezar su adiestramiento. Era lo que se esperaba de ellos y lo hicieron de buen grado.

Alex no comentó nada durante varias semanas, hasta que finalmente sorprendió a sus padres anunciándoles que, al poco de que sus hermanos se marcharan para iniciar su adiestramiento, se había presentado como voluntaria al Cuerpo Yeomanry de Enfermeras de Primeros Auxilios.

Por su parte, los padres de Alex también habían tomado una decisión sobre cómo contribuir al esfuerzo bélico. El señor Wickham era demasiado mayor para alistarse, pero él y su esposa se habían ofrecido para acoger en su hogar a veinte niños procedentes de Londres. Las autoridades pedían que se evacuara a los pequeños de las ciudades y muchos padres estaban deseosos de encontrar un hogar seguro en el campo para sus hijos.

Victoria, la madre de Alex, estaba muy ocupada preparando el edificio donde se alojaría parte del servicio y los mozos de las caballerizas. El número de empleados varones se había visto forzosamente reducido por el reclutamiento, y en la mansión disponían de cuartos suficientes para el personal femenino. Estaban colocando literas en los dormitorios que acogerían a los niños. Tres doncellas y dos muchachas del pueblo se encargarían de cuidar de los pequeños, y dos maestras de la escuela local vendrían para impartirles formación académica. Victoria también les daría clases. Confiaba en que Alex la ayudara con todo aquello, pero entonces su hija soltó la bomba y anunció que se iba a Londres para conducir camiones y ambulancias, trabajar como voluntaria en hospitales y cumplir cualquier tarea que le encomendaran. Sus padres se mostraron orgullosos de ella, pero también muy preocupados. Se esperaba que pronto hubiera bombardeos en la capital, y Alex estaría mucho más segura en la campiña ayudando a cuidar de los niños. Eran muchos los hogares de todo el país que se habían ofrecido para acoger a aquellos pequeños desamparados, procedentes de familias pobres y de clase media.

Alex había estudiado sus opciones cuidadosamente antes de decidirse por el Cuerpo Yeomanry de Enfermeras. Podría haberse unido a los Servicios Voluntarios de Mujeres para hacer tareas administrativas, pero eso no le interesaba. Del mismo modo, podría haberse incorporado a las unidades de Precauciones Antiaéreas, o trabajar en alguna cuadrilla del cuerpo de bomberos. Los Servicios Voluntarios de Mujeres también organizaban refugios, cantinas móviles y suministros de ropa. O podría haberse unido al Ejército Femenino de la Tierra para recibir formación en tareas agrícolas, algo de lo que ya sabía mucho por su trabajo en la finca familiar, pero Alex no quería quedarse en Hampshire, prefería marcharse a Londres.

El Servicio Territorial Auxiliar ofrecía algo más parecido a lo que ella buscaba, como labores de conducción y misiones de carácter más general, pero cuando contactó con ellos le propusieron realizar tareas administrativas, lo que la mantendría encerrada en una oficina. Alex quería un trabajo más físico. También habló con la Fuerza Aérea Auxiliar Femenina, donde podría participar en labores como el despliegue de globos de barrera, pero finalmente el Cuerpo Yeomanry de Enfermeras le pareció lo que más encajaba con sus aptitudes. Además le dijeron que, una vez que se hubiera incorporado, podrían surgir otras oportunidades de colaboración.

Cuando Alex escribió a sus hermanos para contárselo, estos se burlaron con cariño de ella, como de costumbre, y le aseguraron que la vigilarían muy de cerca mientras estuviera en Londres. Su madre lloró desconsolada cuando se marchó y la obligó a prometer que tendría mucho cuidado. Para entonces, Victoria se encontraba ya muy atareada con los niños que les habían asignado. El más pequeño tenía cinco años y el mayor once, y Alex estaba convencida de que el trabajo que tendrían en Hampshire sería mucho más duro que cualquier tarea que le encomendaran en Londres.

Llegó a la capital en octubre, un mes después de que se hubiera declarado la guerra. El rey había vuelto a dirigirse a la nación para agradecer a sus compatriotas la rápida respuesta para contribuir al esfuerzo bélico. Alex sentía que por fin estaba haciendo algo importante y disfrutó enormemente del mes de formación que compartió con mujeres de todas las edades y extracciones sociales procedentes de todo el país. Tenía la sensación de que se habían abierto de par en par las puertas y las ventanas de su vida, dándole acceso a un mundo mucho más amplio. Eso era lo que había esperado encontrar en la universidad y lo que llevaba tanto tiempo ansiando. Por supuesto, siempre que tenía ocasión enviaba cartas a sus padres y sus hermanos explicándoles todo lo que estaba haciendo y aprendiendo.

Geoff fue a Londres durante un descanso en su período de adiestramiento y la llevó a cenar al Rules, uno de sus restaurantes favoritos. La gente sonreía con gesto de aprobación al verlos de uniforme. Alex le contó muy emocionada a su hermano lo que ya sabía sobre las primeras tareas que le asignarían: se encargaría de conducir camiones de suministros, a fin de liberar de trabajo a los hombres y que pudieran realizar misiones de mayor envergadura.

—Es lo que siempre había soñado: tener una hermana camionera —respondió Geoff bromeando—. Además, te pega mucho, Alex. Menos mal que nunca te vas a casar...

—Oh, cállate —replicó ella, sonriéndole con ojos traviesos—. Y yo no he dicho que no vaya a casarme «nunca». Todavía no me he casado, pero probablemente lo haré algún día.

—O puede que, después de la guerra, sigas conduciendo camiones. Tal vez hayas encontrado tu verdadera vocación.

—¿Y tú qué? ¿Cuándo empezarás a volar? —preguntó Alex con una expresión preocupada, algo que trataban de ocultar tras las constantes bromas entre ellos.

—Pronto. Estoy deseando lanzar bombas contra esos malnacidos de los alemanes.

William ya estaba realizando misiones de vuelo. Los dos hermanos habían sido siempre muy competitivos, pero el mayor tenía mucha más experiencia como piloto.

Como de costumbre, el rato que pasaron juntos fue muy agradable. Después de cenar, Geoff la acompañó a su residencia. Ya se habían instaurado las leyes sobre el apagón y todas las ventanas estaban tapadas. También se estaban preparando refugios antiaéreos. Conforme se anunciaban las nuevas regulaciones y condiciones en tiempos de guerra, Londres bullía de actividad y sus calles se llenaban de jóvenes uniformados. El racionamiento no había empezado aún, pero el Ministerio de Alimentación ya avisaba de que a partir de enero habría escasez de productos como el azúcar, la mantequilla y el beicon. Todos eran conscientes de que sus vidas iban a cambiar de forma radical, pero todavía no era demasiado evidente, y las comidas de las fiestas navideñas se mantendrían más o menos igual.

En el camino de regreso a la residencia, Geoff advirtió a Alex de los peligros de los hombres avispados que intentarían aprovecharse de jóvenes inocentes como ella, así como del riesgo de embarazos no deseados y enfermedades venéreas. Alex se echó a reír.

—Mamá no me habló de eso cuando me marché de casa.

—Es demasiado pudorosa. Seguramente cree que no necesitas que te den la charla, que estás muy bien educada como para descarriarte —comentó él con una expresión severa de hermano mayor.

—¿Y tú crees que no lo estoy? —le preguntó ella enarcando una ceja.

—Sé cómo son los hombres. Y si te enamoras de algún canalla lujurioso, puede convencerte de que hagas algo de lo que más tarde te arrepentirás.

—No soy tan estúpida —repuso Alex, un tanto ofendida.

—No quiero que te pase nada malo. Nunca has vivido en la ciudad, ni has conocido a hombres como los que te encontrarás ahora. Pueden ser bastante osados —volvió a advertirla, decidido a proteger a su hermanita.

—Yo también —contestó ella con firmeza.

—En fin, solo recuerda esto: si te quedas embarazada, te mato, y eso sin contar con que les romperás el corazón a nuestros padres.

—No me va a pasar nada parecido —le aseguró Alex, sorprendida de que su hermano pudiera siquiera sugerir algo así—. He venido aquí a trabajar, no a buscarme un hombre, ni tampoco a ir a bares y emborracharme. —Sabía que algunas chicas de su residencia flirteaban con cualquiera que vistiera de uniforme, pero ese no era su estilo—. Quizá debería haberme enrolado en el ejército, o en la RAF, como Willie y tú. He estado dándole vueltas y al final tal vez lo haga.

—Ya estás haciendo bastante —le dijo él con expresión afectuosa—. La gente habla muy bien del Cuerpo Yeomanry de Enfermeras, y gran parte de su labor va más allá de lo puramente sanitario. Trabajan muy duro. —Entonces volvió a tomarle el pelo—: Tú solo consigue que no te echen por contestar a los instructores o a tus superiores. ¡Te conozco bien y sé que eres muy capaz!

—Pues tú ten mucho cuidado y asegúrate de cazar a los alemanes antes de que ellos te cacen a ti —le advirtió ella.

Al llegar a la puerta de la residencia se despidieron con un abrazo. Geoff tenía que tomar un autobús para llegar a la base antes de medianoche.

Alex se alegraba mucho de haberle visto. Echaba de menos a sus hermanos y a sus padres, pero se sentía feliz de encontrarse en Londres y estar recibiendo adiestramiento para poder ayudar. Deseaba ponerse manos a la obra cuanto antes. Ya casi había completado su proceso de formación y se enorgullecía de participar activamente en el esfuerzo bélico, aunque se preguntaba si podría hacer algo más.

Sus hermanos formaban parte de la Fuerza Avanzada de Ataque Aéreo de la RAF y realizarían vuelos de combate sobre territorio alemán. Las misiones de reconocimiento habían comenzado en cuanto se declaró la guerra, y Alex pensaba que conducir camiones y ambulancias parecía una empresa menor en comparación con las contribuciones más determinantes de sus hermanos. Pero al menos, se decía, no estaba en su mansión de Hampshire sin hacer nada.

Esa noche, durante la cena, Geoff y ella habían hablado con entusiasmo sobre volver a casa por Navidad. Los tres hermanos tendrían que pedir permiso para ello, y Geoff había comentado que tal vez fuera la última oportunidad que tendrían de estar todos juntos en una buena temporada. Otros compañeros del Mando de Bombardeo también pensaban volver a casa. Contaban con que sus superiores se mostrarían bastante indulgentes durante esas primeras Navidades de la guerra, y era algo que todos esperaban con mucha ilusión.

Hasta el momento no se estaban realizando grandes acciones bélicas, o muy pocas. Se trataba sobre todo de elaborar planes y preparativos y aprestarse para lo que se avecinaba. También se habían presentado voluntarios procedentes de Canadá, Australia y Estados Unidos. En el grupo de Alex había dos mujeres canadienses y una australiana. Parecían mucho más libres e independientes que las chicas inglesas, y Alex las admiraba y deseaba poder conocerlas mejor.

Cuando Alex, Willie y Geoff volvieron a casa por Navidad, el ambiente no se diferenciaba mucho del de otros años. La campiña estaba igual de apacible. El único cambio perceptible era el que imponían las normativas del apagón reglamentario. Las ventanas estaban tapadas para que las luces de los árboles navideños no se vieran desde el exterior. También los escaparates de las tiendas de pueblos como Lyndhurst, su zona comercial favorita, estaban sellados con cinta protectora antiimpactos. La gasolina había empezado a racionarse, por lo que la gente no podía desplazarse a grandes distancias para visitar a sus familias. No obstante, todavía había comida en abundancia y las fiestas navideñas se celebraron como de costumbre. Los restaurantes y los hoteles estaban llenos y, a pesar de la guerra, la gente mantenía un ánimo festivo.

Cientos de miles de niños habían sido evacuados de Londres para ser enviados a poblaciones rurales. El gobierno pidió a las familias de acogida que los mantuvieran en sus casas durante las fiestas navideñas, ya que si volvían a la capital cabía la posibilidad de que luego no quisieran regresar al campo. Por la misma razón, se aconsejó a los padres de los pequeños que no fueran a visitarlos. Y, como también se habían reducido los trayectos en tren, los niños tuvieron que adaptarse a pasar su primera Navidad sin sus padres. Victoria y todo el personal de servicio estaban decididos a celebrarla de la mejor manera posible.

Los Wickham hicieron un gran esfuerzo para entretener a los niños y que aquellas fueran unas fechas especiales. Victoria y las muchachas que la ayudaban se encargaron de comprar y tejer regalos para todos ellos. La dueña de la casa se quedó levantada hasta tarde por las noches cosiendo un osito de peluche para cada niño. Cuando Alex llegó a casa, ayudó a su madre a acabar los últimos muñecos, anudando brillantes lazos rojos en torno al cuello de los peluches. Victoria también había tejido un jersey para cada niño. Ella, y casi todas las mujeres del país, cosían y tejían sin descanso, siguiendo los diversos consejos gubernamentales para ahorrar dinero en ropa. Se alentaba la frugalidad, aunque no se imponía por la fuerza.

Los Wickham celebraron dos cenas en Nochebuena. La primera fue para los niños, que chillaron de alegría cuando recibieron sus ositos de peluche. Milagrosamente, los jerséis les quedaban bien, azules para ellos y rojos para ellas, y también hubo dulces y golosinas para todos que compraron en la confitería de Lyndhurst. Un poco más tarde, la familia celebró su tradicional cena en el comedor. Se engalanaron para la ocasión como de costumbre: ellos con esmoquin y ellas con vestidos de noche. Y a medianoche, después de cenar, intercambiaron los obsequios que habían escogido con mucho cuidado. Victoria había tejido un jersey de angora rosa para Alex, y también le regaló unos pendientes de zafiro de color azul claro, de la misma tonalidad que sus ojos. Alex le había traído a su madre uno de aquellos bolsos nuevos tan grandes y elegantes que se llevaban en ese momento en la capital y que le sería muy útil para guardar las cartillas de racionamiento, así como la lana y las agujas de tejer. Esos bolsos, que constituían uno de los primeros cambios que la guerra había introducido en la moda, se habían vuelto muy populares en Londres.

A la mañana siguiente, Alex sorprendió a su familia con otro de aquellos cambios en la forma de vestir al presentarse a la comida de Navidad luciendo unos pantalones, que también eran el último grito en Londres. Sus padres la miraron estupefactos. Sus hermanos se quedaron horrorizados.

—¿Qué diablos llevas puesto? —le preguntó William con evidente desaprobación al verla entrar en el salón antes del almuerzo. Alex había estado montando esa mañana y apenas había tenido tiempo de cambiarse—. ¿Es parte de tu uniforme?

—No —respondió ella con gesto resuelto—. No seas tan anticuado. Todas las mujeres los llevan.

—Entonces ¿debería ponerme yo un vestido? —replicó él.

—Solo si quieres. Los pantalones son muy cómodos y prácticos. Gabrielle Chanel los lleva en París desde hace varios años y se han puesto muy de moda. Además, si tú los llevas, ¿por qué no iba a hacerlo yo?

—¿Te imaginas a mamá vestida con pantalones? —preguntó William, como si su madre no estuviera presente en el salón.

—Espero que no —repuso su padre, sonriendo—. Vuestra madre está preciosa tal como va vestida. —Edward miró con cariño a su esposa—. Y, si Alex quiere probar una nueva forma de vestir, mejor que lo haga aquí, no le hace daño a nadie —añadió con generosidad ante el enojo de William.

—Muy bien dicho, hermanita —comentó Geoff entre risas—. Willie necesita que le den un poco de caña.

Alex también lucía un nuevo peinado. En vez de la trenza que solía llevar desde la infancia, se había recogido el largo cabello rubio en un moño y dejaba que un caracolillo le cayera sobre la frente. También se había pintado los labios de carmín. Después de solo tres meses en Londres, parecía más adulta y sofisticada, e incluso más hermosa.

—Por eso llevan uniforme las mujeres —insistió William—, para que no se vean ridículas con modelos como ese. Los pantalones son para los hombres; los vestidos y las faldas, para las mujeres. Por lo visto, Alex no tiene muy claros esos conceptos.

William se mostraba inflexible y reprobador. Era mucho más conservador que su hermano pequeño.

—No seas tan estirado, Willie —le reprendió Geoff.

Al final, William consiguió relajarse un poco y todos disfrutaron de una deliciosa comida a base de faisán y oca. En la civilizada atmósfera del comedor, con los retratos familiares observándoles desde las paredes, resultaba difícil creer que se encontraban en medio de una guerra. La única diferencia visible era que, debido a que todos los hombres jóvenes del servicio se habían alistado en las fuerzas armadas, las doncellas se encargaban ahora de servir la mesa, algo que se habría considerado del todo inapropiado antes de la guerra. Las nuevas circunstancias así lo exigían.

Las mujeres de los pueblos vecinos también estaban realizando trabajos de voluntariado, se habían unido al Servicio Territorial Auxiliar, a los Servicios Voluntarios de Mujeres o al Cuerpo de Observadores. Todo el mundo estaba implicado de un modo u otro en el esfuerzo bélico, pero nada de eso parecía traslucirse en un día tan apacible como el de Navidad, salvo por las telas y pantallas oscuras que cubrían las ventanas. El árbol navideño destellaba con sus luces brillantes en el salón, adonde el día anterior habían llevado a los niños para que lo admiraran. Todos se quedaron asombrados al ver su gran altura y su profusa decoración, adornado con los hermosos ornamentos que llevaban utilizando desde hacía años y coronado por un ángel antiguo.

Después del almuerzo, la familia salió a dar un paseo por la finca, intentando por todos los medios no hablar de la guerra. Desde septiembre no había ocurrido nada especialmente dramático, aparte de que a finales de octubre habían derribado el primer avión alemán sobre territorio británico, un bombardero Heinkel He 111. Winston Churchill no había ocultado en ningún momento la gravedad de lo que se avecinaba.

Sin embargo, mientras paseaban por los terrenos de su propiedad, los Wickham solo hablaron de las noticias locales. Los dos hermanos se habían adelantado un poco al resto y charlaban tranquilamente. Alex se unió a ellos después de caminar durante un rato al paso de sus padres. Victoria le había contado que disfrutaba mucho de tener allí a los niños, aunque reconocía que era mucho trabajo asumir la responsabilidad y el cuidado de tantos jovencitos. Hasta el momento no le habían dado ningún problema, y los pequeños ya no sentían tanta añoranza de sus casas como al principio.

—¿De qué estáis hablando? —les preguntó Alex a sus hermanos cuando llegó a su altura, todavía con los pantalones que tanto habían escandalizado a William.

—De aviones veloces y mujeres descocadas —contestó Geoff, lanzando una sonrisita a su hermana.

—¿Preferís que os deje solos?

—Para nada. ¿Te estás portando bien en Londres? —quiso saber él.

—Por supuesto —respondió ella, recordando la advertencia que le había hecho Geoff. Y en efecto así era. Estaba muy ocupada con su trabajo de voluntariado y con las tareas que le habían encomendado hasta el momento, sobre todo al volante de camiones y ambulancias. Era una persona responsable y fiable, además de buena conductora. Llevaba mucho tiempo conduciendo por la campiña de Hampshire, desde que un mozo de cuadra le enseñara cuando tenía solo diecisiete años—. ¿Y vosotros? ¿Os estáis comportando?

William asintió, mientras que Geoff pareció titubear. Al final se echó a reír y respondió:

—No pienso hablarle a mi hermanita de mi vida amorosa.

Los otros dos pusieron los ojos en blanco.

—No seas fantasma —replicó Alex, y esta vez William soltó una risita sarcástica.

—Querrás decir más bien tu vida ilusoria. ¿Qué mujer iba a soportarte?

—Montones de ellas —se defendió Geoff, y empezó a perseguir a sus hermanos alrededor de los mismos árboles en torno a los que habían jugado de niños.

A todos les encantaba estar en su casa de Hampshire, sentían que aquel entorno les llenaba de paz y les daba nuevas fuerzas. Cuando vivía allí, Alex pensaba que era bastante aburrido, pero ahora que estaba en Londres volver a casa se le antojaba un auténtico regalo, igual que a sus hermanos.

Sus padres los vieron perseguirse unos a otros como si fueran chiquillos y sonrieron al contemplar aquella escena tan familiar. Edward rodeó con el brazo los hombros de su esposa y, por un instante, Victoria se sintió invadida por el pánico, deseando que sus hijos estuvieran siempre a salvo. Él intuyó lo que estaba pensando.

—No les pasará nada —le susurró.

Ella asintió con lágrimas en los ojos, notando cómo sus temores le atenazaban la garganta como un puño de hierro. Deseaba con todas sus fuerzas que su marido tuviera razón.

Cuando empezó a oscurecer, emprendieron el regreso hacia la mansión. Fueron a ver a los niños, que habían pasado un día magnífico jugando con las muchachas que se encargaban de cuidarles. Una de las maestras también había estado con ellos, ya que sus hijos no habían podido volver a casa por Navidad desde las lejanas bases militares en las que estaban destinados. Los niños llegados desde Londres eran una auténtica bendición para todos ellos.

William fue el primero en marcharse, tres días después de Navidad. Tenía que regresar a su base, aunque no estaba autorizado a explicar nada más al respecto. Geoff se fue la mañana del 31. Tenía planes para esa Nochevieja en Londres y tomó el tren a primera hora. Después de dar las gracias a sus padres y despedirse con un beso de su hermana, le prometió que volvería a llevarla a cenar cuando estuvieran en la capital.

Alex se marchó el día de Año Nuevo. Su permiso terminaba esa noche. Su madre la abrazó muy fuerte y luego la miró fijamente a los ojos.

—Ten mucho cuidado. El señor Churchill dice que las cosas se van a poner feas muy pronto. —Y Victoria le creía.

—Estaré bien, mamá. Nos han preparado para hacer frente a la situación. Hay refugios subterráneos por toda la ciudad, con vigilantes para ayudar a la gente en cuanto empiecen a sonar las sirenas antiaéreas.

Su madre asintió con lágrimas en los ojos. Habían sido unas Navidades preciosas para todos ellos, y rezaba para que no fueran las últimas que pasaban juntos. Costaba creer, allí, en la apacible Hampshire, que el país estuviera en guerra. Victoria no soportaba la idea de que sus hijos fueran a exponerse a tan grandes peligros y que pudiera perder a alguno de ellos.

Alex volvió a abrazarla con fuerza y luego se subió al coche en el que uno de los viejos granjeros del lugar la llevaría a la estación. Sus padres permanecieron de pie delante del hogar de su infancia, despidiéndola con la mano mientras los niños refugiados llegaban corriendo y se arremolinaban en torno a ellos. Alex vio cómo su madre acariciaba el pelo de uno de los pequeños, de aquella manera tan delicada que siempre había amado en ella, y supo que esa imagen la acompañaría para siempre allá donde fuera. Pero, a medida que se alejaba de la mansión, la joven volvió a sentir la excitación de regresar a Londres, al epicentro de la acción. Estaba deseando ponerse manos a la obra cuanto antes. Tras subir al tren, se despidió del granjero que la había llevado y, pocos minutos después, la locomotora arrancó y avanzó traqueteante hasta que la estación de Lyndhurst desapareció de la vista.

2

La guerra empezó a recrudecerse en los primeros días de 1940, como un dragón que crecía lentamente y agitaba su cola a modo de advertencia. Cada vez se realizaban más misiones de vuelo y eran derribados aviones de ambos bandos, pero todavía no se libraban grandes batallas aéreas. Tras los alistamientos voluntarios de los primeros meses, el ejército reclutó a millares de hombres.

A Alex le sorprendió que sus superiores la llamaran y le preguntaran por su dominio de los idiomas. Enseguida les quedó claro que hablaba francés y alemán casi a la perfección y que también se expresaba con gran fluidez en italiano. Quisieron saber si sus padres eran franceses o alemanes. Ella respondió que no, y cuando la interrogaron al respecto explicó que los tres idiomas los había aprendido de sus institutrices cuando era pequeña.

Aquello fue todo, y Alex se olvidó enseguida de la entrevista. Supuso que solo habían querido confirmar su lealtad a Gran Bretaña y, una vez que supieron que sus padres eran ingleses, no se preocuparon más.

Salió a cenar varias veces con Geoff, y una con William. En abril regresó a Hampshire durante un largo fin de semana, pero sus hermanos no habían podido volver desde Navidad. Su padre echaba especialmente de menos la ayuda que William le proporcionaba en la gestión de la propiedad. Contaba con un asistente ya bastante mayor, pero desde que su primogénito se había marchado a la guerra él se ocupaba básicamente solo del cuidado de las tierras.

Los niños acogidos se estaban adaptando muy bien a su nueva vida, siempre bajo la vigilante mirada de Victoria. Mientras Alex estuvo allí, su madre se pasó casi todo el tiempo tejiendo, confeccionando jerséis para los pequeños, para el hospital en el que hacía labores de voluntariado, y también uno para su hija. Hacer calceta parecía ser ahora el nuevo pasatiempo nacional. Alex veía a las mujeres tejiendo en todas partes, incluso en Londres.

Winston Churchill se convirtió en primer ministro y avisó al país de que se preparara para ser atacado. Su advertencia se hizo realidad cuando el 10 de julio se inició la llamada batalla de Inglaterra y Hitler desató los demonios de la guerra con toda su fuerza sobre territorio británico.

La nación estaba preparada y aguantó valerosamente. Los bombardeos sobre Londres y otras ciudades eran constantes. Alex consiguió llamar a sus padres para contarles que se encontraba bien, y en los días que siguieron a los primeros ataques también recibió noticias de sus hermanos. Al cabo de un mes, la Luftwaffe incrementó sus ataques aéreos y hubo numerosas bajas en ambos bandos, aunque más entre los alemanes, que fracasaron en su objetivo de doblegar a los británicos.

Desde que se inició la batalla de Inglaterra se sucedieron unas semanas realmente infernales. Churchill volvió a dirigirse a la nación por radio, y Alex se pasó todas las noches en el refugio antiaéreo, rodeada de hombres sudorosos, mujeres que lloraban y niños que gritaban. No obstante, se respiraba un espíritu de solidaridad entre los londinenses como nunca había conocido.

Durante el día conducía los camiones y las ambulancias

que le habían asignado, sorteando los escombros y cascotes que cubrían las calles. Unas veces transportaba heridos a los hospitales; otras, montones de cadáveres a las morgues para que fueran identificados y entregados a sus familias. Mientras conducía entre los edificios que se desmoronaban a su alrededor, la visión de los heridos y los fallecidos se convirtió en algo familiar, al igual que el hedor de la muerte y el polvo de yeso que casi la asfixiaban.

En agosto, dos días después de que la Luftwaffe lanzara su ataque más cruento tras fracasar en su intento de dominar a los británicos en el combate aéreo, la gobernanta de la residencia fue a buscar a Alex a su dormitorio mientras se estaba preparando para salir de servicio y le pidió que la acompañara. Al llegar abajo, uno de los jefes del escuadrón de William la esperaba con expresión sombría. Nada más verlo, Alex supo lo que había ocurrido. Se esforzó por no mostrar la terrible conmoción que estaba sufriendo, al tiempo que trataba de no desmayarse.

Las palabras del oficial fueron breves y concisas: el 13 de agosto, el avión de William había sido derribado en combate contra las fuerzas de la Luftwaffe. La batalla había acabado con una victoria británica, y William había muerto como un auténtico héroe de guerra a los veintiocho años. Alex asintió, dio las gracias al jefe de escuadrón y regresó a su dormitorio, donde se sentó en la cama totalmente aturdida. Solo podía pensar en sus padres y en cómo les afectaría aquella noticia. Su hijo mayor había muerto. Quería hablar con Geoff, pero sabía que no podría contactar con él. Tenía misiones de vuelo todos los días, igual que William hasta el día de su muerte.

La gobernanta la dejó media hora a solas. Luego subió al dormitorio y le dijo que, si quería, podía tomarse cinco días de permiso para ir a ver a sus padres, en el caso de que lograra desplazarse hasta donde vivían. Con las lágrimas corriéndole por las mejillas, Alex asintió y le dio las gracias.

Acto seguido, preparó una pequeña bolsa y poco después se marchó.

Consiguió coger uno de los trenes lentos que salían de Londres y llegó a Lyndhurst cuando empezaba a oscurecer. En la estación encontró a un hombre con coche dispuesto a llevarla a Hampshire por una pequeña tarifa. Llegó cuando ya era de noche, consciente de que sus padres ya estarían al tanto de la terrible noticia. Al entrar, la casa parecía vacía. Se dirigió a la biblioteca y allí estaban sus padres, sentados como estatuas, demasiado conmocionados para moverse, demasiado destrozados para hablar. Cuando vieron a su hija, los tres se fundieron en un desgarrador abrazo sin poder parar de llorar.

Sabían muy bien que la gente moría en tiempos de guerra y que William era piloto de combate, pero de algún modo habían confiado ciegamente en su destreza: era tan joven, fuerte y seguro de sí mismo que ninguno de ellos había pensado que pudiera morir.

Se quedaron sentados en la biblioteca hasta medianoche y luego fueron a la cocina. Alex les preparó algo de cenar, aunque ninguno de ellos tenía apetito. El vicario de la parroquia local les había visitado un poco antes, pero la joven era incapaz de recordar una sola palabra de lo que les había dicho. Solo podía pensar en que William se había ido por culpa de una estúpida guerra que nunca debería haber empezado, provocada por un lunático alemán, y fue consciente de pronto de cuántos hombres jóvenes podían morir en la contienda. Además, tenía a otro hermano realizando misiones de combate. De repente, toda aquella guerra se le antojó algo totalmente injusto, una absoluta barbarie, no importaba lo valientes que pudieran mostrarse todos ellos.

Alex guardó la cena sin tocar en la nevera y se quedó con sus padres hasta que se acostaron. Ahora su misión era cuidarlos: ellos eran los niños y ella la adulta. La noticia de la muerte de William había corrido por toda la comarca y la gente de los alrededores les había traído comida. Los muchachos que tenían acogidos habían dejado pequeños ramilletes de flores en los escalones delanteros de la mansión, sin saber qué otra cosa hacer. Algunos de ellos ya habían perdido a sus padres en los bombardeos de Londres. De pronto, Alex fue mucho más consciente de la magnitud de la tragedia, del sinsentido de la guerra y de todas las pérdidas que acarrearía antes de que acabara. La realidad se había impuesto con toda su crueldad.

Después de que sus padres se retiraran, Alex fue a su dormitorio y se tumbó en la cama. Le habría gustado dormir, aunque dudaba de que pudiera hacerlo. Permaneció despierta toda la noche pensando en William. Siempre había sido una persona muy cabal, incluso de pequeño, y se había tomado muy en serio su papel de primogénito y las responsabilidades que heredaría cuando tuviera que hacerse cargo de las tierras y de la finca. Y ahora Geoff, el payaso y el bromista de la familia, tendría que asumir ese rol y sustituir a su padre algún día. Era algo para lo que no estaba preparado, ya que William siempre había sido el heredero.

Los pensamientos dieron vueltas por su cabeza hasta que, al fin, vio despuntar el sol. Entonces oyó abrirse y cerrarse la puerta principal. Salió de puntillas del dormitorio y, al asomarse desde lo alto de la escalera, vio a Geoff allí plantado, aturdido y exhausto, con oscuras ojeras bajo los ojos. También le habían dado permiso. Alzó la vista hacia ella. Alex corrió escaleras abajo, se lanzó a sus brazos, aferrándose a él con fuerza, y ambos rompieron a llorar.

Ella le llevó hasta la cocina y le hizo algo de desayunar. El racionamiento ya había empezado a hacer estragos, pero Alex le preparó unos huevos de los que aún tenían procedentes de las granjas de su propiedad, una tostada con un poco de aquella margarina de olor espantoso que había sustituido a la mantequilla, la mermelada que elaboraba su madre y una taza de té aguado. Mientras Geoff comía, hablaron de lo que le había ocurrido a William. Resultaba muy extraño que ahora solo quedaran ellos dos. La familia parecía de repente desequilibrada, como una silla a la que le faltara una pata.

Para cuando Geoff acabó de desayunar, sus padres ya habían bajado a la cocina. Permanecieron allí sentados durante mucho rato. El vicario iba a volver para hablar con ellos, ya que pensaban celebrar un pequeño servicio funerario en la iglesia al día siguiente, antes de que Geoff y Alex regresaran a Londres. Debería haber recibido sepultura en el cementerio familiar, que se encontraba en los terrenos de la finca, pero no había cuerpo que enterrar. Con el tiempo colocarían una lápida con su nombre para honrar su recuerdo, aunque sus restos no yacieran bajo tierra.

Alex llevó a su madre arriba para ayudarla a asearse y ponerse un sencillo vestido negro. Mientras, Geoff y su padre salieron para dar un paseo y tomar un poco el aire. Edward le comentó a su hijo algunas cuestiones referentes a la propiedad, ya que ahora él sería el heredero, una posibilidad en la que ninguno de los dos había pensado nunca. Sin embargo, Geoff no soportaba oír a su padre hablar de esas cosas, ya que hacía que la muerte de William resultara demasiado real para ambos. Se sintió muy aliviado cuando Edward cambió de tema.

El tiempo transcurría muy despacio, como a cámara lenta. Lo ocurrido parecía algo totalmente irreal: William ya no estaba. Al dirigirse hacia la habitación de su madre, Alex pasó junto a la de su hermano y dio las gracias por que la puerta estuviera cerrada. Le habría resultado insoportable ver allí todos aquellos objetos tan familiares y queridos, era demasiado pronto.

Cuando llegó el vicario, organizaron todo lo referente al servicio. Victoria le indicó la música que quería que sonara y el párroco le dijo que el coro cantaría durante el sepelio. Alex se encargaría de preparar los arreglos florales. Después, el día transcurrió despacio hasta que volvió a anochecer. Antes de retirarse a dormir, Edward se excedió ligeramente con el whisky. Victoria se acostó poco después y los dos hermanos se quedaron solos. Geoff sirvió un par de vasos del licor que había dejado su padre.

—Odio el whisky —dijo Alex con una mueca de disgusto después de dar un sorbo.

—Te sentará bien —le aseguró él, tomándose el suyo de un trago y sirviéndose otro—. Siempre pensé que yo sería el que moriría en esta guerra. Él era un gran piloto. Estaba convencido de que escaparía a los aviones alemanes.

—Si tú mueres, yo me suicido —murmuró ella en tono sombrío, dando otro sorbo de whisky.

Geoff sonrió.

—Yo no voy a morir, solo soy un artillero que se dedica a lanzar bombas desde un gran bombardero. No tiene mucho misterio. Dicen que William murió como un héroe. ¿Y eso qué más da? ¿A quién diablos le importa que muriera como un héroe? El caso es que ya no está con nosotros. Era tan serio y formal —dijo con una triste sonrisa al recordar a su hermano—, incluso de pequeño. Llevaba su papel de primogénito en la sangre. Yo no tengo ni idea de cómo manejar los asuntos de la finca, pero él lo sabía todo acerca de estas tierras.

—Aprenderás después de la guerra —afirmó ella convencida—. Papá te enseñará.

Su padre ya estaba ansioso por instruirle, aunque la muerte de William fuera tan reciente.

—Pero es que yo no quiero aprender. Lo que quiero es que Willie vuelva —replicó él, y se echó a llorar.

Alex le rodeó entre sus brazos para consolarlo; se preguntaba si alguno de ellos volvería a ser el mismo de antes.

Permanecieron en el salón hasta las tres de la madrugada,

hasta que Geoff estuvo completamente borracho y ella exhausta. Lo acompañó arriba y lo acostó con la ropa puesta. Luego fue a su dormitorio, se tumbó en la cama y se quedó profundamente dormida hasta que los primeros rayos del sol entraron en la habitación. Cuando se despertó del todo cayó en la cuenta de que era el día del funeral de William. El concepto mismo parecía erróneo. Su funeral... No su cumpleaños, ni algo que celebrar. Su hermano mayor, el hombre del que siempre se había sentido tan orgullosa, estaba muerto.

A las diez de la mañana, toda la familia se reunió en el vestíbulo. Victoria, con los ojos enrojecidos y retorciendo un pañuelo entre las manos, lucía un sobrio vestido negro y un sombrero que Alex nunca le había visto. Ella también iba de negro, con medias del mismo color, aunque el día era inusualmente caluroso. Edward llevaba un traje azul oscuro, camisa blanca, corbata negra y sombrero de fieltro. Geoff, con aspecto resacoso, iba vestido de uniforme.

Alex los llevó en coche hasta la iglesia y, al llegar, se quedaron estupefactos. No esperaban que nadie acudiera al funeral, pero por lo visto la noticia había corrido como la pólvora. Todas las familias del lugar, sus empleados y los granjeros locales, los jóvenes con los que William había crecido, aquellos que no estaban en el ejército, y si no, sus padres y sus hermanas... todos estaban allí. Entre la gente que abarrotaba la diminuta iglesia y la que no había podido entrar, debía de haber unas trescientas personas. Al verlos llegar, todos guardaron silencio para mostrar su respeto ante la desgarradora pérdida sufrida por la familia. La multitud fue apartándose para dejar pasar a los Wickham, que con las lágrimas deslizándose por las mejillas avanzaron por el pasillo de la iglesia hasta llegar al primer banco, donde tomaron asiento. Alex sintió un gran alivio al ver que no había féretro. Eso la habría destrozado, a ella y a su madre. Era más fácil así.

El servicio fue sencillo y respetuoso, con las voces del

coro sonando con toda su pureza. El vicario Peterson habló de la infancia y la juventud de William, ensalzó su destreza como piloto y dejó constancia de lo mucho que le añorarían todos aquellos que le habían tratado. Recordó a los congregados que el joven había dado la vida por su rey y por su país, y que había muerto como un verdadero héroe.

En el momento de morir no tenía ninguna novia conocida. Geoff sabía que se veía con una chica en la base, una voluntaria de la Fuerza Aérea Auxiliar Femenina, pero no creía que fuese una relación importante. Desde que empezó la guerra, William no había querido involucrarse con nadie muy en serio, a diferencia de Geoff, que salía con todas las mujeres que se le ponían a tiro.

El vicario entregó a Victoria una rosa blanca de los arreglos florales que Alex había preparado cuidadosamente la noche anterior, y luego la familia salió de la penumbra del templo a la brillante luz del sol. Dentro de unos meses habría una nueva lápida en el cementerio familiar, pero ahora no tenía ningún sentido ir allí.

Con gesto desolado y abstraído, los cuatro se colocaron en hilera a la entrada de la iglesia mientras los presentes desfilaban para estrecharles la mano o abrazarles. Cuando todo acabó Alex les llevó de vuelta a casa.

A diario se celebraban funerales de este tipo por todo el país, sobre todo desde que el mes anterior empezó la batalla de Inglaterra , y ahora los Wickham formaban parte del nutrido grupo de desconsoladas familias que habían perdido a uno de sus hijos por culpa de aquella espantosa guerra.

Llegaron a casa hacia el mediodía. Victoria sonrió al ver la corona de flores silvestres que los niños habían hecho y colocado en la puerta. Entraron en la cocina, donde Geoff y Edward se sentaron a la mesa mientras las dos mujeres preparaban un sencillo almuerzo. Se esforzaron por comer, pero apenas les entraba nada.

Después de almorzar, Victoria subió a su dormitorio para echarse un rato y Edward la acompañó. Alex y Geoff dieron un paseo hasta el estanque situado en el extremo más alejado de la finca, donde solían jugar de niños persiguiendo a los patos y los gansos.

—¿Te acuerdas de que, cuando yo tenía siete años, el muy canalla me empujó al estanque el día de Año Nuevo? —le preguntó Geoff, y Alex asintió con una sonrisa melancólica.

—Lloraste todo el camino de vuelta a casa, y papá le regañó y le dijo que podrías haberte ahogado. Yo solo tenía cinco años, pero lo recuerdo perfectamente.

Sonrieron al rememorarlo, aunque en su momento aquello les resultó traumático.

—No puedo creer que no vaya a volver más —susurró él—. Aún sigo esperando que aparezca en cualquier momento diciendo que todo ha sido un error.

Ambos deseaban que fuera así, pero la realidad empezaba a imponerse con toda su crudeza.

Esa noche y al día siguiente los cuatro permanecieron muy unidos, apoyándose los unos a los otros y confortándose mutuamente. Geoff debía presentarse en la base aérea un día después, y él y Alex se abrazaron muy fuerte cuando se despidieron. Victoria lloró desconsolada y suplicó a su hijo que tuviera muchísimo cuidado. Alex se quedó un día más, y después también tuvo que partir.

Estaba ya sentada en el tren, con la cabeza gacha y pensando en sus padres y sus hermanos, cuando un hombre entró en el compartimento de primera clase y tomó asiento frente a ella. Alex reparó en que llevaba el uniforme de la RAF que tan familiar le resultaba y procuró evitar su mirada. No quería hablar con un piloto y tener que explicarle lo que le había ocurrido a su hermano. Todo era demasiado reciente como para confiarse a un desconocido, y él tampoco parecía tener ganas de hablar. Después de sentarse se quedó mirando por la ventanilla, hasta que al final sacó un libro de la bolsa que llevaba. Alex no se molestó en averiguar qué estaba leyendo, pero sí se percató de que era un hombre alto y apuesto, con el pelo oscuro y unos cálidos ojos marrones.

Llevaban ya casi una hora de trayecto cuando, al parar en una estación, él levantó la vista de su libro, miró el letrero del andén y sonrió a Alex. El tren se detenía en todas las estaciones, lo cual hacía que el viaje pareciera eterno.

—A este paso se nos va a hacer interminable —comentó—, si es que usted también va a Londres. —Ella asintió, y él siguió leyendo. Al cabo de media hora, cerró el libro y le preguntó—: ¿Ha ido a visitar a amigos o familiares en Hampshire?

Alex no le había visto al subirse al tren, pero era evidente que él sí se había fijado en ella. Resultaba difícil no reparar en aquella joven guapa y rubia de hermosa figura. Se había vuelto a recoger el cabello en un moño, con el caracolillo pegado a la frente, y llevaba los labios pintados con carmín. Era la imagen que solía lucir desde que se había mudado a Londres. Iba ataviada con un sencillo vestido negro, medias del mismo color y tacones altos. El uniforme era opcional cuando no estabas de servicio, ya que el Yeomanry de Enfermeras era un cuerpo de voluntariado. Lo llevaba con orgullo cuando ejercía de conductora, pero rara vez se lo ponía el resto del tiempo, salvo cuando salía a comer con alguna compañera después de acabar el turno.

—He ido a ver a mis padres —respondió Alex—. Soy de Hampshire —añadió en voz baja.

—Yo he ido a visitar a unos amigos, pero mientras estaba allí tuvieron que ausentarse para ir a un funeral.

Mientras lo decía, el hombre reparó en el color negro del vestido y las medias de la joven y se preguntó si aquella sería la razón por la que había vuelto a su casa, si el sepelio al que habían asistido sus amigos tendría algo que ver con ella. Se sumieron de nuevo en el silencio mientras él la miraba con gesto compasivo. Poco después, el tren se detuvo en otra estación.

—Lo siento —añadió él con voz suave, recordando que el funeral había sido por un piloto de la RAF—. ¿Era su hermano? —preguntó. Ella asintió, al tiempo que las lágrimas inundaban sus ojos y apartaba la vista. El hombre supuso que la visión de su uniforme debía de resultar muy dolorosa para la joven, y no se equivocaba—. Soy Richard Montgomery —se presentó tendiendo una mano, aunque sin ánimo de mostrarse entrometido ni descortés.

—Alexandra Wickham —respondió ella estrechándole la mano. El hombre recordó que ese era el apellido del joven piloto a cuyo funeral habían acudido sus amigos.

—Esta guerra es horrible —siguió él con una acerada expresión en la mirada, y luego la dejó tranquila y no volvió a molestarla.

Alex se quedó dormida y no se despertó hasta que llegaron a Londres. Él la ayudó a bajar el equipaje al andén.

—¿Estará bien sola? —le preguntó preocupado, ya que se la veía muy consternada.

Ella asintió y le sonrió.

—Estoy bien. Gracias.

Y luego, por pura cortesía, le preguntó dónde estaba destinado. Cuando él le dijo el nombre de la base, se dio cuenta de que era la misma en la que estaba Geoff.

—Tengo a otro hermano allí, en el Mando de Bombardeo. El que murió era piloto de combate.

—Yo soy jefe de escuadrón.

Alex se fijó en que era mayor que sus hermanos, aunque no mucho. Tenía treinta y dos años.

—Yo estoy en el Cuerpo Yeomanry de Enfermeras —le explicó ella, y él asintió.

—Están haciendo una gran labor —comentó Richard,

acompañándola hasta el interior de la estación. Luego le entregó la bolsa—. Cuídese mucho, señorita Wickham —añadió en tono afectuoso.

—Usted también.

—Tal vez volvamos a encontrarnos. —Su expresión era esperanzada, aunque los dos sabían que era bastante improbable. Londres era una ciudad muy grande, rebosante de gente que vivía en caóticas circunstancias—. ¿Cómo se llama su hermano, el que está en el Mando de Bombardeo? Por si me cruzo con él en la base.

—Geoff Wickham.

Richard volvió a sonreírle y luego se separaron. Él se dio la vuelta para despedirse agitando la mano y se dirigió a toda prisa hacia la salida. Alex tomó un autobús que la llevó de vuelta a su residencia. Estaba muy cansada cuando llegó y firmó en el registro de entrada. Le aseguró a la gobernanta que estaría lista para el servicio de la mañana siguiente, y la mujer le dio unas palmaditas en el hombro. Cuando entró en el dormitorio, todas sus compañeras dormían ya en sus literas, y Alex dio las gracias por no tener que hablar con nadie esa noche.

A las seis de la mañana se presentó uniformada para cumplir su servicio como conductora de ambulancia. Era el primer turno del día y Alex terminó su labor doce horas más tarde, demasiado cansada para pensar, lo cual era un alivio. Al llegar a la residencia, le sorprendió encontrar una nota para ella en el casillero de la recepción. Tenía escrito el nombre de un capitán, que no reconoció, y un número de teléfono. Se preguntó de qué se trataría. Parecía algo oficial, pero era demasiado tarde para llamar. A la mañana siguiente su turno con la ambulancia empezaba más tarde, a las ocho, así que probó a llamar antes de salir. El nombre que aparecía en la nota era el del capitán Bertram Potter. El oficial respondió al primer tono.

—¿Señorita Wickham? —preguntó, y ella confirmó su identidad—. Me alegro de que haya respondido a mi mensaje. Le llamo de la Dirección de Operaciones Especiales. Nuestra organización se constituyó hace solo un mes, tras su aprobación en julio por parte del gabinete ministerial, por lo que estoy seguro de que no habrá oído hablar de nosotros. Si dispone de tiempo, me gustaría verla en persona. Uno de sus superiores del Cuerpo Yeomanry nos la ha recomendado. Su destreza con los idiomas puede sernos de gran utilidad. ¿Podría pasarse por aquí en algún momento a lo largo del día de hoy?

Alex no tenía ni idea de para qué querrían hablar con ella, ni tampoco de por qué alguien la habría recomendado, pero el hombre sonaba muy interesado.

—Hoy tengo servicio hasta las ocho o las nueve de la noche.

—¿Y a qué hora empieza su turno mañana?

—A las ocho si me toca ambulancia, un poco más tarde si tengo que conducir el camión.

—¿A las siete de la mañana sería muy pronto para usted?

—No, está bien —respondió ella, sorprendida de que el hombre pareciera tan ansioso por verla.

—Perfecto. Nuestras oficinas están en Baker Street. —Le dio la dirección y luego le indicó que subiera al primer piso y preguntara por él—. Tendré preparada una taza de café bien fuerte para usted. Gracias por acceder a venir a una hora tan temprana. Me gustaría que empezáramos cuanto antes.

—No hay ningún problema.

Después de colgar, Alex se preguntó si la querrían como traductora, ya que había mencionado su dominio de los idiomas. No alcanzaba a imaginar qué otra cosa podrían querer de ella. Le preguntó a la gobernanta si sabía qué era la SOE, las siglas en inglés de la Dirección de Operaciones Especiales. La mujer le respondió que no tenía ni idea. Últimamente se habían constituido tantas oficinas especiales y cuerpos de voluntarios que ya había perdido la cuenta.

A la mañana siguiente Alex se levantó a las cinco y media para llegar a tiempo a Baker Street, donde se presentó puntual vestida de uniforme. A las ocho y media tenía que estar en la cochera de los camiones, lo cual le daba más o menos una hora para su entrevista con el capitán Potter. Tendrían tiempo de sobra para hablar y para que el oficial le diera los papeles o informes que necesitaba que ella tradujera, lo que podría hacer por la noche en la cama, utilizando una linterna si las luces del dormitorio estaban apagadas.

Al llegar, se dirigió a una mujer uniformada sentada en un escritorio junto a la puerta y le preguntó por el capitán Potter. La mujer anunció al oficial que Alex había llegado, y este salió y la condujo a un despacho austero de paredes desnudas y sin ventanas. El hombre tendría unos cuarenta años, llevaba una chaqueta de tweed y presentaba un aspecto muy sobrio, con el cabello rubio que ya raleaba un poco y unos penetrantes ojos azules. Alex miró a su alrededor, preguntándose a qué se dedicarían allí. No había nada que ofreciera ninguna pista.

—Como le dije por teléfono, abrimos la oficina hace solo un mes, en julio. Aún no estamos instalados del todo, pero ya contamos con un equipo muy eficiente. Tenemos un amplio número de agentes, la mayoría de ellos mujeres, que realizan misiones especiales de índole confidencial. En ocasiones el trabajo puede ser bastante peligroso, en otras no tanto. Puede tratarse de simples traducciones, y por lo que tenemos entendido usted domina el francés y el alemán casi a la perfección, lo cual nos sería de gran utilidad. Podríamos pedirle algo tan sencillo como traducir comunicaciones radiofónicas cifradas o rellenar algunos documentos, pero también que realice algunas falsificaciones o que trabaje con códigos encriptados o con tinta invisible. Si está dispuesta a asumir más riesgos, podríamos pedirle que se infiltrara tras las líneas enemigas para recabar información, trazar mapas de reconocimiento o hacerse con algunos formularios para que los rellenemos aquí y puedan usarlos nuestros agentes sobre el terreno.

Alex lo observaba fijamente, fascinada, esforzándose por entender qué era lo que le estaba pidiendo y hasta dónde pretendía llegar.

—¿Cómo voy a infiltrarme tras las líneas enemigas? —preguntó casi en un susurro.

—De muy diversas formas: por tren o, en determinadas circunstancias, podríamos lanzarla en paracaídas. Algunas misiones son más extremas y arriesgadas que otras, e incluso pueden conllevar maniobras de sabotaje. Por supuesto, recibiría adiestramiento en el manejo de armas y defensa personal, y también sobre cómo protegerse una vez que se encuentre en territorio enemigo. Por lo general, sería enviada en misiones de reconocimiento, para recabar información y para ayudar a los grupos de la Resistencia en zona enemiga o en territorios ocupados.

Francia había caído en manos de los alemanes hacía solo dos meses.

—¿Estamos hablando de espionaje? —preguntó ella con expresión asombrada.

El hombre se quedó callado un momento. Al final asintió.

—Sí, así es. Usted es una candidata perfecta para nosotros por su excelente dominio del francés y del alemán. ¿Cree que podría interesarle, o lo ve de algún modo factible? Por descontado, debería guardar la más absoluta discreción. Nadie tendría que saber que trabaja para nosotros, ni tampoco a qué se dedica. Si tiene novio o prometido, la situación podría volverse muy incómoda para usted, ya que su pareja se preguntaría por qué desaparece con tanta frecuencia y la interrogaría al respecto.

»Si acepta trabajar con nosotros, deberá guardar el secreto durante un mínimo de veinte años, tiempo en el que no podrá contárselo a su familia, a su esposo ni a los hijos que vaya a tener en el futuro. Somos una unidad operativa de alto secreto. Oficialmente, ni siquiera existimos. Usted dispondría de una autorización de alta seguridad, sobre todo si está dispuesta a infiltrarse tras las líneas enemigas, y por supuesto también le proporcionaríamos una pastilla de cianuro, por si las cosas se pusieran muy feas. Pero, con los documentos apropiados y con su dominio del alemán, es muy improbable que la situación llegue a esos extremos.

Alex se quedó mirando al hombre durante un buen rato.

—¿Me está pidiendo que trabaje como espía? —preguntó al fin, sin saber muy bien si sentirse halagada, aterrada, o ambas cosas.

—Como agente —la corrigió él—. Agente de la SOE, la Dirección de Operaciones Especiales. Tenemos grandes planes para nuestra división, y contamos ya con un importante número de operativos reclutados de otras agencias gubernamentales, tanto del ejército como de los diversos cuerpos de voluntariado. Usted encaja a la perfección en el perfil que estamos buscando —añadió en tono expeditivo—. Lo bueno de nuestra organización es que nosotros podemos hacer cosas que el personal militar no puede. Tenemos más margen de maniobra.

—Mi hermano acaba de morir después de que los alemanes derribaran su avión —le contó ella con gesto abatido.

—Lo lamento mucho, pero, en cierto sentido, esas cosas no tienen ninguna relevancia en nuestro trabajo. Lo que le estamos pidiendo es que realice sus misiones de forma precisa y cerebral, no emocional. Las razones para unirse a nosotros son solo suyas, pero en ningún momento puede permitir que sus sentimientos interfieran en su trabajo. Debe tener eso absolutamente claro antes de empezar. Si es que acepta unirse a nosotros, claro.

—Nunca me había planteado la posibilidad de hacer algo así. Me uní como voluntaria al Cuerpo Yeomanry porque quería aportar mi granito de arena al esfuerzo bélico.

—Y estoy seguro de que está ayudando mucho, pero conducir un camión o una ambulancia puede hacerlo mucha gente. Sin embargo, muy pocos podrían hacer lo que le estoy pidiendo que haga. Gracias a su dominio del francés y el alemán, usted sería la agente ideal para infiltrarse tras las líneas enemigas, si es que consigue mantener la mente fría. Sabremos más sobre su capacidad de aguante en cuanto empecemos con el proceso de adiestramiento. Por otra parte, si acepta finalmente trabajar para la SOE, le pagaríamos en dinero en efectivo, para que no pueda rastrearse su origen. Y tampoco sería una cantidad muy elevada, teniendo en cuenta los riesgos a los que se enfrentará. No queremos que de pronto se encuentre con un montón de dinero que no pueda justificar. Lo que le pagaríamos es una suma razonable. Supongo que todavía la mantienen sus padres.

Ella asintió y luego miró el reloj. Era casi la hora de marcharse y no estaba muy segura de querer tomar una decisión tan importante en ese momento. Aquel hombre le estaba pidiendo que se comprometiera en una operación de altísimo riesgo. Le habría gustado poder hablarlo con alguien como su padre o su hermano, pero el capitán Potter le había dejado muy claro que no podía comentarlo con nadie. Tendría que tomar la decisión por sí misma.

Al notar su vacilación, el oficial le dijo:

—Por supuesto, comprendemos que necesite pensarlo bien antes de aceptar. No voy a engañarla: no se trata de misiones normales y corrientes, y algunas pueden llegar a ser muy peligrosas. Pero también resultan más interesantes y emocionantes, y además estaría haciendo una contribución mucho más importante al esfuerzo bélico, proporcionándonos información vital y sembrando el caos en el bando enemigo. Eso es lo que queremos de usted, y lo que necesitamos para ganar esta guerra.

Mientras el hombre hablaba, y a pesar de sus advertencias previas, Alex no podía dejar de pensar en su hermano abatido por los alemanes, y de pronto se encontró deseando aceptar el trabajo que le estaba ofreciendo, no como venganza, sino por afán de justicia. Los alemanes no podían, no debían ganar la guerra. Y, si ella podía ayudar a que su país saliera victorioso, estaba dispuesta a hacerlo. Era preciso detener a Hitler antes de que la mitad de los niños de Europa murieran o quedaran huérfanos.

—Lo haré —dijo Alex de sopetón—. Quiero hacerlo. ¿Cuándo empiezo?

El capitán Potter vio cómo sus ojos refulgían con el fuego que esperaba encontrar. Había en ellos pasión, amor por su país y anhelo de hacer algo más que conducir un camión sorteando los cascotes de edificios derruidos. Lo que urgía ahora eran personas como ella, dispuestas a morir por su nación para que sus compatriotas pudieran ser libres. A Potter le pareció una chica muy valiente. Necesitaba agentes que mostraran un inmenso valor, determinación y pasión por la libertad. Y, después de hablar con ella, tuvo la sensación de que Alexandra Wickham era justo esa clase de persona.

El hombre se levantó y le estrechó la mano, más que complacido con la reunión que acababan de mantener.

—No hable de nada de esto con nadie, señorita Wickham. Si alguien le pregunta, puede decirle que estaban buscando ayudantes de enfermería voluntarias. Aparte de eso, no podrá comentar con nadie ni una palabra de lo que ha escuchado hoy aquí. Su familia y sus amigos no tienen que saber que ha dejado el Cuerpo Yeomanry. Si lo descubren, puede decirles que está trabajando con los bomberos ayudando a apagar incendios en las calles, o con los vigilantes del servicio antiaéreo conduciendo a la gente a los refugios. Durante los próximos veinte años no podrán saber que trabaja para nosotros, ni siquiera después de que haya acabado la guerra. ¿Podrá vivir guardando un secreto semejante?

Alex asintió de forma enérgica y con total convicción. Todo aquello era por una buena causa, la mejor de todas: la supervivencia y la libertad de Inglaterra.

—Así lo haré. No se lo contaré a nadie.

—La avisaremos cuando tenga que presentarse para recibir adiestramiento. Se alojará en un barracón con otras agentes femeninas, todas ellas mujeres que simulan trabajar para otros cuerpos de voluntarios y que también están provistas como usted de una autorización especial de alto secreto. A partir de ahora, todo lo que haga o vea, a dónde vaya o a quién conozca, será absolutamente confidencial, incluso entre los propios miembros de la SOE. Si sospecha que alguien a quien conoce o con quien tiene alguna relación es también un agente, nunca debe preguntarle al respecto. Y, cuando vea por la calle o donde sea a algún agente que tiene constancia de que sí lo es, nunca deberá saludarle. Tendrá noticias nuestras a lo largo del próximo mes. En estos momentos estamos reuniendo a un grupo para proporcionarles adiestramiento. Y, cuando nos pongamos en contacto con usted, deberá estar preparada para personarse en cuestión de horas. Recuerde que, si tiene novio, tampoco podrá contarle nada. Necesitamos que disponga de total libertad de movimientos, sin tener que darle explicaciones a nadie. ¿Lo ha entendido?

—Sí, señor.

Alex se levantó y le sonrió. Deseaba poder empezar en ese mismo instante, sin tener que esperar a ser convocada.

—Mientras tanto, cuídese mucho.

El capitán Potter volvió a sentarse a su mesa y ella salió

del despacho, impactada por todo lo que le estaba ocurriendo. A sus veinticuatro años, acababa de convertirse en espía del gobierno británico. Todo lo que sabía era que a partir de ahora iba a trabajar para la Dirección de Operaciones Especiales, más conocida como la SOE. Esperaba que su hermano, allá donde estuviera, se sintiera orgulloso de ella. No había nadie a quien pudiera contárselo. Desde ese momento en adelante, estaba sola.

3

Tal como le habían ordenado, Alex no le habló a nadie sobre su reunión con Bertram Potter. A la semana siguiente, Geoff fue a Londres y salieron a cenar juntos. Seguía profundamente deprimido por la muerte de su hermano y estaba más obsesionado que nunca con la idea de acabar con los alemanes. Parecía haberse convertido de pronto en una persona furiosa y amargada, dominada por la idea de la venganza. No hablaba de otra cosa, y después de la cena Alex se sintió muy triste.

Al día siguiente, pasada ya la medianoche, estaba tumbada en su cama sin poder dormir, pensando en su conversación con el capitán Potter y en cuándo la llamarían, cuando empezaron a sonar las sirenas antiaéreas. Para entonces, todo el mundo estaba acostumbrado ya a los apagones, los toques de queda y los bombardeos nocturnos. Alex y otras cincuenta mujeres en bata bajaron a toda prisa las escaleras para dirigirse al refugio subterráneo, que siempre estaba abarrotado y donde reinaba una atmósfera sofocante y opresiva. Todas guardaban junto a la cama algo que ponerse para poder salir a toda prisa. Lo más importante eran los zapatos, que debían ser resistentes para caminar entre los escombros de los edificios que habían sido bombardeados.

Se apresuraron escaleras abajo de forma ordenada, salieron de la residencia y se dirigieron a toda prisa hacia el refugio al que últimamente tenían que ir casi todas las noches. Ya se oían los aviones que dejaban caer sus bombas a escasos kilómetros de distancia, y para cuando llegaron al subterráneo ya se habían congregado allí más de un centenar de personas. La gran mayoría de los ciudadanos había bajado a las estaciones del metro, que tenían mayor capacidad.

Del techo del refugio colgaban bombillas desnudas, el suelo estaba cubierto de tablones de madera y había bancos diseminados por todas partes. Algunos grupos de voluntarios habían dejado varias pilas de mantas, ya que por las noches el ambiente era frío y húmedo, y también algunos juguetes para los niños. A veces, cuando los bombardeos de la Luftwaffe duraban toda la noche, pasaban horas antes de que sonara el final de la alerta.

Alex volvió a pensar en su hermano abatido por los alemanes mientras bajaba las escaleras del refugio, calzada con unos viejos zapatos que tenía desde hacía diez años. Eran los más robustos que poseía y se los había traído de casa con ese propósito. Se sentó en un banco junto con un grupo de mujeres, varias de las cuales acunaban en brazos a sus pequeños, tratando de calmarlos.

La mayoría de los hombres estaban sentados sobre los tablones del suelo. Reparó en que algunos iban de uniforme; lo más probable era que estuvieran visitando a sus novias y el bombardeo les hubiera sorprendido antes de regresar a sus puestos. Se fijó en un oficial de la RAF que estaba de espaldas a ella, de cabello oscuro y anchos hombros, pero no le prestó demasiada atención. Era muy tarde y todos estaban exhaustos. Además, muchos de los que estaban allí se preguntaban qué pasaría con los edificios en los que vivían. ¿Y si al salir del refugio encontraban que el suyo había sido arrasado por las bombas? Era una posibilidad a la que tenían que enfrentarse todas las noches: la perspectiva de perderlo todo, incluso a sus seres queridos. Aquello le hizo pensar con añoranza en sus padres y en la apacible vida que llevaban en Hampshire.

Durante dos largas horas oyeron caer las bombas y sintieron cómo las paredes del refugio temblaban a su alrededor, hasta que por fin sonó el final de la alerta. Los bombarderos alemanes habían vaciado todo su cargamento y regresaban a sus bases a por más.

Cuando salieron a la superficie, había incendios por todas partes y las cuadrillas de bomberos se afanaban intentando apagar las llamas. Un edificio cercano se había derrumbado y los escombros yacían desperdigados por toda la calle. Alex se acercó a una mujer con dos niños pequeños que le dijo que su marido estaba en la marina. Mientras ayudaba a uno de los críos a pasar por encima de los cascotes, tuvo que esquivar a una ambulancia que circulaba a toda velocidad con los faros cubiertos por el apagón. En ese momento, el hombre uniformado de cabello oscuro se dirigió a ella.

—¿Señorita Wickham?

Al principio no lo reconoció, pero luego se dio cuenta de que era el oficial que había viajado con ella en el tren unos días atrás, cuando volvía de Hampshire después del funeral de William. Él le había dicho que esperaba que sus caminos volvieran a cruzarse, y así había sido. Alex alzó la vista para mirarlo mientras se ceñía la bata. No recordaba su apellido. Se llamaba Richard algo, pero estaba demasiado cansada para intentar rebuscar en su memoria. Y dentro de seis horas debía estar de nuevo en pie para cumplir su turno.

—Ah, hola —dijo al fin con aspecto agotado y aturdido, mientras la madre reclamaba la mano de su hijo, le daba las gracias y se marchaba.

Había sido una noche muy larga, pero Alex se recompuso un poco.

—Richard Montgomery —dijo él, recordándole su apellido—. ¿Se encuentra bien? ¿Dónde vive? La acompañaré.

—Gracias. Me alojo en una residencia en esta misma calle. Estaré bien.

Varios camiones de bomberos trataban de acercarse al lugar, mientras las cuadrillas retiraban los escombros del edificio derruido para despejarles el paso.

—El bombardeo de esta noche ha sido uno de los peores —comentó Richard. Alex tropezó con un cascote y él la sujetó del brazo para ayudarla a recuperar el equilibrio—. Había ido a visitar a un amigo y cuando volvía a la base empezaron a sonar las sirenas. Tengo que estar de regreso dentro de unas pocas horas.

Alex asintió, preguntándose si tendría que salir a alguna misión de vuelo. Por lo general los ataques se realizaban por la noche, a menos que se requiriera la luz del día para alcanzar algún objetivo con mayor precisión. Con los bombardeos nocturnos se habían cometido algunos errores terribles.

—Desde que volví ya han destruido tres edificios en esta calle —le contó ella con voz fatigada—. No nos dan ni un respiro.

Se sentía tremendamente afectada por la gente que había perdido sus hogares, o que escarbaban entre los escombros tratando de encontrar a los seres queridos que no habían conseguido salir a tiempo.

Para entonces ya habían llegado a su residencia, que una vez más había salido indemne del bombardeo. No es que fuera gran cosa, pero ahora era su hogar.

Richard se volvió hacia ella.

—Ya sé que no es el mejor lugar ni el momento para pedírselo —dijo en tono de disculpa—, pero no tengo otro modo de contactar con usted. ¿Puedo invitarla a cenar algún día? Pongamos... ¿pasado mañana?

Ella sintió que un escalofrío le recorría la espalda al pensar que, si él no se presentaba, significaría que lo habían abatido. Pero así eran las cosas ahora. Nunca sabías quién moriría ese día o al siguiente, ni quién seguiría con vida dentro de una semana, y no digamos ya dentro de un año. Richard la miró con aire suplicante, como si fuera algo muy importante para él, y ella no tuvo el valor de rechazarle, a pesar de que tenía otras cosas en mente. Ahora no tenía tiempo para implicarse sentimentalmente con ningún hombre, no con el trabajo que acababa de aceptar como espía de la SOE. ¿Y si al día siguiente por la noche la llamaban para empezar el período de adiestramiento? En ese caso tendría que darle plantón.

—Lo intentaré —respondió Alex—. A veces me avisan en el último momento para cumplir algún servicio, o tengo que trabajar toda la noche. —No era verdad, pero si la llamaban de la SOE necesitaría alguna excusa. Tenía que empezar a aprender a mentir, y además hacerlo bien—. Si no puedo presentarme por algún motivo, ¿hay algún sitio donde pueda hacerle llegar el aviso? —Él anotó un número de teléfono en un trozo de papel y se lo entregó. Ella arrancó una esquina del papelito, apuntó el número de la residencia y se lo dio—. Si tiene que dejarme un mensaje, puede hacerlo aquí. Bueno, ¿dónde quedamos?

Richard le dijo el nombre de un restaurante de pescado que Alex ya conocía. No era un local muy elegante, pero estaba limpio y la comida era buena. Además, era un lugar tranquilo para poder hablar, ni muy abarrotado ni muy ruidoso, y a pesar de los apagones y el racionamiento seguía abriendo por las noches. Muchos restaurantes solo lo hacían al mediodía.

—¿A las siete? —sugirió él.

Ella asintió.

—Pasado mañana mi turno empieza a las seis de la mañana y terminaré a las seis de la tarde.

—No se preocupe. Si se retrasa, la esperaré.

Alex quería asearse y arreglarse un poco antes de reunirse con él. Lamentaba que no le hubiera pedido salir en su día libre, ya que así podría haberse puesto un vestido decente y unos zapatos de tacón.

—Nos vemos entonces —se despidió él con una sonrisa.

Ella pudo ver que tenía unos ojos muy bonitos, algo en lo que ya se había fijado en el tren. Y pese a su evidente corpulencia física, sus anchos hombros y su elevada estatura, había algo muy dulce en él. Además, era muy guapo, aunque ahora eso no era lo más importante. Al entrar en la residencia, Alex se despidió agitando la mano y deseando de todo corazón que le fuera bien la misión. De lo contrario, se convertiría en otra baja que añadir a las pérdidas ya incontables. Aparte de su hermano, conocía a mucha gente que había muerto.

Unas horas más tarde ya estaba lista para empezar su turno, obligándose a no pensar en Richard. Ahora mismo no podía permitirse implicarse emocionalmente con nadie. Sus vidas eran demasiado efímeras, sobre todo la de él como piloto de combate, y la de ella cuando empezara a trabajar para la SOE.

Esa noche, milagrosamente, no hubo bombardeo, y al día siguiente Alex trabajó un turno de doce horas al volante de una ambulancia. Apenas tuvo tiempo de lavarse la cara, cepillarse el pelo y ponerse una blusa, una falda y una chaqueta roja antes de reunirse con Richard. A pesar de las prisas con las que se había arreglado se la veía muy joven y guapa, y a él se le iluminó la cara al verla entrar en el restaurante. Que la estuviera esperando significaba que su avión no había sido derribado y que seguía vivo, y ella se sintió muy agradecida por ello. Él también pareció muy aliviado al verla llegar.

—Últimamente nunca sabes a quién te vas a volver a encontrar de un día para otro —observó Richard, y al momento pareció avergonzado de sus palabras al acordarse de su hermano muerto—. Lo siento, no debería haber dicho eso.

—¿Por qué no? Es la verdad —respondió Alex con franqueza—. No me gusta ver las cosas de esa manera, pero varias chicas con las que trabajaba han muerto en los edificios arrasados por los bombardeos, y luego lo de mi hermano... No se puede predecir quién va a sobrevivir a todo esto. He llegado a ver cosas que nunca habría creído posibles, como a un anciano saliendo de entre los escombros y que me dijo que tenía ochenta y cinco años. Y luego cae una bomba y mata a cientos de personas, incluyendo a mujeres y niños.

—Mi hermana Jane murió en uno de los primeros bombardeos —confesó él en voz queda—. Era maestra, sus alumnos la adoraban. Estaba trabajando de voluntaria con una cuadrilla de bomberos, tratando de apagar un incendio, cuando vio a una anciana del barrio que apenas podía caminar y fue corriendo para ayudarla a bajar al refugio. Ninguna de las dos llegó. La guerra nos enseña mucho acerca del destino, sobre todo que no se puede predecir nada. Yo realizo misiones de vuelo casi todos los días sobre territorio alemán y estoy vivo, de momento. Pero ella no.

—Tus padres deben de estar destrozados —dijo ella en tono compasivo, pensando también en sus propios padres, en lo conmocionados que se habían quedado tras la muerte de William hacía solo una semana.

—Los dos murieron antes de la guerra. Fallecieron en un accidente. Y tal vez sea mejor así. —Había algo muy serio en su semblante, pero también una expresión cálida en su mirada—. Bueno, háblame de lo que hacías antes de la guerra —le pidió sonriendo, y ella se echó a reír.

—No hay mucho que contar. Llevaba una vida tranquila en Hampshire, demasiado tranquila para mí. Salía a montar casi a diario y me encantaba ir de caza con mis hermanos. Todos somos unos fanáticos de los caballos. Hace seis años, tras mi baile de debutante, pasé la temporada social en Londres como jovencita casadera, algo que me pareció un tanto ridículo, aunque a veces también era divertido. Montones de fiestas, bailes, vestidos elegantes y gente a la que conocer, y luego, al cabo de seis meses, todo acabó. No conseguí encontrar marido, y tampoco lo quería, de modo que regresé a Hampshire con mis padres, lo cual supuso un cierto alivio.

»Entonces volví a instalarme en mi vida aburrida, bordando y pintando acuarelas, aunque también me apasiona la lectura. Y sé más sobre los cultivos y las granjas de la finca que nuestro propio padre, pero tampoco quería convertirme en terrateniente. Así que, poco después de que empezara la guerra, me vine a Londres y me presenté como voluntaria. Llevo aquí casi un año. Me costará mucho regresar a Hampshire cuando todo esto acabe. Me gusta el ajetreo de la vida londinense y sentirme útil conduciendo un camión o una ambulancia. Supongo que no es una profesión a la que pueda dedicarme luego, aunque tampoco tengo ningún tipo de formación académica. Quería ir a la universidad y estudiar literatura, pero mi padre no me dejó. Y siempre quise ir a una escuela normal, pero me educaron mis institutrices y tutores en casa.

—Si eres una apasionada de la lectura, seguramente habrás aprendido más en casa que yendo a la escuela —repuso Richard sin dejar de sonreír.

Su padre también era un pequeño terrateniente, pero después de escuchar que Alex se había presentado en sociedad en Londres y de que había sido educada por institutrices, le quedó claro que la joven tenía una posición mucho más elevada que la suya en la jerarquía social británica. Sospechaba que los padres de ella no aprobarían una posible relación con alguien como él, ya que obviamente tendrían grandes aspiraciones para su hija, algo que ella parecía no compartir. Se la veía muy cómoda disfrutando de su soltería y de su vida en la capital, a pesar de las peligrosas circunstancias del momento.

—¿Crees que te quedarás en Londres después de la guerra? —le preguntó él, que sentía una gran curiosidad por Alex.

Tenía la impresión de que era una joven obstinada y con ideas propias, entre las cuales no se incluía languidecer en la campiña de Hampshire, sobre todo después de haber saboreado la vida en la gran ciudad. Había muchas chicas como ella en Londres, y Richard estaba bastante seguro de que después de la guerra iban a producirse cambios muy drásticos en la sociedad.

—Por supuesto que intentaré quedarme aquí —respondió ella—, aunque a mis padres no les hará ninguna gracia y harán todo lo posible para que vuelva a casa. Ahora quieren que esté aquí luchando por el rey y por el país, contribuyendo al esfuerzo bélico, pero cuando acabe todo esto pretenderán que regrese a Hampshire, que es donde ellos consideran que debo estar.

Mientras decía todo esto, se le ocurrió pensar que sus padres nunca se habrían esperado que, como parte de su trabajo de voluntariado, su hija acabara formando parte de un comando de alto secreto y convirtiéndose en espía.

—Creo que muchas mujeres estarán en tu misma situación. Ahora mismo forman parte fundamental de la mano de obra de este país, y no estarán dispuestas a ceder su puesto cuando los hombres vuelvan de la guerra. Han conseguido cierta independencia, aunque no estén tan bien remuneradas como los hombres. Es algo injusto, pero al menos han salido de las cocinas y han entrado en las oficinas y en las fábricas. Se trata de un gran paso para las mujeres.

A Alex le sorprendió que tuviera una mentalidad tan liberal y moderna. Parecía estar de acuerdo con la idea de que las mujeres trabajaran, si era lo que querían.

—Lo que me gustaría es ir a la universidad y encontrar un buen trabajo. No creo que conducir un camión después de la guerra supusiera un gran desafío para mí —reconoció, y se echó a reír.

—Seguro que no lo sería.

Richard pensaba que Alex era una joven extraordinariamente brillante, con una mente lúcida y una serie de ideas entre las que no se contaba permanecer sentada junto a la chimenea de su mansión en Hampshire, haciendo punto gobelino y bordando. Sin embargo, no parecía haber encontrado todavía el rumbo de su vida, ni tampoco qué camino seguir en el futuro. Pero, antes que nada, todos ellos tenían que sobrevivir, algo que en las circunstancias del momento nadie podía dar por sentado. Tan solo podían agradecer seguir con vida un día más.

Hablaron sobre los viajes que Alex había hecho en compañía de sus padres: sus estancias en Nueva York y Boston; su expedición a una excavación arqueológica en Egipto y sus largos recorridos turísticos por Italia y España. Nunca había estado en Asia, pero pensaba que debía de ser fascinante.

La vida de Richard antes de la guerra no había sido tan glamurosa. Había estudiado en Cambridge después de pasarse ocho años en un internado en Escocia, que para él había sido como estar en prisión. Su hermana Jane también había estado en uno de los mejores internados femeninos. Así pues, Richard había recibido una buena educación, aunque probablemente no estuviera a la altura social de las expectativas de los padres de Alex. Quizá a esta no le importara, pero a ellos seguro que sí. La gente de la generación y la clase social de sus padres esperaba que sus hijas contrajeran matrimonio con alguien de la aristocracia, a ser posible con título nobiliario, y no con un humilde terrateniente con una buena educación pero sin linaje ni fortuna, tan solo una pequeña finca rural. En el mundo de sus padres, cuando acabara la guerra, él no tendría nada que ofrecer para conseguir su aprobación. No obstante, ser consciente de ello no le iba a impedir querer pasar más tiempo con Alex. El conflicto bélico les había dado la oportunidad de conocerse y entablar una relación, algo que en otras circunstancias habría sido prácticamente imposible. Él tenía treinta y dos años, ocho más que ella, pero eso no parecía representar un problema para ninguno de los dos.

Pasaron una velada encantadora. Él la acompañó de regreso a su residencia y ella le dio las gracias por la cena. Richard le preguntó si podían volver a repetirlo el sábado. Le dijo que sería el primer día libre que tendría en un mes, y ella tampoco tenía servicio. Así pues, quedaron para ir a pasear por Hyde Park, y luego él sugirió un restaurante que ella no conocía. A Alex le pareció un plan maravilloso, siempre y cuando los dos siguieran vivos para entonces o no la llamaran a última hora para una misión de emergencia que diera al traste con su día libre.

Por suerte, nada de eso ocurrió. El sábado a mediodía Richard la recogió en su residencia, compraron unos cucuruchos de *fish and chips* y se sentaron a comer en el parque. Después dieron un largo paseo, admirando los jardines y los pequeños pabellones, y remaron en una barquita por el lago. Richard se quedó muy impresionado por los grandes conocimientos que Alex demostró al hablar de los impresionistas franceses y los artistas del Renacimiento italiano.

—Podrías dar clases de historia del arte —le dijo él mientras remaba por el lago.

—No lo creo. No tengo formación para dedicarme a la enseñanza. Sé la clase de cosas que te enseña una institutriz, pero no tengo ni idea de ciencias y se me dan fatal las matemáticas. Eso sí, bailo el vals a la perfección y no se me escapa un solo paso en el baile de la cuadrilla. Antes de la guerra, mi hermano Geoff trabajaba en un banco. Él fue a la universidad, yo no.

—Seguramente sabes más de ciertos temas que la mayoría de la gente.

—Una de mis institutrices daba clases de historia del arte en la Sorbona y me enseñó muchas cosas sobre el arte francés. Lo que sé sobre el Renacimiento italiano lo aprendí en los libros.

—Yo no tengo mucha idea sobre arte —admitió Richard—. Estudié a Chaucer y literatura inglesa en Cambridge, algo que no resulta muy útil a menos que quieras dedicarte a la docencia.

—¿Cuándo aprendiste a volar? —quiso saber ella, cada vez más interesada.

—Mi padre fue un gran aviador durante la Primera Guerra Mundial. Desde muy pequeño me llevaba a volar en su avión, y creo que fue entonces cuando me picó el gusanillo y empecé a invertir todo mi tiempo y mi dinero en los aeroplanos. Supongo que después de la guerra podría convertirme en piloto comercial. Tras graduarme en Cambridge estuve impartiendo clases de vuelo, pero era algo con lo que no se ganaba mucho dinero y no podría haber mantenido a una familia. No tenía nada claro a lo que quería dedicarme, pero entonces se declaró la guerra y me alisté. Así fue como me convertí en jefe de escuadrón. Llevo volando desde hace unos quince años, mientras que los pilotos que están a mi mando han aprendido recientemente. Algunos son muy buenos, y tengo suerte de tenerlos, pero la mayoría todavía están muy verdes. También participé en exhibiciones aéreas, y lo que aprendí me ha ayudado más de una vez a salvar el pellejo en algunas misiones de vuelo.

—A mi hermano William también le encantaba volar. Seguramente no tenía tanta experiencia como tú, pero los aviones eran su pasión —le contó ella en tono melancólico—. Todavía no me puedo creer que ya no esté con nosotros.

Richard asintió en silencio y le acarició la mano con suavidad, un gesto que la conmovió. Era un hombre bueno y dulce. Se mostraba comprensivo con la forma de vida que llevaba y respetuoso con su limitada educación, al parecer mucho más que ella misma. Alex siempre se había considerado víctima de una sociedad que no veía con buenos ojos que las mujeres accedieran a la formación académica. Estaba ávida de conocimientos y lo absorbía todo como una esponja.

—Un día, cuando todo esto acabe, te invitaré a montar conmigo en avión y volaremos juntos —le propuso él.

Ella se mostró encantada con la posibilidad, aunque no contaba con que aquel sueño pudiera hacerse realidad. Pero él estaba decidido. Eso le proporcionaría algo a lo que aferrarse en el futuro y le ayudaría a mitigar el dolor por la pérdida de su hermana hacía solo unos meses. Los dos tenían algo en común: ambos habían perdido a un hermano en la guerra.

La cena fue perfecta. La comida estaba deliciosa, el ambiente era de lo más agradable y Richard parecía sentirse muy a gusto con ella. Era todo un caballero, por nacimiento y educación, a pesar de que no tenía fortuna ni sangre azul en las venas. Y aunque ella insistía en que eso carecía de importancia, él sabía que tarde o temprano se convertiría en un problema. Ya antes había sido rechazado por los padres aristócratas de algunas jóvenes con las que había salido. Era un hombre respetable, pero no estaba a la altura de sus hijas. Alex le dijo que no le diera más vueltas, que preocuparse ahora por eso era absurdo. Además, le recordó, no iban a casarse. Tan solo estaban cenando.

El día que pasaron juntos salió tal como habían esperado. Fue mágico para ambos, una bendición que sirvió para aliviar los pesares de los últimos meses y la angustia constante que les consumía desde que había empezado la guerra. La maquinaria bélica de Hitler funcionaba de modo implacable. No obstante, las victorias de la RAF superaban últimamente a las de la Luftwaffe, lo cual significaba que había más bajas entre los alemanes que entre los Aliados: una manera bastante lúgubre de contemplar la situación.

Cuando se despidió de Alex al llegar a la residencia, Richard no la besó, aunque deseaba hacerlo. Demostró ser respetuoso, educado y un buen acompañante. Para entonces ya estaba perdidamente enamorado de ella. Le dijo que durante la próxima semana tenía misiones de vuelo diarias sobre territorio alemán, y que la llamaría en cuanto volviera a tener un día libre. Ambos confiaban en que fuera pronto.

Alex subió a su dormitorio como si flotara en una nube y se durmió pensando en él. Geoff la llamó ese domingo, pero no le habló de Richard. Todavía era demasiado pronto y aún no había ocurrido nada importante entre ellos. Solo habían sido dos citas.

Por la tarde salió a dar un paseo con algunas compañeras. Ya estaba de vuelta en la residencia cuando, sobre las seis, recibió la llamada del capitán Potter, quien le dio la dirección del barracón que habían montado para las «voluntarias» (esa fue la palabra que utilizó). También le comunicó ante quién debía presentarse y le dijo que sería trasladada a su centro de adiestramiento, la Estación Experimental 6, en Ashton Manor, en el condado de Hertfordshire.

—Empezará mañana mismo. Deberá personarse a las siete en punto de la mañana. No se preocupe por sus superiores del Cuerpo Yeomanry, nosotros nos ocuparemos. Ya hemos reclutado a algunos de sus miembros para la SOE. Simplemente dígales que no podrá trabajar mañana. Les llamaremos a primera hora y no tendrá ningún problema. Buena suerte, señorita Wickham —concluyó en un tono muy serio y oficial.

Le temblaba la mano cuando colgó. Esperaba estar haciendo lo correcto al aceptar aquel trabajo. Ahora ya era demasiado tarde para echarse atrás, y tampoco pensaba hacerlo. Fuera como fuese, iba a seguir adelante.

Subió al dormitorio para preparar el equipaje antes de que sus compañeras volvieran de cenar. Para cuando llegaron, ya había hecho la maleta y la había metido debajo de la cama. Ni siquiera pudo despedirse de las amigas que había hecho allí.

Se limitó a decirles que la habían destinado a otra residencia para voluntarias. No tenía ni idea de si volverían a verse alguna vez. La guerra era una época de constantes pérdidas y despedidas, en la que uno tenía que fingir estar convencido de que pronto volvería a ver a los demás.

Si Geoff o Richard la llamaban, tampoco podrían saber dónde se encontraba. El capitán Potter le había dicho que la SOE le proporcionaría un número al que podrían telefonearla. No obstante, le desaconsejaban mantener cualquier tipo de contacto social durante el mes que duraría el adiestramiento, de modo que tendría que ponerles alguna excusa para justificar por qué no podían verse: turnos demasiado largos, diversas emergencias, quizá algún episodio de gripe. Ya pensaría en algo. Su doble vida estaba a punto de empezar y tendría que aprender a mentirles, ya que no podría contarles nada sobre sus actividades clandestinas.

Ellos también tenían que mantener el secreto acerca de sus misiones, pero las suyas eran acciones militares, no de espionaje. La vida de Alex estaba a punto de convertirse en una red de mentiras, e iba a tener que engañar a su familia y a las personas a las que quería. Si ella y Richard continuaban con su relación, también tendría que mentirle, aunque fuera por una causa noble. Y no se arrepentía en absoluto. Iba a resultar muy complicado, pero merecía la pena.

Estaba a punto de convertirse en espía de la SOE. No tenía ni idea de lo que eso implicaría, pero lo averiguaría muy pronto, a partir de las siete de la mañana del día siguiente. Cuando se acostó, Alex seguía temblorosa y expectante. Se alegraba de que Richard no la hubiera llamado esa noche. Aún no estaba preparada para empezar a contar mentiras, aunque era consciente de que tendría que hacerlo pronto y durante mucho, mucho tiempo. Veinte años, si continuaban con su relación, y si aún seguían con vida.

4

Alex no tenía ni idea de en qué se estaba metiendo cuando se unió a la SOE, pero estaba claro que iba a descubrirlo rápidamente. Desde que llegó al centro de adiestramiento donde pasaría el próximo mes, todo empezó a suceder a máxima velocidad. Dejó su maleta y fue a recoger los uniformes que llevaría durante el período de formación: unos monos de combate.

En su grupo había otras once mujeres. Todas recibieron apodos en clave y se les prohibió decir su verdadero nombre a nadie, ni siquiera entre ellas. Alex se convirtió en Cobra. Una hora después de llegar ya estaban en clase de yudo aprendiendo defensa personal con unos instructores que no mostraron la menor contemplación a la hora de infligirles dolor y que las lanzaban contra las colchonetas como si estuvieran dando vueltas a una crepe. Las pisotearon, las inmovilizaron, casi las estrangularon, y tuvieron que enfrentarse entre ellas y contra los instructores. Después de dos horas de entrenamiento, Alex se sentía como si la hubieran machacado de la cabeza a los pies.

A continuación recibieron una clase de trazado cartográfico, donde les enseñaron a hacer mapas y diagramas con gran precisión. Después de copiar diligentemente los planos que les mostraban, tenían que destruirlos y volver a rehacerlos de memoria con todo detalle. Repitieron el proceso una y otra vez, y les dijeron que en el transcurso del próximo mes aprenderían a perfeccionar sus destrezas.

—Casi no puedo andar después de la sesión de yudo —le susurró a Alex una de sus nuevas compañeras cuando salían de la clase de cartografía.

Después les enseñaron a falsificar todo tipo de documentos. Cometieron muchos errores, y cada vez que lo hacían tenían que volver a empezar desde cero. La última clase del día consistió en aprender a manejar el mortífero cuchillo de comando que, a partir de ahora, deberían llevar encima en todo momento. Parecía de juguete, era pequeño y ligero como una pluma, pero les aseguraron que, una vez que supieran utilizarlo correctamente, podrían matar con él a un hombre que les doblara en tamaño. Durante los ejercicios, dos de las chicas se cortaron manejando sus cuchillos. Cuando por fin volvieron al barracón, todas estaban exhaustas tanto física como mentalmente.

Alex estaba demasiado cansada para cenar y, al igual que varias de sus compañeras, se fue directa a la cama. Sin embargo, a las dos de la madrugada volvieron a despertarlas para otra clase de yudo, ya que, como les dijeron sus instructores, debían estar alerta en todo momento para responder a cualquier ataque. Luego les permitieron acostarse durante dos horas y las levantaron de nuevo a las seis para una dura sesión de ejercicios. Tras un desayuno a base de gachas, las llevaron a la galería de tiro, donde les enseñaron a utilizar todo tipo de armas: diminutas pistolas que podían llevar siempre encima, rifles, ametralladoras y subfusiles Sten. Sus instructores, todos ellos tiradores expertos, les aseguraron que este último sería sin duda su mejor aliado: un subfusil automático, desmontable y extremadamente ligero.

Hicieron un alto para almorzar y luego volvieron a la galería de tiro para seguir con su formación en el manejo de armas. Finalizaron la jornada con otra clase de falsificación de documentos. La SOE tenía un departamento al que llamaban la Estación XIV, dedicado en exclusiva a hacer plagios con un grado de precisión a la altura de las falsificaciones de los Viejos Maestros. Todas las mujeres del grupo de Alex se sentían muy torpes mientras trataban de emular un trabajo tan delicado.

Por la noche recibieron clase de francés y alemán. Los instructores intentaban engañarlas y confundirlas para que, de forma instintiva, hablaran en inglés. Y a medida que se sentían más cansadas, la mayoría de ellas caía en la trampa, salvo Alex, que era capaz de pensar en ambos idiomas.

En los días siguientes les enseñaron técnicas de espionaje y sabotaje, cómo manejar una granada, cómo matar a un hombre o una mujer con sus cuchillos de comando y a disparar sus armas con precisión. Su memoria era desafiada constantemente.

Al final de la primera semana, tres de las mujeres ya habían renunciado. Imploraron clemencia a sus superiores, alegando que no podían aguantar la presión extrema, los desafíos y las exigencias del adiestramiento, ni tampoco el maltrato físico y mental. Las mujeres que se quedaron estaban decididas a llegar hasta el final, entre ellas Alex, pero cada nueva clase las llevaba hasta límites insospechados que nunca habrían creído posible soportar.

Les enseñaron a bucear largas distancias; a extraerse una bala y coserse la piel ellas mismas; a transmitir mensajes por radio y a utilizar correos y emisarios. También aprendieron diversos códigos de encriptación y a decodificar mensajes. Tuvieron que memorizar páginas enteras de texto y luego reproducirlas a la perfección, en el supuesto de que se vieran obligadas a destruir algún documento de importancia vital y después, cuando regresaran de la misión, volver a transcribir fielmente su contenido. Asimismo, las aleccionaron sobre lo que debían decir en el caso de ser detenidas. Las clases de yudo continuaron, cada vez con un mayor grado de violencia. También les enseñaron a disparar de forma certera y letal con las armas de que disponían y a tomar tierra tras ser lanzadas en paracaídas.

Fue el mes más duro, exigente, agotador y terrorífico de la vida de Alex. Apenas las dejaban dormir y debían confiar todo lo que aprendían a la capacidad de su memoria. Tenían que esforzarse más allá de la excelencia para alcanzar la perfección. No podían cometer el más mínimo error. Había muchas vidas en juego, no solo las suyas, sino también las de mucha más gente. Les enseñaron cómo ocultar la pastilla de cianuro, y cuándo y cómo deberían tomársela. Al final de aquel mes, Alex sentía que su cerebro había sido exprimido al máximo y que su cuerpo había sido machacado brutalmente, pero sus falsificaciones eran impecables y acertaba en el centro de la diana con cualquiera de las armas que le habían enseñado a utilizar.

Cuando su instructor de yudo le pidió que le atacara, ella le rompió la nariz y él la felicitó. Había aprendido todo lo que le habían enseñado, y su capacidad mnemotécnica se había desarrollado hasta tal punto que podía reproducir hasta tres páginas de documentos y decodificar cualquier mensaje cifrado. Solo se derrumbó y rompió a llorar una vez: el último día, cuando le comunicaron que había superado el curso de adiestramiento. Le pareció increíble. Estaba convencida de que al final la rechazarían. Nunca había trabajado tan duro en toda su vida.

Alex había llamado y dejado mensajes a Geoff en dos ocasiones y a Richard en una, diciéndoles que tenía un horario de locos, que estaba doblando turnos y trabajando a horas intempestivas y que no podría verlos durante unas cuantas semanas, pero les aseguró que se encontraba bien. Geoff solo la llamó una vez al número de contacto que les había dado para dejar mensajes. Richard lo hizo cuatro veces para decirle que pensaba mucho en ella, que esperaba que no estuviera demasiado cansada por las largas horas de servicio y que estaba deseando volver a verla cuando recuperara sus turnos normales de trabajo.

Una vez finalizado el curso de adiestramiento fue destinada a una residencia para conductoras de camiones, aunque en realidad eran miembros del servicio de Inteligencia Militar y se dedicaban a decodificar mensajes. Le ordenaron decirle a cualquiera que le preguntara que, a partir de ahora, su trabajo sería conducir camiones y que tendría que hacer entregas de material por toda Inglaterra y Escocia. Eso le proporcionaría una coartada para sus ausencias, que, al parecer, serían frecuentes, aunque breves en general. Le dieron tres días de permiso y, aunque lo único que quería hacer era dormir, llamó diligentemente a Richard y a su hermano. Geoff estaba fuera en una misión, pero Richard le devolvió la llamada al nuevo número de contacto dos horas más tarde. Parecía muy aliviado al escuchar su voz.

—Debes de estar exhausta, Alex. Has estado doblando turnos durante cuatro semanas y dos días.

Había llevado la cuenta meticulosamente y sonaba eufórico por poder hablar por fin con ella.

—Estoy bien, solo algo cansada.

Alex no podría haberle explicado por todo lo que había pasado en el último mes ni aunque hubiera estado autorizada a hacerlo. Se había transformado en una máquina letal diseñada para conseguir información crucial y destruir a cualquiera que se interpusiera en su camino. Llevaba consigo en todo momento una pequeña pistola y el cuchillo de comando, que ahora sabía utilizar con la misma eficacia que cualquier militar de élite. Los llevaba ocultos bajo la ropa, metidos en una funda de cuero sujeta al muslo o a la cintura para poder sacarlos con rapidez. Estaba a la espera de que la llamaran para su primera misión, pero antes disponía de tres días para recuperarse, relajarse y absorber todo lo que había aprendido hasta que formara parte de su ser, como respirar o el latido de su corazón, algo natural e instintivo.

—¿Estás libre para cenar? —le preguntó Richard, esperanzado.

—Sí, pero puede que me quede dormida sobre mi plato. No estoy segura de ser una buena compañía. En realidad, lo dudo mucho.

—No me importa. Por mí puedes pasarte roncando toda la cena. Lo único que quiero es verte y esta noche la tengo libre. ¿Podemos quedar?

Ella solo quería dormir sin tener que pelear con un instructor de yudo o falsificar algún documento, pero también tenía muchas ganas de verle.

—Claro. Me encantaría.

Él sugirió un pequeño restaurante hindú que quedaba cerca de su antigua residencia, y ella le explicó que la habían trasladado a otro alojamiento para conductoras de camiones. Ya no conduciría más ambulancias. De ahora en adelante, se encargaría de transportar cargamento de material por toda Inglaterra, Escocia e Irlanda para construir búnkeres en la campiña y puestos de artillería en la costa. También llevarían cascotes y escombros de los edificios derruidos en Londres para construir pistas de aterrizaje por todo el territorio británico, lo cual era cierto, aunque ella no haría ese servicio. Esa era su tapadera, y él pareció sorprendido.

—Creía que te gustaba conducir ambulancias.

—Así es, pero me han transferido.

—Es algo muy normal en estos tiempos —reconoció Richard.

Luego le explicó que el restaurante hindú era un local bastante informal. Alex no tenía ánimos para ponerse un vestido, así que optó por un jersey y unos pantalones. La SOE le había pedido que, cuando estuviera en Londres, siguiera llevando el viejo uniforme del Cuerpo Yeomanry. En sus futuras misiones vestiría ropa de civil, y todos sus modelos serían cuidadosamente escogidos en función de la identidad que debiera adoptar. Pero mientras estuviera en Inglaterra, su coartada sería su trabajo como enfermera voluntaria en el Yeomanry. Muchas de las mujeres a las que había conocido durante el período de adiestramiento y en la nueva residencia procedían, al igual que ella, de diversos cuerpos de voluntariado.

Richard ya la estaba esperando cuando llegó al restaurante. Estaba tan guapo como siempre y se emocionó mucho al verla. Alex podría haberse presentado en bata y él ni se habría dado cuenta. Le dio un cálido abrazo y, durante toda la cena, le sostuvo la mano cuando no estaban comiendo. Hacía calor en el restaurante y, sin darse cuenta, Alex se subió las mangas del jersey hasta los codos. Richard se quedó mirando sus brazos, horrorizado, y los acarició suavemente. Los tenía llenos de moratones de sus clases de yudo y Alex se apresuró a bajarse las mangas. El resto de su cuerpo estaba aún peor, y se alegró de que no pudiera verlo.

—Lo siento. La semana pasada estaba cargando unos bloques de cemento y un par de ellos me cayeron encima. Parece peor de lo que es.

—Estoy de acuerdo en que las mujeres trabajen en tiempos de guerra —refunfuñó mientras volvía a cogerle la mano—, pero no pueden obligarte a hacer un trabajo físico que deberían realizar los hombres, y además en condiciones poco seguras. No es justo, Alex.

Ella le sonrió, feliz de volver a verle y de estar en un sitio civilizado después de la terrible experiencia de las últimas cuatro semanas.

—¿Y cómo de seguro es tu trabajo? —le preguntó ella con dulzura—. Ahora todos debemos hacer lo que nos toca. Y conducir camiones es, por el momento, un trabajo de mujeres, sea cual sea la carga. Estoy bien. De verdad.

Él decidió creerla, aunque se le notaba preocupado.

—Te he echado mucho de menos, Alex. Estas semanas me han parecido un año entero.

—A mí también —respondió Alex sonriendo, aunque a ella se le habían antojado más bien un siglo.

Se sentía como si acabara de salir de prisión, pero era consciente de que todo lo que había aprendido le sería muy útil y podría salvarle la vida cuando empezara a realizar misiones para la SOE tras las líneas enemigas.

En cuanto salieron del restaurante, él la besó. Había cierta sensación de urgencia en sus sentimientos, en su forma de tocarla...

—El último mes me ha enseñado que no quiero perder un solo minuto del tiempo que pueda estar contigo. —Luego pareció vacilar antes de preguntarle—: Si alguna vez tenemos un par de días libres al mismo tiempo, ¿podríamos ir juntos a algún sitio?

Ella se quedó pensativa unos momentos y después lo miró muy seria.

—Podríamos, pero todavía es muy pronto. Deberíamos esperar a conocernos mejor antes de hacer algo tan arriesgado.

Alex no quería quedarse embarazada. Las advertencias que le hizo Geoff cuando llegó a Londres habían resultado ser muy acertadas. Muchas chicas que habían salido de sus casas para vivir por primera vez en la capital se habían quedado encintas y estaban atravesando una situación muy difícil. Alex no quería ser una de ellas.

—Estoy enamorado de ti —le susurró Richard, rodeándola entre sus brazos.

—Yo también te quiero —respondió ella con dulzura, y lo decía de corazón—. Pero no quiero hacer ninguna locura de la que más tarde pueda arrepentirme.

—Si te quedas embarazada, me casaré contigo —le aseguró él en un gesto de noble generosidad, pero ella negó con la cabeza.

—Si alguna vez nos casamos, será porque queramos hacerlo, no porque tengamos que hacerlo.

Richard asintió. Sabía que ella tenía razón. Durante un mes había estado a punto de enloquecer por no poder verla y ahora quería algo más que una simple cena. No obstante, accedió a esperar.

La acompañó hasta su nueva residencia, que era aún más fea que la anterior, y permanecieron un buen rato delante del edificio, besándose.

—¿Podemos quedar pasado mañana? —le preguntó Richard.

Eso significaba que al día siguiente saldría en misión de vuelo, pero Alex no preguntó. Ambos tenían secretos militares que debían respetar.

—Me encantaría. Es mi último día libre —respondió ella mientras los dos subían las escaleras y él la dejaba ante la puerta. Richard no podía entrar. Era una residencia femenina y no se permitía la entrada a los hombres, aunque Alex había oído que en ocasiones algunas chicas colaban a sus novios a hurtadillas. Pero ella no quería hacer eso con él—. Me gustaría que algún día conocieras a mis padres, y también a mi hermano —añadió, sintiéndose todavía muy extraña cada vez que recordaba que solo le quedaba uno.

—Lo haré —le prometió él, y la besó una última vez.

Unos minutos después, en cuanto su cabeza tocó la almohada, Alex se quedó profundamente dormida, y no se despertó hasta que la gobernanta subió por la mañana para decirle que su hermano estaba al teléfono. Bajó corriendo las escaleras para hablar con él por primera vez desde hacía un mes.

—¿Dónde diablos te habías metido? —preguntó Geoff.

Parecía a la vez preocupado y enfadado. Le disgustaba no saber dónde estaba su hermanita.

—He estado por toda Inglaterra. Ahora me dedico a conducir camiones.

—¿Qué has hecho para que te echen del servicio de ambulancias, Alex? Pero si eres una pésima conductora —exclamó riendo, bastante aliviado—. ¿Trabajas hoy?

—No, tengo el día libre —respondió en tono soñoliento, mirándose los moratones de los brazos y recordando lo conmocionado que se quedó Richard al verlos.

—Pasaré a verte luego. No tengo que volver a la base hasta las cuatro.

Comieron en uno de sus restaurantes favoritos, el Rules, que les traía muchos recuerdos de su infancia y que ahora solo abría al mediodía. Después pasearon entre los edificios derruidos del nuevo vecindario de Alex. Daba la impresión de que aquella guerra duraría eternamente, y eso que solo habían pasado trece meses desde que empezara. Se habían perdido ya demasiadas vidas, incluida la de su hermano.

Pese a todo, Geoff parecía encontrarse mejor. Le contó que estaba saliendo con una nueva chica, una londinense que vivía cerca de la base aérea. Su padre era carnicero, y cada vez que Geoff iba a cenar servía carne de ternera que había sacado de estraperlo. Alex quería hablarle de Richard, pero creía que era demasiado pronto. No hacía ni dos meses que se conocían, y durante las últimas semanas ella había estado prácticamente desaparecida. Sin embargo, en tiempos de guerra las cosas pasaban muy deprisa. Nunca le había dicho a ningún hombre que le quería, pero con Richard le había parecido algo de lo más natural. Y ambos eran muy conscientes de que cada vez que se veían podía ser la última, lo que hacía que sus sentimientos fueran aún más intensos.

Geoff la dejó en la residencia a tiempo de volver a su base. Esa noche, Alex permaneció despierta en la cama, pensando en Richard y deseando estar con él. También se preguntaba cuándo la llamarían para cumplir su primera misión con la

SOE. Le habían dicho que podía ser dentro de días o de semanas, y que mientras tanto seguiría comportándose como una profesional y realizando servicios con el camión por los alrededores de Londres, de modo que estuviera disponible cuando la necesitaran. No podría avisar a Richard de cuándo se iría ni contarle a la vuelta dónde había estado, pero él tampoco podía hablarle de sus misiones de vuelo. La guerra les estaba convirtiendo a todos en unos mentirosos.

La velada de la noche siguiente fue tan dulce y encantadora como todas las anteriores, pero sus besos eran cada vez más largos y apasionados. Richard no podía apartar las manos del cuerpo de Alex. Ella también estaba ávida de él y apenas conseguía desprenderse de su abrazo. Deseaba ir con él a un hotel, como la mayoría de las parejas jóvenes en Londres, pero quería que cuando llegara ese momento fuera algo especial y no tuviera lugar en algún sórdido hotelucho, donde fingirían estar casados mientras el conserje los miraba con una sonrisilla sarcástica sabiendo que no era verdad. Alex quería que su primera vez fuera un recuerdo precioso y no algo vulgar. Richard la comprendía y no la presionaba, aunque su deseo por Alex era tan intenso como el de ella por él.

Richard ya no tenía más jornadas libres esa semana, y dos días después de su último encuentro Alex recibió una llamada de la mujer que había sido designada como su contacto en la SOE. Le ordenó presentarse al día siguiente en la oficina de Baker Street. Alex sabía muy bien lo que significaba aquello.

Por la mañana salió de la residencia ataviada con un sencillo vestido y una chaqueta, y al cabo de media hora estaba en las dependencias de la SOE. Ya le habían preparado los documentos de viaje, el pasaporte y una maleta con la ropa que necesitaría. Su destino era territorio alemán, donde intentaría hacerse con unos cien formularios de los que utilizaban los germanos a modo de salvoconducto para viajar con libertad por todo el país, todos ellos con su correspondiente sello oficial. Esos documentos permitirían a muchos de sus agentes cruzar la frontera y moverse sin tener que responder a demasiadas preguntas. Bastaría con un centenar de formularios, pero, si conseguía traer más, mucho mejor.

—¿Eso es todo? ¿Quieren que traiga un fajo de salvoconductos en blanco?

A Alex le parecía una misión bastante sencilla. Entraría en Alemania por la frontera suiza, utilizando documentación falsa y haciéndose pasar por una joven alemana que regresaba de Zurich.

—Tendrás que arreglártelas para colarte en una comisaría, o en una oficina de la Gestapo, y robar los documentos sin que nadie te vea. Puede que no resulte tan sencillo como te crees —le informó su contacto, a quien conocía solo como Marlene, aunque ese no era su verdadero nombre.

La maleta estaba llena de prendas compradas en Alemania, incluidos los zapatos, el sombrero y la ropa interior, así como un abrigo ribeteado con un pequeño cuello de piel. Tendría que hacerse pasar por una secretaria de un consultorio de Stuttgart que iba a Berlín para visitar a su hermana y que regresaba de una convención médica en Suiza, adonde la había enviado su jefe. Tenía todos los papeles en regla y una cantidad razonable de marcos alemanes. Entraría en la comisaría para denunciar algún incidente y, una vez dentro, tendría que robar los formularios, que guardaría en una bolsa especial que llevaría oculta bajo la ropa. Tendría que comportarse de la forma más modosita y encantadora posible, hablando en todo momento en un perfecto alemán. Y, en cuanto consiguiera lo que había ido a buscar, debería volver a salir de Alemania por la frontera suiza y regresar a Inglaterra.

En principio parecía un trabajo fácil, pero podía complicarse en cualquier momento; por ejemplo, si alguna parte de su historia despertaba sospechas, o si detectaban que sus documentos o su pasaporte eran falsos. Había que confiar en que no fuera así, pero también le habían enseñado que en ocasiones las misiones aparentemente más sencillas podían torcerse, en cuyo caso Alex podría acabar detenida y enviada a prisión o a un campo de trabajos forzados, o incluso ser ejecutada como agente enemigo. Una vez que estuviera en territorio alemán, cualquier cosa era posible. Y desde el principio le habían dejado muy claro que, si surgían problemas, estaría totalmente sola. Nadie podría sacarla del apuro. Alex conocía las condiciones y las había aceptado.

Salió de Londres esa misma noche, con un pasaporte británico falso que, cuando llegara a la estación de tren de Zurich, debería quemar en el lavabo. Llevaba una ampollita de ácido escondida en una barra de labios para disolver las páginas, y tendría que tirar el resto del documento en alguna papelera. En cuanto aplicara el ácido, las páginas se desintegrarían. Después tendría que utilizar el pasaporte alemán que ocultaba pegado a su cuerpo.

Alex se pasó toda la noche despierta en el tren, con el corazón latiéndole tan fuerte que incluso podía oírlo. Después de diecisiete horas de trayecto, llegó a Zurich por la mañana. Una vez en la estación, se tomó una taza de café, fue al lavabo, destruyó las páginas del pasaporte británico que había utilizado y enterró lo que quedaba de él en el fondo de la papelera. Después se cambió de ropa, sacó el pasaporte alemán y los documentos de viaje que llevaba en la bolsa pegada al cuerpo y salió del lavabo a tiempo para tomar el primer tren de la mañana con destino a Berlín, tras comprar un billete para un compartimento de segunda.

El viaje de Zurich a Berlín duró casi todo el día, unas catorce horas, y en cuanto llegó a la estación preguntó dónde estaba la comisaría más cercana. Se encaminó directamente hacia allí y entró fingiendo ser una joven inocente y muy alterada. Pidió hablar con algún oficial y, tras una breve espera, la condujeron al despacho de un sargento de policía que a punto estuvo de derretirse ante la tímida sonrisa de Alex. Era un hombre mayor, bastante gordo, de aspecto cansado y hastiado. Antes de que ella apareciera le había estado gritando a su secretaria y ya se estaba preparando para marcharse a cenar.

—¿Sí, fräulein? —le preguntó, animándose visiblemente al verla entrar en el despacho.

Alex le contó su historia: un hombre de piel morena había intentado comprarle su pasaporte alemán y sus documentos de viaje, y había pensado que debía informar de ello a la policía. Quería proporcionarles una descripción completa del individuo para que pudieran atraparlo.

—¡Ahhh, gitanos...! —exclamó el sargento, con una expresión de enorme irritación.

Comentó que, por lo general, ni siquiera valía la pena redactar un informe al respecto, ya que era algo que ocurría con demasiada frecuencia. No obstante, parecía ansioso por impedir que ella se marchara del despacho, así que le dijo que, ya que se había tomado la molestia de acudir a denunciarlo, demostrando ser una buena ciudadana alemana que cumplía con su deber, él haría lo mismo y redactaría el informe.

Después de echar un vistazo a los diversos montones de papeles que tenía pulcramente alineados sobre el alféizar, el sargento se excusó diciendo que iba a buscar el formulario que necesitaba. En cuanto salió del despacho, Alex se acercó y localizó con rapidez los salvoconductos con el sello oficial estampado. Cogió un grueso fajo, se lo metió por debajo de la blusa y lo deslizó dentro de la bolsa sellada, volvió a abotonarse y se sentó en una silla para esperar al oficial. Este regresó al cabo de cinco minutos, con el pelo recién engominado y apestando a colonia barata, y mientras tomaba asiento le dirigió una sonrisa radiante y le aseguró que era un auténtico placer conocer a una joven tan guapa y encantadora.

Redactó el informe con ademán ostentoso, incluyendo una explicación del incidente y la descripción que Alex le dio del tipo de piel oscura. Luego le pasó el documento para que lo firmara, lo que ella hizo sonriéndole agradecida y diciéndole que resultaba tranquilizador que hubiera hombres como él protegiendo a la gente inocente. Cuando salió del despacho, el oficial la contempló con expresión anhelante y luego volvió a gritarle a su secretaria antes de marcharse a cenar.

Alex paró un taxi y se dirigió de vuelta a la estación. Misión cumplida... o casi. Todavía tenía que regresar a Zurich. Había un tren que salía dentro de una hora. Compró un billete y, antes de embarcar, llamó a un número de la ciudad suiza para comunicar a qué hora llegaría, utilizando el código cifrado que le habían dado para aquella misión. Luego subió al vagón correspondiente, se acomodó en su asiento y esperó media hora hasta que por fin el tren salió con destino a Zurich, adonde llegó puntualmente catorce horas más tarde.

Una vez en la estación, compró una revista y una chocolatina y se dirigió al lavabo. Justo al entrar, chocó con una mujer mayor. Alex se disculpó educadamente y las dos siguieron su camino. El intercambio se había producido con la mayor rapidez y discreción posible. La mujer se marchó con los documentos de viaje y el pasaporte alemán de Alex, y esta con un pasaporte británico bastante usado que llevaba su fotografía. Dentro había un billete para un tren que partía hacia Londres en media hora. Embarcó con tiempo de sobra, colocó su maleta en el portaequipajes y se acomodó en el compartimento. Mostró su billete al revisor y, cuando el tren salió puntualmente de la estación, Alex sintió cómo el corazón le latía desbocado, aunque poco a poco se fue tranquilizando.

Al llegar a Londres, tomó un taxi hasta Baker Street, donde Marlene la estaba esperando. Alex le entregó los salvoconductos que había robado de la comisaría, casi un centenar. Se quitó la vestimenta alemana, dejó la maleta y se puso su propia ropa. Hacía dos días y unas pocas horas que había salido de aquel edificio con rumbo a Zurich, y ya había regresado tras cumplir con éxito su primera misión.

—Has tenido suerte —le dijo Marlene, para recordarle que las cosas no siempre salían bien.

—La suerte del principiante —repuso Alex con modestia, sonriéndole.

La mujer no le devolvió la sonrisa. Estaba allí para cumplir con su trabajo, a cualquier hora y en cualquier momento, no para entablar amistad con los agentes.

—Nos pondremos en contacto contigo cuando te necesitemos —fue todo lo que le dijo al despedirla.

Alex salió experimentando una confusa mezcla de emociones: por una parte, una sensación de triunfo por haber cumplido con éxito su primera misión y por que todo hubiera salido bien; por otra, un leve escalofrío de miedo al pensar que podría no haber sido así. En ese momento podría estar muerta. Se estremeció al recordar al gordo y grasiento policía de Berlín, con su peste a gomina y a colonia barata.

Pero ahora estaba metida de lleno en aquel nuevo mundo. Ya no había marcha atrás, y tampoco quería que la hubiera. Era una agente de los servicios secretos británicos, y más allá de las sensaciones de triunfo, de miedo y de asombro ante lo que había hecho, se imponía un abrumador sentimiento de orgullo, el orgullo de haber realizado por fin algo importante por su país, algo que ayudaría a salvar vidas. Y, para ello, Alex estaba dispuesta a sacrificar la suya.

5

Durante las dos semanas que siguieron a su primera misión en Alemania, Alex se sintió un tanto aturdida al pensar en todo lo ocurrido y darse cuenta de lo temeraria y al mismo tiempo afortunada que había sido. Si algo hubiera salido mal, se habría metido en serios problemas. Pero, por suerte para ella, todo había ido como la seda.

Resultaba inquietante pensar en el enorme riesgo que había corrido. Alex era consciente de estar haciendo algo importante; de hecho, era una manera de vengar la muerte de su hermano, de superar en astucia a los nazis en su propio terreno; pero, por otra parte, se preguntaba si no habría aceptado la misión por la emoción y el desafío que representaba. También sabía que, si llegara a pasarle algo, sus padres se quedarían destrozados. Geoff realizaba misiones de vuelo casi todos los días, y Richard también, algo que preocupaba mucho a Alex. El perjuicio más efectivo que podían causarles a los alemanes, ya fuera por tierra o por aire, era en su propio terreno. Pero Alex sabía que, si algo salía mal mientras ella se encontraba en territorio alemán, la Inteligencia británica no acudiría en su rescate. Varios oficiales de la SOE se lo habían repetido una y otra vez: tratar de salvarla pondría en peligro otras muchas vidas.

Mientras esperaba a que la llamaran para su siguiente misión, la enviaron varias veces a la semana a realizar entregas de material con el camión. Quedaba con Richard cuando él tenía la noche libre y podía ir a la ciudad. A Geoff apenas lo veía. Supuso que estaría divirtiéndose con la hija del carnicero. Estaba segura de que su hermano la mataría si se enteraba de a qué se dedicaba. Su aspecto aparentemente inocente y juvenil hacía que nadie de su entorno sospechara que podía estar trabajando para una organización como la SOE. Y Richard no la interrogaba al respecto. Él ya tenía sus propias preocupaciones como comandante de un escuadrón de combate.

Uno de los aspectos que más le gustaba a Alex de su nuevo trabajo era la gran diversidad de mujeres que estaba conociendo, tanto durante el período de adiestramiento como en la residencia en la que se alojaba. Había unas pocas que, como ella, se habían educado en un elitista mundo de bailes de debutantes, fiestas aristocráticas e institutrices que te enseñaban a pintar con acuarelas, hacer delicados bordados y hablar en francés. Pero también estaba conociendo a otras muchas que se habían criado en ambientes menos agradables, y en ocasiones en circunstancias muy duras. Sin embargo, todas ellas eran jóvenes inteligentes, entregadas y extraordinariamente valientes, dispuestas a enfrentarse al enemigo y a hacer todo cuanto estuviera en su mano para debilitarlos en su propio terreno, arriesgando sus vidas sin dudarlo en ningún momento.

Por toda Inglaterra había mujeres asumiendo nuevos desafíos, trabajando en fábricas, conduciendo camiones y autobuses y realizando tareas propias de los hombres, aparte de sus tradicionales roles como enfermeras, maestras y secretarias.

Le gustaba hablar con sus nuevas compañeras. Todas ellas eran oficialmente conductoras de camiones, y algunas, como la propia Alex, seguían formando parte del Cuerpo Yeomanry de Enfermeras de Primeros Auxilios, aunque en realidad su cometido principal era colaborar con la Dirección de Operaciones Especiales, que trabajaba estrechamente con la Inteligencia Militar. De hecho, la residencia era un nido de espías, mujeres jóvenes y eficientes, altamente preparadas y sumamente peligrosas, procedentes de las más variadas extracciones sociales. Si los padres de todas ellas supieran a lo que se dedicaban, se quedarían horrorizados.

Sin embargo, formar parte de la SOE había ampliado los horizontes y la visión del mundo de Alex, que ya no se sentía constreñida por las reglas y las tradiciones del entorno en que se había criado. Trataba de pensar lo menos posible en ello, pero cuando lo hacía le parecía imposible que, después de la guerra, tuviera que volver a la apacible vida campestre que había llevado en Hampshire. Su nueva existencia se había vuelto emocionante hasta un punto que nunca hubiera alcanzado a imaginar.

Ahora se sentía una mujer libre e independiente, al tiempo que su relación con Richard se estrechaba cada vez más. La mujer de la que él se había enamorado no tenía nada que ver con la joven recatada que debería haber sido por crianza y educación, ni tampoco con la que había sido hacía algo más de un año, antes de que empezara la guerra. Alex había florecido como una mujer plena tras años de lo que se le había antojado una existencia yerma y sin sentido. Ahora su vida tenía un propósito y nada la detendría para tratar de alcanzarlo. Y Richard no intentaría impedírselo, puesto que no tenía ni idea de a qué se dedicaba en realidad.

Después de su misión en Alemania, Alex recibió unas clases avanzadas sobre transmisiones radiofónicas, algo para lo que parecía tener una capacidad innata. También era muy buena en la decodificación de mensajes cifrados.

Acababa de desencriptar un código especialmente intrincado en las oficinas de Baker Street cuando la llamaron para que ayudara a un grupo de decodificadores del ejército, todos ellos varones. Y, una vez descifrado el mensaje, ella fue la encargada de entregárselo al mismísimo primer ministro. Su autorización especial de alto secreto como miembro de la SOE la acreditaba para poder cumplir dicho cometido.

Le ordenaron que se dirigiera a las Nuevas Oficinas Públicas, un edificio del gobierno situado en la esquina de Horse Guards Road con Great George Street, cerca de Parliament Square. Alex esperaba encontrar el típico edificio gubernamental, y pensó que solo tendría que dejarle el gran sobre que le habían entregado sus superiores a una secretaria en la antesala del despacho del primer ministro. Era todo un honor que le hubieran confiado una misión tan importante. Se imaginaba al señor Churchill sentado en un elegante despacho con paneles de madera, fumando un puro y tomando decisiones cruciales para el destino del país. Pero, en lugar de eso, un guardia apostado en la entrada la envió al sótano y, después de bajar varios tramos de escaleras, llegó a un subterráneo conformado por una sucesión de oficinas y salas de reuniones donde reinaba un ajetreo frenético de oficiales de alto rango de todos los cuerpos del ejército, tierra, mar y aire, que avanzaban a grandes zancadas por los pasillos y entraban y salían apresuradamente de los despachos.

Mientras recorría aquel laberinto vislumbró una enorme sala de mapas, diversas dependencias de transmisiones en las que incontables operadores se afanaban sentados delante de complicados paneles, e incluso tuvo un fugaz atisbo del primer ministro cuando la puerta de uno de los despachos se abrió y se cerró rápidamente. En aquel instante, Alex tuvo la impresión de que el destino de la nación se decidía en aquel subterráneo, por donde iban y venían los más altos estamentos de la jerarquía militar y gubernamental y desde donde Winston Churchill dirigía con puño de hierro la participación de Gran Bretaña en la guerra.

Tuvo que preguntar varias veces hasta que por fin se presentó ante una mujer de aspecto serio y mayor que ella, que tomó el sobre y le prometió que se lo haría llegar al primer ministro. Contenía información nueva y crucial sobre códigos de encriptación, altamente confidencial y de gran importancia para la seguridad nacional. Alex era solo una emisaria, pero se sentía como si le hubieran encomendado una misión sagrada que la había llevado al mismísimo centro de las salas de guerra del gobierno.

El complejo subterráneo se encontraba a suficiente profundidad como para estar a salvo de los bombardeos y para que todo el personal pudiera trabajar las veinticuatro horas del día sin interrupción. Alex se sintió tan fascinada por todo lo que había visto que esa noche, cuando quedó para cenar con Richard, deseó poder hablarle de ello, aunque sabía que no podía hacerlo. Nunca revelaría los secretos que ahora conocía. Además, Richard no entendería que a una voluntaria del Cuerpo Yeomanry de Enfermeras le hubieran confiado realizar una entrega tan importante. Incluso a ella le costaba creerlo.

—Bueno, ¿qué has hecho hoy? —le preguntó Richard mientras tomaban asiento en una pequeña mesa situada en un rincón del restaurante hindú que tanto les gustaba.

Alex observó que parecía cansado e intuyó que había tenido un día muy duro.

—Hemos recogido escombros de las calles y los hemos transportado en los camiones para construir pistas de aterrizaje —respondió con aire inocente.

Durante los bombardeos se habían destruido tantos edificios que muchas calles habían quedado impracticables. Los escombros impedían que se pudiera circular con normalidad por algunas zonas urbanas, y al retirar los cascotes aparecían con frecuencia algunos cadáveres. Resultaba muy deprimente, aunque eso no era lo que Alex había estado haciendo ese día.

—Me gustaría que te ofrecieran un trabajo más sencillo —comentó Richard—. Las mujeres deberían ocuparse de tareas administrativas o trabajar en las fábricas. Ahora mismo parecen estar realizando trabajos propios de los hombres, demasiado exigentes físicamente. —Si hubiera visto sus sesiones de entrenamiento con la SOE se habría sentido aún más impresionado, incluso intimidado por Alex—. Me he enterado de que dentro de unos meses elaborarán un censo de todas las mujeres civiles, incluyendo a las ancianas. Creo que la edad límite estará en los sesenta años. El objetivo es instaurar el reclutamiento femenino obligatorio para el año que viene, en caso de que la guerra continúe.

Lo cual, dadas las circunstancias, parecía más que probable.

Muchos estadounidenses, tanto hombres como mujeres, se habían alistado como voluntarios en el ejército británico, a pesar de que Estados Unidos aún no se había unido a las fuerzas aliadas y de que el presidente Roosevelt parecía dispuesto a mantener a su país al margen de la guerra. No obstante, estaban recibiendo el apoyo individual de muchos ciudadanos estadounidenses, así como de canadienses y australianos.

Alex había coincidido en la SOE con mujeres de diversas nacionalidades —francesas, indias, polacas—, y disfrutaba mucho hablando con ellas y conociéndolas mejor. Algunas de ellas eran muy reservadas y nadie habría adivinado nunca que eran espías, del mismo modo que nunca lo habrían sospechado de Alex, que con su aspecto juvenil e inocente daba la impresión de no haber visto en su vida nada más peligroso que un salón de baile. Parecía justo lo que era, una joven de buena cuna, pero Richard ya había descubierto que era mucho más que eso, que sus intereses y pasiones eran más profundos y que sus poderes de observación eran más agudos que los de muchos de los hombres con los que trabajaba.

La idea de que las mujeres no podían asumir las mismas responsabilidades que los hombres le resultaba un concepto absurdo. De hecho, pensaba que muchas de ellas eran más inteligentes que muchos hombres. La conmovía que tuviera una mentalidad tan abierta al respecto, una manera de pensar justa y moderna que contrastaba abiertamente con la de su padre y sus hermanos, que opinaban que las mujeres debían permanecer en casa y que incluso conducir una ambulancia era algo que les quedaba demasiado grande.

Esa noche, durante la cena, compartieron sus puntos de vista sobre Winston Churchill. Richard pensaba que era un político brillante y estaba convencido de que gracias a él ganarían la guerra. Alex se moría de ganas de contarle que esa misma tarde le había visto fugazmente a través de una puerta entreabierta, pero no podía hacerlo. No había excepción a la regla, y la autorización de alta seguridad que le habían concedido daba fe de la confianza que habían depositado en ella. También tenía licencia para llevar armas, algo que Richard tampoco sabía.

Justo cuando salían del restaurante empezaron a sonar las sirenas antiaéreas y se dirigieron a toda prisa hacia el refugio más cercano. Allí pasaron las dos horas siguientes, rodeados de niños llorosos y de sus exhaustas madres, oyendo cómo las bombas caían y destruían sus hogares. Cuando salieron del refugio, pasaron junto a un pequeño hotel y Richard le dirigió una mirada implorante.

—No quiero separarme de ti todavía, Alex. ¿Podemos pasar juntos unas horas más?

Ella lo deseaba tanto como él, y estaba a punto de decirle que no cuando algo la detuvo esta vez. ¿Y si le ocurría algo a alguno de los dos? En la situación en que se encontraban, debían aprovechar cualquier oportunidad que les ofreciera la vida, ya que tal vez no se volvería a presentar. Ella era una espía y él un piloto de combate; cada momento que pudieran pasar juntos era un regalo. Así que, en lugar de rechazar su proposición, Alex aceptó. Ya habían pasado junto a ese hotel otras veces; parecía discreto y limpio, no el tipo de cuchitril sórdido que ella quería evitar y al que otras parejas acudían habitualmente.

Le siguió al interior del hotel con paso cauteloso y, una vez dentro, Richard se acercó al mostrador para hablar con el recepcionista, que también acababa de regresar del refugio, junto con varios de sus huéspedes, y parecía tan agotado como ellos.

Richard habló en voz baja con él, mostrando los galones de su uniforme. Casi todos los hombres de Londres iban uniformados ahora, pero Richard no era un simple soldado que se presentaba con una vulgar mujerzuela del brazo.

—Nuestro edificio ha resultado dañado en el bombardeo de esta noche. Mi esposa y yo necesitamos un sitio donde quedarnos hasta mañana —dijo en tono contrito y desesperado.

El recepcionista se compadeció al momento.

—¿Tienen hijos? —preguntó, reparando en el respetable aspecto de Alex.

Iba vestida con sencillez, con un vestido gris y un abrigo negro, y tenía polvo de yeso pegado en el pelo de caminar por las calles.

—Están en Hampshire —improvisó Richard.

Alex tuvo que esforzarse por contener la risa. El recepcionista asintió y le entregó una llave. Richard le pagó y, mientras subían juntos la escalera, ella le susurró:

—Has estado muy rápido con lo de los niños.

—Los niños están en Hampshire —dijo él sonriendo—, solo que no son nuestros.

Llegaron al cuarto y él abrió la puerta. Era una habitación pequeña y estaba amueblada de forma austera, pero se veía muy limpia. Había una cama cubierta con una colcha de chenilla blanca, cortinas de satén rosa, una silla, una mesita y una cómoda con un espejo que se había agrietado durante uno de los bombardeos. Pese a todo, el edificio seguía en pie y se convertiría en su hogar durante lo que quedaba de su primera noche juntos. Había también un lavamanos, aunque el cuarto de baño estaba al final del pasillo. Sin perder ni un minuto, Richard se giró hacia ella, la tomó entre sus brazos y empezó a besarla mientras la desvestía con delicadeza. Sabía que era su primera vez y quería mostrarse gentil y considerado con ella.

Poco después, Alex estaba en ropa interior. Sus manos temblaban mientras desabrochaban la camisa de Richard, que él acabó de quitarse, como los pantalones. Luego, con la mayor de las ternuras, cogió a Alex en brazos y la tendió sobre la cama. Sus cuerpos se unieron y ella gimió suavemente cuando las manos de él recorrieron su piel. Ya no tenía dudas. Se había decidido y, como en todo lo que hacía, una vez tomada la decisión seguiría hasta el final sin mirar atrás.

—Te quiero tanto, Alex —susurró él mientras le quitaba despacio las horquillas del pelo, las dejaba sobre la mesilla y la rubia melena le caía sobre los hombros y la espalda.

La besó y acarició cada centímetro de su piel, y trató de mostrarse lo más delicado posible al entrar en ella. Al principio Alex se tensó por el miedo, pero luego se relajó entre sus brazos y muy pronto la pasión los arrebató a los dos. Cuando todo acabó, yacieron juntos sobre la cama, jadeando. Richard la estrechó contra su cuerpo.

—Te querré siempre —le prometió con voz ahogada por la emoción.

Alex sabía que era verdad. Solo confiaba en que ese «siempre» no acabara demasiado pronto para ninguno de los dos. Ya nadie podía estar seguro.

—Yo también te quiero —susurró ella con lágrimas en los ojos.

Al verlas, Richard rezó para que ella no se arrepintiera de lo que habían hecho y, sobre todo, para que no se quedara embarazada. Ninguno de ellos había esperado sucumbir a la pasión esa noche y él no llevaba protección consigo, pero ambos habían decidido correr el riesgo aquella primera vez. Él deseaba tener hijos con ella algún día, pero no todavía, no en un mundo asolado por la guerra. Quería que cuando sus hijos nacieran estuvieran seguros y a salvo. Tenía muy claro que, si Alex accedía, se casarían. No obstante, seguía preocupándole que sus padres no le consideraran un marido apropiado para su hija. Se sentía indigno de ella por las diferencias sociales existentes entre ambos, pero estaba seguro de que nadie la amaría nunca tanto como él. Ella también estaba convencida de ello y le amaba con la misma intensidad.

Alex quería permanecer despierta toda la noche para saborear cada instante que pasara con él, pero al final se quedó dormida entre sus brazos. Se despertó cuando Richard apartó las cortinas de oscurecimiento y los primeros rayos del sol invernal se filtraron en la habitación. Él le acarició suavemente la mejilla y ella le sonrió.

—Lo que pasó anoche, ¿fue solo un sueño? —le preguntó en un susurro.

—Si fue así —respondió él—, yo soñé lo mismo.

Volvieron a hacer el amor mientras Alex continuaba en un estado de placentera somnolencia. Richard se retiró de su interior antes de acabar, como había hecho la noche anterior. No había esperado que ella se le entregara con tanta dulzura y pasión.

Por turnos, fueron de puntillas al cuarto de baño para asearse, nerviosos ante la posibilidad de toparse con algún huésped en el pasillo, pero no se encontraron con nadie. Cuando Alex regresó, Richard observó fascinado cómo ella volvía a vestirse. Era como contemplar un estriptis al revés, y se sintió igual de excitado cuando la vio abrocharse el liguero. No tenía que estar de vuelta en la base hasta la tarde y ella también libraba ese día, así que no tenían ninguna prisa. Pero al final, casi a regañadientes, salieron de la habitación con un último beso y dejaron la llave en la recepción.

Desayunaron en un restaurante cercano y luego él la acompañó a la residencia. Alex sentía que, después de que hubieran hecho el amor, todo había cambiado en su vida, como si ahora le perteneciera realmente a Richard. Él se entristeció mucho cuando llegó el momento de separarse. La mayoría de las jóvenes de la residencia ya se habían marchado a trabajar y ellos se quedaron al pie de las escaleras un buen rato, besándose, acariciándose y recordando la noche anterior.

—Esta noche estoy ocupado, pero te llamaré mañana —le dijo él, y ella asintió mirándole a los ojos—. Ten mucho cuidado, Alex. Si te pasara algo...

No pudo acabar la frase. Ese era el miedo que todos tenían por sus seres queridos. En cualquier momento podría caer una bomba, o derrumbarse un edificio, o el avión de Richard podría ser derribado, o enviarían a Alex a una misión a Alemania de la que ya no volvería, algo de lo que él ni siquiera era consciente. El suyo parecía un cometido más peligroso, pero eso había dejado de ser cierto desde que Alex trabajaba al servicio de la SOE.

—Te quiero —susurró ella dulcemente, antes de apresurarse escaleras arriba y despedirse agitando la mano.

Él dio media vuelta y se alejó. Cada vez que se separaba de ella sentía como si el corazón abandonara su pecho. Nunca había amado a nadie como la amaba a ella, pero ahora mismo era imposible vislumbrar el futuro: había demasiados peligros, demasiadas incógnitas.

Al pasar junto a la recepción, Alex se fijó en que había un mensaje para ella clavado en el tablón de avisos. Lo cogió, lo abrió y comprobó que era de Bertram Potter. Le llamó de inmediato.

—Preséntate aquí a las tres de la tarde —dijo sin dar más explicaciones.

Podía tratarse de cualquier cosa: una misión, una reunión

u otra sesión de formación de algún tipo. No hizo preguntas, solo debía obedecer.

Mientras se vestía pensó en Richard, preguntándose qué tendría el futuro reservado para ellos. Quería invitarle a pasar las Navidades en Hampshire con sus padres. Geoff ya había anunciado que no podría ir ese año, así que Alex estaría sola con ellos y deseaba que Richard les conociera y también que viera Wickham Manor, el lugar donde había crecido.

Llegó a la sede de la SOE en Baker Street unos minutos antes de las tres, preparada para cualquier cometido que le encargaran. Siempre sentía una punzada de excitación cuando la llamaban. Todos sus sentidos estaban alerta mientras esperaba ante el despacho del capitán Potter, que la hizo entrar de inmediato.

—Te necesitamos como acompañante en una misión de reconocimiento en Alemania. Vamos a mandar allí a uno de nuestros expertos, pero no habla alemán y tendrás que hacerte pasar por su esposa. Volarás a Zurich esta noche, donde habrá un coche esperándote. Conducirás hasta una pequeña población en la que hay una fábrica de municiones. Él dibujará los mapas. Tú solo viajarás con él como tapadera.

—¿Y cómo nos las arreglaremos si él no habla alemán?

Nunca había trabajado con un compañero.

—Se hará pasar por un veterano de guerra que sufrió una terrible herida en la garganta. Tiene una cicatriz para dar fe de ello. Tú serás su esposa y hablarás por él. Habéis ido allí para visitar a unos parientes en la región del Ruhr, que resulta ser la principal zona industrial de Alemania. Queremos que entréis y salgáis lo más rápido posible. Él dibujará los mapas, tú conducirás y hablarás cuando sea necesario. Entraréis en coche por la frontera suiza. La misión no os debería llevar más de un día o dos. Seguramente tendréis que alojaros en un hotel, en la misma habitación, claro está. —Eso le recordó la noche que acababa de pasar con Richard, y pensó en cómo, debido a su trabajo, tendría que pasar una noche en un hotel con un desconocido.

»Tenemos ropa preparada para los dos. El otro agente se presentará aquí en unos minutos. Os marcharéis dentro de una hora. Nada de nombres, salvo los que aparecen en los pasaportes que os darán en Zurich. Entregaréis vuestros documentos británicos al agente que os proporcionará el coche. Y desde el momento en que salgáis de este despacho, él dejará de hablar. ¿Te ha quedado claro? Os daremos un mapa de la zona por la que viajaréis. Podéis estudiarlo una vez que estéis en el coche. Deberíais tardar unas ocho horas en cubrir el trayecto entre Zurich y Essen. Vivís en Berlín. Tú eres maestra y, antes de la guerra, él era abogado. Ahora recibe un subsidio como veterano de guerra. También sufre cojera. —Alex no sabía si esta sería real o fingida, pero no preguntó—. Tu maleta tiene un doble fondo. Dentro hay una pistola con silenciador. Puede que la necesites. En la suya hay un subfusil.

Las palabras del capitán Potter le dejaron muy claro que se trataba de una misión peligrosa. Alex guardaba la pistola oculta en un bolsillo secreto de su bolso, y más tarde, cuando abandonaron el despacho, llevaba el cuchillo de comando sujeto a la parte superior del muslo. Cuando Richard la había desvestido la noche anterior el cuchillo estaba guardado también en el bolso, junto con la pistola que ahora llevaba siempre consigo.

Al salir para cambiarse de ropa se cruzó en el pasillo con un hombre alto y delgado. El tipo no le sonrió, y antes de que entrara en el despacho del capitán y cerrara la puerta tras él, Alex se fijó en que cojeaba.

Marlene le informó de que, una vez que llegaran a Zurich, les entregarían sus pasaportes y sus documentos de viaje, junto con una cantidad razonable de marcos alemanes. Alex volvió a ponerse la vestimenta germánica: un abrigo de un tono marrón verdoso con el sombrero a juego, unos zapatos un tanto gastados de tacón grueso y un jersey y una falda de color gris. Los puños del abrigo estaban algo raídos, lo que evidenciaba que no eran personas adineradas. Marlene le entregó también una alianza. Tenía el diámetro justo. La SOE le había tomado todas las medidas pertinentes y le había preparado prendas y accesorios de las tallas apropiadas. Cuando Alex se deslizó el anillo en el dedo, deseó por un momento que fuera de Richard y haberlo llevado puesto la noche anterior cuando se registraron en el hotel. Después de cambiarse de ropa, Alex parecía una maestra de escuela, con el cabello rubio recogido en un severo moño, sin nada de maquillaje y con gafas. Seguía siendo hermosa, pero no llamaba tanto la atención. Ofrecía una imagen más bien vulgar y corriente.

Diez minutos más tarde se le unió su compañero de misión. Serían Heinrich y Ursula Schmitt. El nombre en clave de Alex era Ushi, y ya había memorizado todos los detalles de la biografía del matrimonio. Él presentaba un aspecto tan anodino como el de ella, con unos pantalones holgados, un pesado abrigo de lana gris y un maltrecho sombrero. Y al igual que los zapatos de Alex, los suyos también se veían muy gastados. Para acompañar a su cojera el hombre se apoyaba en un bastón, en cuyo interior había un transmisor de radio. Y, oculto en un bolsillo bajo la ropa, llevaba material para dibujar los mapas.

Salieron del despacho cargados con sus maletas. Heinrich, o comoquiera que se llamara, le dirigió un asentimiento de cabeza y luego tomaron un autobús en dirección al aeropuerto. Una vez allí embarcaron en el avión que partía rumbo a Zurich. Eran una pareja normal y corriente, pobremente vestida y nada atractiva. El sombrero poco favorecedor, el severo peinado, las gafas y la ausencia de maquillaje habían conseguido atenuar incluso una belleza tan deslumbrante como la de Alex.

El avión salió con solo unos minutos de retraso y el vuelo

transcurrió sin incidentes. Alex observó que, durante el trayecto, Heinrich sacaba un cuaderno de tamaño bolsillo para hacer algunos dibujos. Se preguntó si sería artista en su vida real. Los esbozos eran muy buenos, flores bosquejadas con gran minuciosidad y también un paisaje, todo ello en miniatura.

En el aeropuerto de Zurich tomaron un autobús y se bajaron en la primera parada. Luego caminaron medio kilómetro hasta un restaurante, donde les esperaba un agente con sus nuevos papeles y el coche que utilizarían. Todo el intercambio de documentos británicos por alemanes no duró más de un minuto. Les dio las llaves de un desvencijado coche de matrícula alemana y poco después se marcharon. Alex conducía. Hasta el momento no había cruzado una sola palabra con Heinrich, y sabía que tampoco debía hacerlo.

Cuando ya estaban en el coche, se giró hacia él y le preguntó en alemán si todo estaba bien. Él entendió más o menos lo que le decía y asintió. Condujeron a través de la oscuridad y, poco después de medianoche, pararon en un pequeño hostal. Alex explicó al recepcionista que ella y su marido necesitaban una habitación. Sin prestarles apenas atención, el hombre les entregó una llave y Alex pagó.

Heinrich subió las escaleras cojeando hasta un cuarto que olía a cerrado y en el que solo había una estrecha cama. Las sábanas se veían limpias, pero el resto del cuarto estaba bastante sucio. Alex se tumbó en la cama con la ropa puesta, pero Heinrich le dio a entender que eso no podía ser. Si por algún motivo las autoridades entraban en plena noche, encontrarían sospechoso que ella estuviera totalmente vestida, por muy sucia que estuviera la habitación. Ella asintió y, con cierta reticencia, se enfundó el camisón mientras Heinrich se ponía el pijama. No era un compañero de viaje demasiado agradable, de hecho se mostraba bastante hosco. Pudo verle la cicatriz del cuello que, en teoría, era una herida de guerra.

Alex no sabía si era auténtica o no, pero resultaba muy convincente.

Se tumbó con cuidado en la cama y se arrimó al borde todo lo que pudo sin caerse, mientras su compañero hacía lo mismo y se comportaba como si ella no estuviese.

Alex permaneció despierta toda la noche hasta que se levantó a las seis y se vistió. Una hora más tarde, bajaron y tomaron un desayuno a base de sucedáneo de salchichas y café aguado. Poco después dejaron el hotel y prosiguieron su camino hacia la región del Ruhr. La temperatura era gélida y empezó a caer una ligera nevada. Condujeron durante todo el día y, debido a las inclemencias del tiempo, tardaron más de lo previsto. Llegaron a su destino al caer la noche. Estaba demasiado oscuro para que Heinrich pudiera examinar el área y trazar sus mapas, así que tuvieron que pernoctar en otro hotel, tan desangelado como el anterior, aunque esta vez tuvieron suerte y les dieron una habitación con dos camas.

A la mañana siguiente, cuando se dirigían hacia la zona industrial, dos soldados les dieron el alto y les pidieron la documentación. Heinrich tenía todos los papeles necesarios para demostrar que era un veterano herido en la guerra y que estaba exento del servicio activo. El soldado que examinó los papeles asintió y les hizo un gesto para que siguieran la marcha. En silencio, Alex dejó escapar un suspiro que se convirtió en una vaharada de vapor en el gélido aire matutino.

Después condujeron hasta un lugar desde el que Heinrich tenía una perspectiva perfecta para trazar los mapas. Se encontraban a bastante distancia de las fábricas y no había nadie por los alrededores que les preguntara qué estaban haciendo. Heinrich ya casi había acabado cuando, de pronto, apareció un soldado de la nada y se acercó a ellos. Alex contuvo el aliento, tratando de aparentar calma. El militar le pidió a Heinrich que le enseñara lo que estaba dibujando, y este le entregó un esbozo en el que aparecían unas suaves colinas onduladas y el campanario de una iglesia. Era el paisaje que se veía justo enfrente de ellos, pero sin las fábricas. El mapa en el que había estado trabajando ya estaba guardado en el bolsillo oculto de su abrigo. Heinrich también le mostró su certificado de veterano.

El soldado estudió el dibujo un momento, asintió y se lo devolvió. Luego centró su atención en Alex. Parecía estar pensando que podría ser una mujer muy atractiva si no fuera por su aspecto vulgar y su ropa ajada. Y aunque se la veía bastante joven, sus ojos reflejaban toda la fatiga de una mujer mucho mayor. Al soldado se le pasó por la cabeza que su vida no debía de ser muy agradable, casada con un tullido y además mudo. Por fin, les indicó que podían marcharse y Alex le dio las gracias. Acto seguido se montaron en el coche y se alejaron.

Alex miró a Heinrich y, de la forma más sencilla que pudo, le preguntó en alemán si había acabado lo que tenía que hacer. Su compañero asintió. Tenía todo lo que necesitaba y había memorizado el resto. Ella observó cómo enrollaba cuidadosamente el mapa y lo guardaba en el interior hueco de su bastón. Luego prosiguieron el trayecto en silencio hasta la frontera suiza, adonde llegaron a última hora de la noche. Dos soldados alemanes les pidieron la documentación. Alex les explicó que iban a Zurich a ver a un especialista para la garganta de su marido. Les enseñó un permiso firmado por el Reich, en el que se explicaba que los médicos del ejército no habían podido hacer nada para que recuperara el uso de las cuerdas vocales. Los soldados se apartaron del coche y estuvieron hablando en voz baja un buen rato. Finalmente asintieron y les dejaron pasar.

Antes de llegar a Zurich, se desviaron por una carretera secundaria hasta parar delante de una casa. Allí les esperaba un agente que les entregó sus documentos británicos y luego los siguió hasta el aeropuerto montado en una bicicleta. Cuando llegaron, al cabo de una hora, el agente recogió el coche y Alex y Heinrich se alejaron sin mirar atrás. Junto con sus documentos había dos pasajes para un vuelo de Zurich a Londres.

Embarcaron sin llamar la atención y dejaron sus maletas en el compartimento de arriba, con las armas que por fortuna no habían tenido que utilizar ocultas en su interior, aunque las habrían empleado sin dudarlo contra cualquier soldado alemán que hubiera tratado de detenerles. El bastón de Heinrich desapareció de la vista, plegado y guardado en un bolsillo oculto de su abrigo, y cuando bajaron del avión en Londres ya no cojeaba. Después, tras una visita al servicio de caballeros, tampoco había ni rastro de la cicatriz del cuello. Alex se quitó discretamente las gruesas gafas y, al instante, se vio mucho más guapa.

En el aeropuerto de Londres tomaron un autobús hasta la ciudad, sin separarse en ningún momento de sus maletas. Se bajaron en la parada más cercana a Baker Street e hicieron el resto del trayecto a pie, todavía sin cruzar palabra entre ellos. Heinrich caminaba con normalidad y Alex tuvo que apresurar el paso para mantener el ritmo de sus zancadas. En esa ocasión, y a pesar de lo tarde que era, el capitán Potter les esperaba en su despacho. Miró a Heinrich con aire expectante.

—¿Y bien?

El hombre al que Alex conocía como Heinrich le entregó el bastón.

—Misión cumplida. Tengo lo que queríais.

El tenso semblante del capitán se distendió en una amplia sonrisa. Alex pensó que la intensidad de su trabajo le había envejecido. Aparentaba muchos más años de los cuarenta que tenía. Su espíritu era el de un hombre mayor y parecía cargar con el peso del mundo sobre sus hombros.

—Están esperándolo ansiosos en la Oficina de Guerra. Gracias a los dos —dijo Potter, y ambos agentes se relajaron visiblemente—. ¿Algún problema?

—La verdad es que no. Los soldados nos pararon en un par de ocasiones, y la patrulla fronteriza me escrutó minuciosamente en la aduana, pero Ursula les convenció diciendo que íbamos a ver a un doctor para mi garganta. Teníamos un permiso que lo demostraba. —Entonces se giró hacia Alex—. Muy buen trabajo. —Luego se volvió de nuevo hacia Potter—. Por cierto, el coche era un cacharro. No sé cómo Ursula consiguió que llegáramos tan lejos —agregó sonriendo, y Alex reparó en que tenía una voz profunda y un fuerte acento escocés—. Ha sido una compañera magnífica. No ha cometido ningún desliz ni ha infringido las normas en ningún momento. Y su alemán es perfecto. Yo también podría hablarlo, pero mi acento es puro Glasgow, no berlinés —añadió riendo.

Alex sonrió al escuchar sus cumplidos. Cuando Potter saludó marcialmente al agente, comprendió que este tenía mayor rango que el capitán. Su compañero de misión era un oficial de alta graduación de la Inteligencia Militar. El capitán Potter pareció impresionado por sus alabanzas hacia ella y le dirigió una cálida mirada, algo que no era nada habitual.

Alex fue a cambiarse de ropa y, cuando regresó, «Heinrich» ya se había ido. La misión había finalizado. Aunque ya era muy tarde, el capitán Potter salió presuroso para dirigirse a la Oficina de Guerra, mientras Alex se marchaba sola de las oficinas de Baker Street, pensando en la experiencia vivida durante los últimos dos días y en que las cosas podrían haber acabado de forma muy distinta. Siempre le quedaba esa sensación de haber escapado por los pelos de las fauces de los leones, pero al final lo habían conseguido.

Cogió un autobús hasta la residencia y, al llegar, comprobó que no había ningún mensaje de Richard. Alex había desaparecido una vez más sin dejar aviso ni dar explicación alguna pero, como él no la había llamado, no tendría que inventarse una excusa plausible cuando hablaran al día siguiente. Estaba convencida de que él también habría estado muy ocupado.

Richard tampoco la llamó al día siguiente, y a última hora de la tarde Alex decidió telefonear al número de la base aérea que él le había dado para obtener información si alguna vez le ocurría algo. Se sentía un poco tonta llamando sin ningún motivo real de preocupación, pero Richard no había intentado contactar con ella desde hacía tres días, lo cual era impropio de él. Además, sus misiones eran más cortas que las de ella, apenas duraban unas horas.

Vacilante, Alex preguntó por Richard y le dijeron que esperara un momento. Pasaron cinco minutos angustiosos antes de que la voz volviera a la línea y la informara de que el avión del capitán Montgomery había sido derribado durante una misión. No había regresado junto con los demás y desde entonces no habían tenido noticias de él. Alex sabía que llevaba un pequeño transmisor para enviar mensajes si caía en territorio enemigo.

—¿Alguien vio cómo...? ¿Está...?

La voz de Alex se quebró. Quería saber si alguno de los otros pilotos había presenciado cómo abatían el avión y tenía la certeza de que Richard estaba muerto.

—Es todo lo que sabemos, señora —repuso la voz en tono oficial—. Está desaparecido en combate. Podría aparecer en cuestión de días o de semanas, dependiendo de si ha resultado herido o ha sido capturado —concluyó de forma seca y tajante.

—Gracias —susurró ella mientras el terror le atenazaba la garganta.

El avión de Richard había sido derribado y él estaba desaparecido en combate, pero al menos nadie había sido testigo directo de su muerte. Rezó para que, allá donde estuviera, lograra encontrar la manera de escapar de territorio enemigo. Estaba solo y perdido en alguna parte, moribundo o tal vez muerto, quizá gravemente herido. Le temblaba la mano cuando colgó el auricular. Ella había sobrevivido a su misión, pero ahora Richard estaba desaparecido. Una vez más, volvió a impactarle con fuerza el hecho de que sus vidas podían cambiar en cualquier instante, como acababa de hacerlo la suya en ese momento.

Subió al dormitorio que compartía con el resto de las mujeres, se tumbó en la cama y lloró lo más silenciosamente que pudo. Su vida carecía de sentido sin él. Ya había perdido a un hermano, y todo cuanto podía hacer ahora era rezar para no perder al único hombre que había amado en su vida. O para que no estuviera muerto.

6

Las seis semanas que transcurrieron desde que el avión de Richard fue derribado hasta Navidad fueron las más largas de su vida. Trató de no llamar a la base aérea demasiado a menudo, y al final le pidió al capitán Potter que se pusiera en contacto con la Oficina de Guerra para que intentara averiguar lo que pudiera. Este la informó de que no sabían más de lo que ya le habían comunicado. Por el momento, Richard seguía desaparecido en combate y presuntamente muerto. No obstante, Alex conocía algunos casos de pilotos que habían sobrevivido tras ser abatidos sobre territorio germano. Cabía la posibilidad de que hubiera sido capturado y enviado a un campo de prisioneros. O tal vez ya habría muerto a causa de la gravedad de sus heridas. Sin embargo, otros habían logrado atravesar las montañas alemanas y cruzar a pie la frontera suiza.

En noviembre, Alex tuvo que realizar otras dos misiones en Alemania, y una más en Francia a principios de diciembre, para conseguir información y documentos. Y aunque se encontraba en un estado de aturdimiento constante, cuando viajaba a territorio alemán intentaba siempre dar con el paradero de Richard. Aun así, era consciente de que, aunque le encontrara, no conseguiría sacarlo del país sin los documentos pertinentes, y menos si estaba gravemente herido. Además, sabía que el mero hecho de intentarlo constituía una violación de una de las normas más estrictas de la SOE: no existían misiones de carácter personal. Cada vez que abandonaba territorio alemán se le desgarraba el corazón, sabiendo que estaba dejando allí a su amado. No tenía manera de saber si estaba vivo o muerto, ya que no habían recibido un solo mensaje de él.

El corazón le pesaba como una losa en el pecho cuando tomó el tren para ir a Hampshire por Navidad. Al llegar a casa, recibió otro terrible mazazo. Sabía que a su hermano Geoffrey no le habían concedido permiso para ir a pasar las fiestas, pero no estaba preparada para ver el terrible bajón que habían dado sus padres tras la muerte de William en agosto. Su madre estaba muy deteriorada y envejecida, y su padre estaba aún peor. Lloraban desconsolados cada vez que hablaban de su hijo, y nada más llegar insistieron en enseñarle a Alex la lápida de mármol blanco que habían puesto en el cementerio familiar. Parecían más deprimidos si acaso que justo después de ocurrir la tragedia. La realidad se había asentado con todo su peso: William no iba a volver. Su padre seguía llevando los asuntos de la finca, pero se habían convertido más en una carga que en un motivo de satisfacción. Tenía el espíritu destrozado.

Y ahora Alex sentía lo mismo con respecto a Richard. Ya no se engañaba diciéndose que en cualquier momento tendrían noticias suyas, o que conseguiría cruzar la frontera suiza aunque fuera a rastras. Al parecer, la etiqueta de «presuntamente muerto» había sido correcta. Le destrozaba el corazón pensar en ello, y además no tenía con quién hablar, ya que nadie estaba al tanto de su relación.

Al llegar la Navidad ya había perdido toda esperanza. Lloraba cada día por él e intentaba afrontar su muerte con la mayor valentía posible. Incluso se sintió terriblemente decepcionada cuando descubrió que no estaba embarazada. Habría soportado con gusto la vergüenza pública de tener un hijo ilegítimo con tal de que le quedara algo de él, pero tampoco eso iba a ser posible.

No les dijo a sus padres una sola palabra sobre Richard. No tenía sentido, ahora que estaba muerto.

Lo único que la animaba un poco eran los niños refugiados de Londres, que iban a pasar su segunda Navidad con ellos. Estaba siendo un año durísimo para los Wickham tras la pérdida de su hijo, pero los pequeños siempre conseguían arrancarle una sonrisa a Victoria, que una vez más había preparado regalos navideños para todos ellos. Por su parte, Edward estaba enseñando a jugar al críquet a algunos de los muchachos mayores.

El gobierno había pedido una vez más que los niños no volvieran a sus casas por Navidad, por miedo a que sus padres no quisieran separarse de ellos al acabar las fiestas, pero sobre todo porque estaban más seguros en el campo. Las autoridades también instaban a los padres a no visitar a sus hijos, o hacerlo lo menos posible, para que estos no sufrieran cuando vieran que no se los llevaban de vuelta a casa. De todos modos, muchos padres no podían permitirse visitarlos. Y a esas alturas de la guerra, muchos de los pequeños se habían quedado huérfanos por los bombardeos en Londres o porque sus padres habían muerto en combate.

Fue una Navidad muy amarga para la familia Wickham, sin la presencia de William ni de Geoffrey. La tristeza de Alex se intensificaba además por el hecho de no tener noticias de Richard y por la certeza casi absoluta de que, después de un mes y medio tras las líneas enemigas, estaba muerto. Era prácticamente imposible que hubiera sobrevivido.

Fueron unas Navidades agotadoras emocionalmente. Alex se esforzaba por entretener a sus padres, pero apenas conseguía levantarles el ánimo y no podía culparles por ello. Se sentían muy desilusionados por no poder ver a Geoffrey, y además estaban muy angustiados por él. Alex se pasó todas las fiestas tratando de tranquilizarles al respecto y buscando temas de conversación que les distrajeran y animaran, pero todos sus esfuerzos fueron en vano.

El día de Año Nuevo, cuando tuvo que regresar a Londres, Alex experimentó un terrible sentimiento de frustración al ver que sus padres seguían igual de tristes que cuando llegó. No obstante, era consciente de que nada de lo que ella hiciera podría compensar la pérdida de su amado primogénito. Era evidente que querían mucho a sus otros dos hijos, pero con William era diferente: habían depositado en él todas sus esperanzas sobre el futuro de la familia.

A Alex le costaba mucho imaginar que sus padres volvieran a ser felices algún día, como ella tampoco lo sería si Richard estaba realmente muerto. Se esforzaba por aceptar la idea, pero pensar en todo lo que antes la inundaba de felicidad ahora la llenaba de una tristeza infinita. Temía volver al trabajo y que la enviaran a otra misión a Alemania. Su odio hacia los alemanes era ahora visceral. Sabía que no debía convertir su trabajo en una *vendetta* personal, pero, después de la muerte de William y de que derribaran el avión de Richard, le estaba resultando muy difícil.

Solo pudo conseguir billete para uno de los trenes lentos de regreso a Londres. En un trayecto como aquel conoció a Richard.

Cuando llegó a la residencia la encontró desierta. Sus compañeras o bien seguían durmiendo después de haber estado de fiesta toda la noche, o bien habían salido con sus amistades. Ninguna de ellas trabajaba ese día y, por suerte, ella tampoco.

Guardó la ropa que había traído de Hampshire. No se había molestado en meter en la maleta el precioso vestido que su madre le había regalado por Navidad. No tenía a nadie con quien salir ni lucirlo. Y tampoco tenía ganas de celebraciones sabiendo que, casi con seguridad, Richard había muerto.

Se tumbó en la cama y se quedó mirando al techo. Geoff le había dicho que quizá fuera a verla, pero no la había llamado y, de todos modos, prefería estar sola. Durante una semana no había hecho otra cosa que tratar de animar a sus padres, y ahora solo le apetecía vegetar durante el resto del día sin que nadie la molestara.

Era casi la hora de cenar cuando una de las chicas asomó la cabeza por la puerta del dormitorio y se dirigió a Alex.

—Abajo hay un caballero que quiere verte —le dijo.

Así pues, al final Geoff había ido a visitarla. Solo esperaba que no fuera a decirle que la hija del carnicero estaba embarazada y que iban a casarse, o que ya lo habían hecho. Eso mataría a sus padres. Bajó las escaleras con paso cansino y abrió la puerta de la sala de visitas. Dentro solo había un hombre apoyado en un bastón, con la cabeza vendada y un brazo escayolado. Alex tardó un momento en asimilar quién era. Entonces corrió hacia sus brazos y casi le hizo perder el equilibrio. ¡Era Richard!

—¡Oh, Dios mío! ¡Oh, Dios mío...! ¡Estás vivo! Pensaba que habías muerto... —exclamó casi sin aliento, llorando y besándole mientras él la abrazaba con fuerza.

Había estado desaparecido durante siete semanas, y Alex creía que estaba soñando.

—Tranquila, tranquila... —respondió Richard mientras tomaba asiento cuidadosamente en una silla—. Todavía estoy un poco maltrecho.

Luego la hizo sentarse en su regazo. Ella le rodeó entre sus brazos y volvió a besarle.

—¿Dónde has estado todo este tiempo?

—Esquiando en los Alpes —respondió bromeando, y la miró como si él tampoco pudiera creer que estaba allí y que aquello no era un sueño—. Mi avión fue alcanzado después de haber bombardeado unas fábricas de munición. —Cuando le explicó la zona en que había ocurrido, Alex se dio cuenta de que había estado muy cerca de allí en una de sus últimas misiones—. Conseguí tomar tierra, pero el aterrizaje fue muy aparatoso y recibí un fortísimo golpe en la cabeza. Un granjero me encontró y me escondió en el sótano de su cobertizo. Por las noches me llevaban arriba para que no muriera congelado. Incluso llamaron a un médico de un pueblo cercano.

»Tenía una grave contusión en la cabeza y durante unos días ni siquiera supe dónde estaba, pero empecé a mejorar poco a poco. También me rompí un brazo y un tobillo. El médico me los entablilló, pero aún no se han soldado del todo. El granjero me llevó hasta un lugar cerca de la frontera y me alojó en casa de unos amigos suyos hasta que recuperé las fuerzas. El médico había hecho un buen trabajo y, en cuanto el tobillo mejoró lo suficiente, emprendí el camino a través de bosques y montañas para intentar llegar a Suiza.

»Me proporcionaron comida suficiente para aguantar un tiempo y bebía el agua de la nieve derretida. No estaba seguro de si lo lograría, pero tenía que intentarlo. —Alex podía ver en su rostro todo lo que había sufrido. Parecía haber envejecido diez años—. Tardé un mes en conseguirlo. Hace dos días llamé desde Suiza y ayer vinieron a rescatarme. Tendré que pasar unos días más en el hospital, ya que mi brazo aún no se ha curado del todo, pero no soportaba estar más tiempo sin verte. Y tampoco quería llamarte: prefería darte una sorpresa.

Mientras le explicaba todo eso, los dos lloraban y reían a la vez. Era un milagro que hubiera sobrevivido y que hubiera podido cruzar la frontera por su propio pie en el estado en que se encontraba. Ningún soldado alemán le había parado por el camino, pero tampoco le había ayudado nadie. No había visto a otro ser humano en un mes.

Había dormido en cuevas y subsistido a base de ingenio y puro instinto de supervivencia. Le contó que en ningún momento se había rendido y que, cuando se encontraba al límite de sus fuerzas, el deseo de volver junto a ella le había hecho seguir adelante. La comida que le habían proporcionado le había permitido sobrevivir, aunque había perdido muchos kilos. Tenía el rostro curtido y oscurecido por las inclemencias del tiempo.

—Cuando acabe la guerra, me gustaría volver para darles las gracias al granjero y sus amigos —añadió, muy emocionado. Y luego bajó la voz para preguntarle—: ¿Estás embarazada?

Alex negó con la cabeza, visiblemente frustrada.

—Cuando me enteré de que habían derribado tu avión, deseé haberlo estado. Antes de eso me aterraba la idea. Por desgracia, no me quedé embarazada.

—Ya arreglaremos eso cuando llegue el momento, pero todavía no. Primero tenemos que ganar la guerra —dijo Richard sonriendo.

—¿Cuándo volverás al servicio activo?

Alex estaba muy preocupada por él. Podía ver el enorme cansancio que traslucían sus ojos. Richard le había dicho que los últimos días habían sido los peores. Se levantó a duras penas y se apoyó pesadamente en el bastón. Sus pies también se habían entumecido por el frío.

—En cuanto pueda volver a pilotar un avión. Sospecho que no tardaré mucho. —Todos debían sacar fuerzas de flaqueza y asumir riesgos. Era el signo de los tiempos que estaban viviendo—. Pero ahora tendré algunos días libres para recuperarme. Espero que no te envíen a conducir por toda Inglaterra y puedas visitarme en el hospital mientras esté ingresado.

Alex asintió. Aun así, todo dependía de cuándo la enviaran a una nueva misión a territorio alemán, algo que podrían ordenarle en cualquier momento.

—Lo haré, siempre que no esté de servicio —le prometió.

Pasaron una hora juntos antes de que Richard tuviera que volver a la base. Como no tenía más familia, para ir a ver a Alex le habían proporcionado un coche y a un joven piloto como chófer. Durante el tiempo que pasaron juntos hablaron y se besaron sin parar. Alex no podía dejar de saborear la inmensa dicha de saber que su amado estaba vivo y que no había muerto cuando derribaron su avión.

Luego le ayudó a subir al coche para regresar a la base. Le prometió que le visitaría al día siguiente, y rezó para que no la enviaran a ninguna misión. Por fortuna, nadie de la SOE la llamó el día después de Año Nuevo. Tomó un autobús hasta la base y pasó varias horas con Richard. El tobillo había sanado bien, pero habían tenido que entablillarle el brazo de nuevo. Sus superiores le habían comunicado que no podría volver a volar durante un mes, hasta que se hubiera recuperado del todo y se encontrara más fuerte. Varios de los pilotos que estaban a su mando habían pasado a visitarlo, muy emocionados de que hubiera logrado sobrevivir. Se había convertido en el héroe del escuadrón.

Cuando Alex regresó a su residencia por la noche, flotando todavía en una nube por haberse reencontrado con Richard, había un mensaje para ella. Tenía que presentarse en Baker Street a las doce del día siguiente. No sabía qué decirle a Richard, pero tendría que inventarse alguna excusa. Por un momento pensó en pedir que la eximieran de la misión, pero no quería hacer eso. Desde que se había unido a la SOE no había rechazado ni uno solo de los encargos asignados, y tenía la firme convicción de que no debía hacerlo. Estaba con ellos para salvar al país y ganar la guerra. Tenía que volver al trabajo.

Cuando se presentó al día siguiente en la sede de la SOE, le explicaron que su nueva misión consistiría en viajar a París. El alto mando alemán planeaba lanzar un doble ataque devastador sobre territorio inglés y los servicios de Inteligencia

Militar querían obtener toda la información posible al respecto. Cuando llegara a la capital francesa debería asistir a varias fiestas, socializar con las mujeres y las amantes de los oficiales alemanes y relacionarse también con estos. Alex era la candidata ideal, la elección más obvia, y sus superiores sabían que interpretaría el papel a la perfección. Le estaban preparando un guardarropa muy completo y se alojaría en un hotel elegante. París estaba lleno de mujeres hermosas, muchas de ellas ansiosas por colaborar con los alemanes, y Alex tendría que hacerse pasar por una de ellas.

—¿Cuándo debo partir? —preguntó.

Le entristecía tener que separarse tan pronto de Richard, pero, al no estar casados, él no formaba oficialmente parte de su vida.

—Mañana —respondió el capitán Potter—. Te lanzaremos en paracaídas a las afueras de París, donde te recogerá uno de nuestros agentes. Él se encargará de guiarte sobre el terreno.

Era la primera vez que se lanzaría en paracaídas sobre territorio enemigo y se puso un poco nerviosa. ¿Y si resultaba herida en la caída? ¿O si se quedaba enganchada en un árbol y los alemanes la mataban sin la menor contemplación? No le apetecía nada tener que repetir una escapada milagrosa como la que había protagonizado Richard. El capitán percibió su reticencia.

—¿Hay algún problema?

—No, ninguno —respondió ella sin que le temblara la voz.

Al menos podría ver a Richard esa noche y explicarle que estaría fuera unos días. Podía decirle que tenía que llevar un cargamento a Escocia y que tardaría un tiempo en volver. El plan era que estuviera en París tres días, no más. Y, si algo salía mal, podía regresar antes. Tendría que recabar toda la información que pudiera sin asumir demasiados riesgos. Sus superiores no querían perder a una agente tan buena. Se había convertido en una espía muy valiosa para ellos en Alemania, y ahora también en Francia. Su dominio de los idiomas había demostrado ser tan útil como esperaban.

Esa noche tomó el autobús para ir a ver a Richard al hospital de la base aérea, y su cara se iluminó cuando la vio entrar en la habitación. Casi todo su escuadrón había pasado a visitarlo durante los dos últimos días, y también algunas caras nuevas que querían presentar sus respetos al legendario piloto que, después de su hazaña escapando a pie de territorio alemán, se había convertido en un auténtico héroe.

Alex le contó en tono despreocupado que tenía que hacer un largo viaje a Escocia y que estaría de vuelta dentro de unos días.

—¿Es que no tienen suficientes piedras allí que también necesitan las nuestras? —bromeó él.

Lamentaba que tuviera que irse, pero estaba convencido de que volvería pronto y tampoco estaba muy preocupado por ella. Lo habría estado de haber sabido lo que iba a hacer realmente.

Al día siguiente, Alex se dirigió a un aeródromo bastante apartado, donde subió a un pequeño avión militar cuyo objetivo era atraer la menor atención posible cuando entrara en el espacio aéreo francés. Llevaba un mono de aviador y botas de combate para efectuar el salto, y a la espalda cargaba con una enorme mochila con todo lo que necesitaría para la misión, aunque durante el curso de adiestramiento había tenido que soportar cargas aún más pesadas. Portaba todo un arsenal encima, sin olvidar el cuchillo de comando y el subfusil Sten, y ocultaba la pastilla de cianuro en su bolso. El vestuario que llevaba para la misión era digno de cualquier esposa o amante de un oficial de alto rango de las SS. Incluía un fabuloso chaquetón de visón blanco que el personal encargado de buscar las prendas se había esforzado mucho por conseguir. Pertenecía a la esposa de un coronel británico, que era francesa y lo había comprado en París antes de la guerra. Cuando se lo pidieron prestado, le advirtieron de que tal vez no lo recuperaría, pero la mujer accedió de buen grado ya que era para una buena causa. Alex se probó el chaquetón. Era precioso y le quedaba perfecto.

—¿Podrían pagarme esta vez con el visón? —preguntó al ver cómo le sentaba, y el capitán Potter se echó a reír.

Con el dinero que percibía mensualmente, Alex no habría podido costearse ni por asomo un vestuario como aquel. La SOE pagaba a sus agentes un sueldo modesto, para evitar que un flujo sustancioso de efectivo despertara sospechas.

—La persona que nos lo ha prestado quiere que se lo devolvamos. Así que más vale que regreses de una pieza, y con el visón —bromeó el capitán.

Había aprendido a apreciar y respetar a Alex. Era una de sus agentes más valientes y no había nada que no hiciera por la organización.

—Me va a encantar ser una colaboradora de los nazis. Son tan elegantes... —comentó en tono irónico, mientras se pavoneaba con el visón aún puesto.

Su madre tenía un chaquetón igual, pero negro. El blanco era mucho más estiloso.

—Eso parece —repuso él, y luego pasó a abordar aspectos más serios de la misión.

Le dio una lista de toda la información que necesitaban. Suponían que tardaría unos días en conseguirla, y cuando la tuviera debía volver a ponerse en contacto con el mismo agente de las afueras de París para que la ayudara a escapar. La recogerían de nuevo con un avión. Resultaba muy arriesgado hacerlo sobre el terreno, pero confiaban en que sus pilotos la hicieran entrar y salir del país a salvo, volando fuera del alcance de las baterías antiaéreas enemigas. Alex era muy consciente de los riesgos. En muchos aspectos, resultaba una misión más peligrosa que las que había acometido hasta entonces en Alemania, pero también mucho más emocionante. Le encantaba la identidad que debía adoptar. Se sentía como una moderna Mata Hari, una espía de lo más glamurosa.

Cuando el avión que la llevaría a Francia despegó de suelo británico, Alex estaba muy tensa pensando en su misión y en cómo conseguiría llevarla a cabo. Hacía mal tiempo y la visibilidad era escasa, lo cual les proporcionó cierta protección. No tardaron mucho en alcanzar la campiña de los alrededores de París. Sabían exactamente dónde les esperaba su agente, y cuando llegó el momento el avión fue perdiendo altitud, el copiloto deslizó la compuerta del avión y le gritó que saltara.

—¡Mierda! —fue la última palabra que Alex dijo en inglés.

No había practicado el salto en paracaídas desde el período de adiestramiento, y ya entonces le había resultado tan aterrador como ahora. No fue un salto a mucha altura, pero cayó sobre un macizo boscoso y la tela y las cuerdas se engancharon en las ramas de un árbol. Alex se quedó colgando como una marioneta, zarandeada por el viento. Así era como muchos agentes habían perdido la vida, al quedar totalmente expuestos a los disparos del enemigo. Sabía que era fundamental descolgarse cuanto antes.

—*Allô?* —susurró una voz justo debajo de ella—. *Pompadour?*

Era su nombre en clave para aquella operación: madame Pompadour, por la célebre cortesana.

—*Oui* —respondió Alex—. Me he quedado enganchada —añadió, hablando en francés.

Al igual que en sus misiones en Alemania, no utilizaría en ningún momento el inglés. Según sus documentos franceses, había nacido en Lyon y había vivido un tiempo en París, en el XVI *arrondissement*, uno de los distritos más exclusivos de la capital. Se suponía que era una joven viuda que en ese momento residía en el sur del país.

—Ahora subo a soltarte —le dijo el hombre, pero Alex fue más rápida.

Sacó el cuchillo de comando de la funda que llevaba sujeta por debajo de la manga, se agarró de una rama con un brazo, como un mono, y con el otro empezó a cortar las cuerdas del paracaídas. Cuando solo quedaba una, miró hacia abajo. Solo veía una forma sombría en la oscuridad.

—¡Agárrame! —pidió, y cortó la última cuerda. El agente logró interceptarla y ambos cayeron al suelo sin sufrir ningún daño—. Hay que recuperar el paracaídas —se apresuró a decir Alex, y ambos treparon al árbol, tiraron de la tela hasta soltarla de las ramas, la enrollaron hasta formar un fardo apretado y se lo llevaron consigo.

El agente la condujo a través de los arbustos, moviéndose con rapidez. Recorrieron a pie una distancia considerable hasta que divisaron una granja a lo lejos. Todas las luces estaban apagadas, pero Alex sabía que aquella era la base de una célula de la Resistencia y que esa noche estaban reunidos. Los agentes locales la estaban esperando, ellos serían los encargados de facilitar su llegada a la capital al día siguiente. Habían robado un lujoso coche, que permanecía oculto en el cobertizo, y le habían cambiado las placas de la matrícula. Alex haría una entrada triunfal en París.

Siguió al agente hasta la granja. Una vez en la cocina, la condujo a través de una trampilla en el suelo hasta el pequeño sótano en el que pasaría la noche. El hombre le dejó algo de comer y una botella de vino y le dijo que esperaba que no hubiera muchas ratas. Luego volvió a subir y colocó una alfombra y una pesada mesa sobre la trampilla. No oyó ningún ruido procedente del sótano hasta que se levantó con la primera luz del día y fue a sacar a Alex de su escondrijo.

—Gracias por el vino —dijo ella con una sonrisa—. He dormido como un tronco.

—¿Y las ratas? —preguntó él, también sonriendo.

—Oh, Dios, no me lo recuerdes.

Era un hombre delgado y joven, más o menos de su edad, vestido con un grueso jersey negro y unos pantalones holgados de color azul marino. Se encendió un cigarrillo y, con él entre los labios, le ofreció una taza de café, el mismo brebaje repugnante que era lo único que se podía conseguir ahora tanto en Francia como en Inglaterra. Ella declinó el ofrecimiento. Por la noche se había quitado el mono de aviador y lo había dejado en el sótano junto con el paracaídas. Seguía calzando las botas de comando, que ahora llevaba con unos pantalones militares y un recio jersey, además de la mochila. Hacía bastante frío y no había calefacción en la granja.

Poco después entró una anciana en la cocina que se presentó como la abuela del joven. Le explicó que en la casa vivían ellos dos y el hermano de él, pero que este se había marchado a la Bretaña. También le contó que los padres de los chicos habían muerto antes de la guerra y que ahora solo quedaban ella y sus dos nietos. La anciana se sirvió una taza del imbebible café y al cabo de un rato regresó a su habitación. No mostró el menor interés por lo que estaban haciendo. Seguramente habría visto cosas mucho peores con anterioridad. Aquella era una de las células de la Resistencia más importantes de la periferia parisina.

—¿Puedo ver el coche? —pidió Alex.

El nombre en clave del agente era Brouillard, Niebla, por la rapidez con la que conseguía esfumarse. La condujo hasta el cobertizo y deslizó la puerta con una gran sonrisa. En su interior había un Duesenberg de un negro reluciente, un automóvil realmente magnífico y en un estado impecable.

—Por Dios santo, ¿de dónde habéis sacado esta maravilla? —exclamó Alex, estupefacta.

—Lo hemos robado —respondió Brouillard, muy orgulloso—. En Niza, la semana pasada. Pertenece a un estadounidense que lo dejó allí antes de que estallara la guerra. Supongo que volverá a por él algún día, pero mientras tanto lo hemos tomado prestado. Mi hermano trabajó para él un verano y le tenía el ojo echado al coche. Uno de los chicos de la zona hará de chófer para ti. Es un muchacho de fiar. No podíamos utilizar a ninguno de nuestros agentes para este cometido.

—¿Sabe conducirlo? —preguntó Alex, contemplando la maravilla que la llevaría a París.

—Le hemos enseñado. Aún no lo controla mucho, pero está en ello —repuso él, y ella se echó a reír.

El plan que habían ideado los servicios de Inteligencia Militar era que hiciera una entrada espectacular en los círculos sociales parisinos, que deslumbrara a todos los hombres que conociera, que sonsacara toda la información que pudiera a los altos mandos del ejército y que cuando lo hubiera conseguido escapara rápidamente antes de que la descubrieran. Era un plan bastante arriesgado, muy diferente de sus anteriores misiones en Alemania, pero Alex estaba encantada. Cuanto más audaz tuviera que mostrarse, mejor. Además, ¿quién podría sospechar que ocultaba algo presentándose en un coche como aquel?

Brouillard le explicó que le habían reservado una suite en un excelente y discreto hotelito, el mismo en el que se alojaban algunas de las amantes de los oficiales germanos. Le Meurice había sido ocupado para convertirse en el cuartel general del ejército alemán, mientras que el Ritz estaba reservado para los oficiales de alto rango. La única civil que seguía residiendo allí era la diseñadora Gabrielle Chanel, conocida colaboracionista. Así pues, el hotelito era ideal para sus planes.

Brouillard le ofreció su dormitorio, en el piso de arriba, para que pudiera cambiarse de ropa. Agarró su pesada mochila y, al cabo de veinte minutos, bajó totalmente transformada, como Cenicienta. Lucía un traje de Dior azul marino, con un corte exquisito que realzaba su figura, un elegante sombrero de pieles de color azul oscuro, zapatos negros de tacón con medias de seda y un bolso de piel de cocodrilo. Complementaba su atuendo con unos largos guantes de ante azul marino y unos pendientes de diamantes que no eran auténticos, pero lo parecían. Alex metió el resto del vestuario de su mochila en dos maletas de piel de cocodrilo blancas que Brouillard había conseguido y que luego cargó en el maletero del Duesenberg.

Alex también se había maquillado de forma impecable. Llevaba un carmín rojo brillante que resaltaba sus facciones de forma deslumbrante. Poco después apareció el chico que Brouillard había reclutado como conductor, ataviado con un traje negro y una gorra de chófer que habían encontrado en el interior del coche. Cuando sacó el Duesenberg del interior del cobertizo y Alex se montó, parecía una auténtica estrella de cine preparada para hacer su entrada triunfal en París.

Era un plan de lo más audaz, pero nadie sospecharía que aquella elegante joven pudiera ocultar algo. Alex le dio las gracias a Brouillard y después el coche partió rumbo a la capital, avanzando a trompicones y entre chirridos del cambio de marchas, mientras ella le explicaba al chófer neófito cómo debía conducirlo. Lo habría hecho ella misma, pero habría despertado sospechas.

Entraron en París a través de la Porte Dauphine, rodearon la Place de la Concorde, con el Arco de Triunfo al fondo, y luego atravesaron la Place Vendôme hasta llegar a su hotel en la rue Cambon, justo detrás del Ritz y al lado de la tienda de Chanel. En el vestíbulo había varias jóvenes, guapas y elegantes, hablando entre ellas. Se quedaron mirando a Alex mientras se registraba en recepción. Parecía una más de ellas, pero no la habían visto nunca y eso las intrigaba.

Por la tarde, Alex fue a dar una vuelta por las tiendas de Chanel, Dior y Cartier. Los dependientes se desvivían por atenderla, pero no compró nada. El nombre que aparecía en sus impecables documentos, elaborados por uno de sus mejores falsificadores, era el de madame Florence de Lafayette. Después volvió al hotel para descansar y arreglarse.

Le habían falsificado también una invitación para una gran fiesta que se celebraría esa noche, y Alex planeaba presentarse ante la sociedad parisina lo más deslumbrante posible. Estuvo acicalándose durante una media hora en el cuarto de baño, y luego se puso un vestido de noche blanco que le quedaba como una segunda piel, junto con el chaquetón de visón blanco y un enorme anillo de diamantes, que también era falso pero que engañaría a cualquiera que se lo viera puesto en el dedo.

Cuando esa noche hizo su aparición en el salón de baile, Alex era sin duda una de las mujeres más hermosas de toda la sala. La fiesta se celebraba en honor de Hermann Goering, el dirigente alemán que estaba de visita en París y que se tenía a sí mismo por un gran entendido en todo lo relacionado con la belleza, especialmente en obras de arte y mujeres. Todos los oficiales alemanes de alto rango estaban allí, la mayoría con sus amantes o a la búsqueda de una. «Florence» contempló la escena desde lo alto de la majestuosa escalera que conducía al salón de baile, y casi al momento dos hombres se le acercaron: uno era un general recién llegado de Berlín; el otro, un coronel destinado en París, cuyo nombre le resultaba familiar. Ambos eran oficiales muy importantes.

El coronel fue el primero en ofrecerle su brazo para bajar la gran escalinata. Era un hombre altísimo y extraordinariamente apuesto, de unos cuarenta y tantos años, y tan rubio y con unos ojos tan azules como los de Alex. No se apartó de su lado en ningún momento, le ofreció una copa de champán y la invitó a bailar en cuanto empezó a sonar la música. Mientras se deslizaba grácilmente por la pista, bajo la mirada embelesada del coronel, Alex dio las gracias por las interminables clases de baile que tanto había odiado y de las que finalmente estaba sacando provecho. El general no tardó en interrumpirles para pedirle un baile. Era más corpulento y bastante más mayor. Ambos se pasaron toda la velada cortejándola y compitiendo por su atención, mientras Alex les provocaba y flirteaba descaradamente con ambos.

El general la invitó a almorzar al día siguiente en Le Meurice, asegurándole que tenía a un chef fabuloso que le había robado al personal de cocina del Ritz. Por su parte, el coronel la invitó a cenar por la noche en La Tour d'Argent, desde donde irían a otra fiesta.

Durante la mayor parte de la velada, todos los ojos estuvieron puestos en ella. Estaba absolutamente deslumbrante y arrebatadora en su papel de mujer que buscaba un nuevo amante entre los oficiales del alto mando alemán. Y aunque sus intenciones eran obvias, no estaba claro por quién acabaría de decidirse. Por fin, a la una de la madrugada, sonrió seductora al coronel, le susurró que le vería al día siguiente y regresó al hotel en el Duesenberg robado conducido por el joven campesino.

El plan se estaba desarrollando tal como ella y sus superiores esperaban. Esa noche ya había conseguido alguna información relevante, y tomó notas en código cifrado que ocultó en el forro de la maleta, donde también guardaba el subfusil Sten. Llevaba la diminuta pistola sujeta a uno de sus muslos y el cuchillo de comando al otro. Sabía que estaba lidiando con hombres muy peligrosos y que, si en cualquier momento descubrían su juego, no mostrarían la menor compasión con ella.

Al día siguiente, el elegante almuerzo con el general en Le Meurice resultó de lo más fructífero. Ella le cautivó contándole divertidas historias, al tiempo que simulaba no estar interesada por ninguna información seria. El general fanfarroneó sobre algunos de los planes que tenían para París y le contó que, tras aplastar a los ingleses, pronto invadirían Londres. Después trató de besarla, pero ella se negó.

Cuando regresó al hotel, su habitación estaba llena de flores enviadas por sus dos pretendientes, y también por un tercero en el que no había reparado. Cuando el coronel fue a recogerla para la cena, Alex lucía un atrevidísimo traje plateado con la espalda al aire, y él estaba increíblemente apuesto con su uniforme. La saludó con una reverencia marcial, haciendo sonar los talones y besándole la mano, y luego le entregó un estuche de Van Cleef & Arpels que contenía un brazalete de diamantes. El juego empezaba a ponerse serio. El oficial estaba apostando fuerte, y ella también.

El coronel era mucho más discreto que el general y no prodigaba su información con tanta libertad. Al final de la velada le dejó claro que se sentiría muy honrado si ella decidía convertirse en su amante. Por descontado, las SS le proporcionarían un apartamento. Le aseguró que habían requisado algunos realmente magníficos y que podría escoger el que más le gustara. La felicitó por su elección del Duesenberg y comentó que se notaba que era una mujer de gustos refinados y que solo se merecía lo mejor. Ella le contó que, tras la muerte de su marido, se había aburrido mucho en París y había optado por marcharse a vivir a Cap d'Antibes, pero pensaba que había llegado el momento de regresar a la capital. No le dio ninguna respuesta sobre el apartamento, pero se mostró exquisitamente seductora. El coronel estaba totalmente hechizado bajo su embrujo, aunque era lo bastante inteligente como para saber que no debía forzarla o presionarla, algo que el general sí parecía dispuesto a hacer.

Al final de la velada hablaron más en serio sobre la guerra. Ella le contó que había leído todos los escritos de Hitler (lo que era cierto, aunque no le dijo lo que pensaba en realidad de él: que era un lunático) y elogió el talento, el buen gusto y el coraje de Gabrielle Chanel, dándole a entender así que estaba del lado de los colaboracionistas. Él captó el mensaje con toda claridad y, cuando la dejó en el hotel, la besó suavemente en los labios. Algo más atrevido la habría asustado, pero por el momento estaba manejando bastante bien la situación, divirtiéndose, coqueteando y provocando a los dos hombres, y obteniendo más información de la que ellos pensaban.

Ambos se mostraban herméticos respecto a los grandes secretos estratégicos (unos secretos que la Inteligencia Militar británica ya conocía porque había descifrado sus códigos), pero ella les iba sonsacando datos y más datos, en apariencia menores aunque igual de importantes, como un payaso sacándose pañuelos de la manga o un mago extrayendo monedas de la oreja. Sabía que era un juego muy peligroso, pero también adictivo.

Al día siguiente recibió más flores. Su gran duda era qué hacer con el brazalete de diamantes. El coronel se sentiría muy ofendido si lo rechazaba, sobre todo si pretendía que pensara que estaba abierta a convertirse en su amante; pero, por otro lado, no quería regresar a Inglaterra con un botín de guerra de tanto valor. Ella era el trofeo que codiciaban tanto el coronel como el general, aunque este último era un pretendiente menos ardoroso y convincente. De hecho, Alex disfrutaba de la compañía y la conversación inteligente del coronel. Se sentía como una cortesana de la época de Luis XIV, involucrada en todo tipo de intrigas palaciegas.

El fruto que había ido a buscar cayó por fin en sus manos esa noche, cuando el coronel pareció decidir que tratarla como su amante oficial la convencería para aceptar su propuesta. Así pues, compartió con ella algunos detalles más íntimos sobre su trabajo y le habló sobre los bombardeos que planeaban lanzar sobre Europa en los próximos meses, y también que pensaban saquear Francia antes de abandonar el país, que era la razón de la visita de Goering.

Confesó que ya habían enviado por tren a Berlín varios cargamentos de sus mejores tesoros artísticos, y el mariscal había venido a por más. Su objetivo era vaciar el Louvre y entregar todo su contenido a Hitler, aunque este no era tan entusiasta del arte como Goering. El Führer quería poder y dominio sobre toda Europa; Goering perseguía su arte. Era una combinación letal, algo que hizo que a Alex le hirviera la sangre. Ya tenían Francia bajo sus garras; ahora querían despedazarla hasta no dejar nada.

Tuvo que recurrir a toda su capacidad de autocontrol para no saltar y seguir escuchando cómo aquel hombre se jactaba de sus futuros planes de saqueo y destrucción. El coronel la respetaba y confiaba en su discreción e inteligencia, unas cualidades que sin duda mostraba en su vida real. Pero para Alex aquello no era la realidad; era un juego, y además muy peligroso.

Esa noche fueron a un club donde bailaron y charlaron durante horas sin parar de beber champán, ella mucho menos que él. Alex llevaba un vestido de satén negro sujeto al cuello por una fina tira de pedrería, y mientras estaban bailando él le advirtió de que, con un simple tirón, podría dejarla desnuda delante de toda la sala.

—¿Y por qué querrías que me quedara desnuda... aquí? —preguntó ella inocentemente.

Él parecía desear poseerla allí mismo, incapaz de resistirse por más tiempo a su encanto provocador.

—Porque me gustaría verte desnuda, querida. Y no quiero esperar mucho más.

No solía ser un hombre muy paciente y estaba acostumbrado a tomar lo que quería. Y ella se lo estaba poniendo difícil.

—No tendrás que hacerlo —respondió ella en un susurro.

—¿Esta noche?

Sus ojos refulgieron como si quisiera devorarla viva, y Alex percibió lo peligroso que podría llegar a ser. Estaba jugando con fuego y lo sabía. Ya tenía toda la información que quería la SOE, incluso más. Ahora había provocado al león para ver hasta dónde podía llegar, y se había dado cuenta de que era un depredador voraz.

—Todavía no es el momento —repuso ella tímidamente, y él asintió.

—Lo entiendo. He adquirido un barco magnífico en el sur de Francia, en Cannes. ¿Te gustaría venir a verlo conmigo? A la vuelta podríamos elegir tu apartamento. Tengo en mente uno que sería ideal para ti. Es como un pequeño Versalles, con su propio salón de baile. ¿Podríamos ir a ver mi barco dentro de unos días? —le preguntó, pasándole un dedo muy despacio por el brazo y rozándole apenas el pecho mientras la miraba fijamente a los ojos.

—Me encantaría —susurró ella.

—Volaremos a Niza el viernes y pasaremos unos días en el barco.

—¿Cómo lo has conseguido? —no pudo contenerse de preguntarle con aire ingenuo.

—Ah... tenemos nuestros métodos, ya sabes... Sus dueños hubieron de marcharse y renunciar a sus propiedades. Y como mis superiores saben que me gusta mucho el mar, me entregaron el barco a mí. Es una embarcación magnífica, con veintitrés tripulantes.

Alex se imaginaba cómo había llegado el barco a sus manos, y el pensamiento le revolvió el estómago. Ahora no le quedaba la menor duda: era el momento de marcharse. Tenía todo lo que necesitaba y el juego se había vuelto demasiado peligroso. Cenicienta tenía que abandonar el baile.

Continuaron charlando durante un rato más y luego Alex sonrió. Le dijo que estaba cansada y que a la mañana siguiente tenía que ir a Dior a que le tomaran las medidas para unos vestidos. Todas las mujeres de los oficiales del alto mando alemán compraban su vestuario allí.

—La próxima vez iré contigo y escogeré los vestidos que me gustaría verte lucir.

Alex asintió, fingiendo sentirse halagada y conmovida. Cuando el coronel la dejó en su hotel, volvió a besarla suavemente en los labios. Esa noche también había descubierto que tenía mujer y cinco hijos en Munich, aunque eso no parecía representar ningún impedimento para sus aventuras extramatrimoniales en París. Existía una raza especial de hombres, conquistadores sin escrúpulos, que querían poseerlo todo, ya fueran objetos valiosos, obras de arte o mujeres.

—Estoy deseando que llegue el viernes —susurró él, apenas capaz de contenerse, mientras ella entraba en el hotel y se despedía sonriendo y agitando la mano.

En cuanto subió a su habitación, empezó a meter todos sus vestidos en las maletas, sin olvidar el chaquetón de visón blanco. El vestuario que había lucido en París había cumplido su cometido a la perfección. Dejó fuera un elegante vestido negro para cuando saliera por la mañana del hotel, supuestamente para ir a Dior. Después de hacer el equipaje, anotó toda la información, en código, y la guardó en el forro que Brouillard había preparado a tal fin en una de las maletas.

A las nueve de la mañana, mientras todo el mundo en el hotel seguía en sus habitaciones, bajó al vestíbulo vacío y pagó la cuenta. Dejó una generosa propina para la doncella de la suite, y diez minutos más tarde el conserje cargó sus maletas en el Duesenberg. Alex le pidió que no le dijera a nadie que se había marchado hasta la noche, y después le deslizó discretamente una sustanciosa propina. El hombre le dijo que lo entendía, aunque ella estaba segura de que no comprendía nada. No tenía ni la menor idea de lo que se traía entre manos.

Llegó a la granja antes de las diez. Le indicó al joven campesino que metiera el coche en el cobertizo y le entregó a Brouillard un mensaje en clave para que lo enviara cuanto antes. Quería que vinieran a buscarla esa misma noche. Había estado tres días en París.

—Hora de marcharse —dijo Alex sonriendo.

—¿Ha ido todo bien?

—Sí, pero no quiero tentar a la suerte.

La estratagema había funcionado, pero había que saber cuándo parar.

Volvió a meter todas sus pertenencias en la mochila, guardó la información codificada en una bolsa especial pegada a su cuerpo y le pidió al muchacho que metiera las maletas vacías en el Duesenberg. Se puso el mono de aviador y las botas de combate y luego se escondió en el sótano a esperar. Brouillard había ido a una granja cercana para enviar el mensaje y regresó más tarde con la respuesta. Tras decodificarla, Alex asintió.

—Me recogerán a las nueve de esta noche.

—Estaremos preparados —le aseguró él.

Cuatro de sus cinco agentes encenderían antorchas para indicar al avión dónde aterrizar, y Alex esperaría oculta en el bosque, preparada para salir corriendo en cuanto el aparato tomara tierra. La misión no había concluido ni de lejos: no acabaría hasta que estuviera de vuelta en Londres. A continuación, le enseñó a Brouillard la caja de Van Cleef, junto con una nota escrita en el papel timbrado del hotel.

—¿Tienes a alguien que pueda llevar esto mañana a Le Meurice, después de que me haya marchado, sin que corra ningún peligro? Debo devolverle esto a un coronel que se aloja allí.

—Sin problema —respondió él en tono despreocupado.

Alex no estaba segura de si su confianza era fingida o auténtica, pero de todos modos le entregó la caja. La nota decía simplemente: «Resulta que, después de todo, no soy más que una chica de pueblo. Me vuelvo a mi vida de provincias, a donde pertenezco. ¡Gracias por unos días maravillosos! Florence». Era la solución más elegante, lo que correspondía hacer a una dama, independientemente de que el coronel fuera el enemigo, un oficial alemán de las SS. No pensaba quedarse con un brazalete de diamantes de dudosa procedencia solo para dejar constancia de su afán justiciero: a saber a quién había pertenecido y cómo lo había conseguido. El paquete iba dirigido al coronel Klaus von Meissen. Alex sabía que nunca olvidaría a ese personaje. Si hubiera querido, podría haber llevado una lujosa vida de amante de lo más glamurosa. La idea la hizo sonreír. Era una gran historia para contarles a sus nietos algún día.

Alex esperó durante todo el día en el sótano hasta que, finalmente, a las ocho y media de la noche salieron y se dirigieron al claro entre los árboles donde aterrizaría el avión. Los cuatro agentes de la Resistencia tenían preparadas las antorchas para encenderlas en cuanto oyeran acercarse el aparato, mientras que Alex iba cargada con su pesada mochila. Era una noche muy fría y todos estaban temblando. De pronto, se le ocurrió pensar si Klaus ya habría descubierto que se había marchado. En teoría había quedado para cenar con él esa noche, y también se había excusado con el general para no ir a almorzar. Habían sido unos días muy extraños, distintos a la realidad de su vida actual y que contrastaban enormemente con las penurias de la guerra que veía a diario.

Cuando oyeron acercarse el avión, los colaboradores de Brouillard encendieron las antorchas. Justo en ese momento, unos poderosos brazos agarraron a Alex por detrás, le taparon la boca y la arrastraron hacia el bosque. Brouillard vio cómo ocurría todo. Un soldado alemán había observado movimientos sospechosos y los había estado vigilando oculto entre los arbustos. Alex forcejeó, pero la pesada mochila le impedía revolverse contra su atacante. El avión se aproximaba cada vez más y el joven soldado sacó su pistola de la funda. Con un movimiento sigiloso, apenas un giro de muñeca, Alex extrajo el cuchillo de comando de la manga, lo desenvainó y, blandiéndolo hacia atrás, lo clavó en el estómago del alemán. Este ahogó un gemido con los ojos desorbitados y dejó caer la pistola. Brouillard fue testigo de la rápida acción de la joven y de cómo el soldado caía muerto al suelo.

—Lo siento mucho —le dijo Alex a Brouillard, limpiando la hoja del cuchillo en la hierba. Lo envainó y deslizó la funda bajo la manga—. ¿Qué vamos a hacer ahora?

Detestaba la idea de dejarles un cadáver alemán del que deshacerse como recuerdo de su visita.

—No te preocupes, no era más que otro boche. Nosotros nos ocuparemos de él. Nunca lo encontrarán. Simplemente desaparecerá. —Mientras decía esto, el avión terminó de tomar tierra—. Eres una mujer fabulosa —le dijo sonriendo—. ¿Podrías hacer lo mismo con un traje de noche y tacones altos?

—Nunca lo he probado, pero seguro que sí. Gracias por todo y cuídate mucho. ¿Qué piensas hacer con el coche?

—Creo que me lo quedaré un tiempo.

Ella se rio, se despidió con la mano y salió corriendo hacia el avión antes de que otros soldados alemanes pudieran descubrirlos. Los miembros de la Resistencia apagaron las antorchas mientras el copiloto tiraba del brazo de Alex, esta caía sobre el suelo del aparato y el hombre cerraba la compuerta. El avión ya aceleraba sobre el claro y, poco después, despegaba. No se oyeron disparos de artillería. El joven soldado alemán había actuado solo. El aparato ganó altitud y, en medio del cielo estrellado de la fría noche francesa, puso rumbo a Londres.

Había sido una experiencia de lo más emocionante, unos días realmente insólitos. Era la primera vez que alguien le regalaba un brazalete de diamantes, y también la primera vez que mataba a un hombre. Aunque, dada la naturaleza de su trabajo, estaba claro que no sería el último. El soldado era muy joven, pero también era su enemigo. Alex no experimentó el menor sentimiento de culpa.

7

Dos días después de que Alex volviera de Francia, Richard recibió permiso del hospital y pudieron salir a cenar. Él le preguntó qué había estado haciendo desde la última vez que se vieron.

—Lo de costumbre —respondió ella sonriendo. El capitán Potter se había mostrado más que satisfecho con los resultados de su viaje a París—. Transportando rocas de un lado para otro.

—¿Por qué tengo a veces la impresión de que haces mucho más que eso y no me lo cuentas?

Sin embargo, él también se mostraba muy reservado acerca de sus actividades. Todos debían guardar secretos.

—Sí, claro —replicó ella con una gran sonrisa—. He estado unos días en París, probándome vestidos en Dior, yendo a fiestas de gala, bailando con apuestos oficiales y recibiendo brazaletes de diamantes de mis admiradores.

Había resumido a la perfección su misión en París, y él no pudo por menos que echarse a reír.

—Vale, vale... No estaba sugiriendo nada tan extremo. Lo que pienso es que deberían aprovechar mejor tu talento. Necesitamos conductoras de camiones, pero tú podrías hacer mucho más que eso.

—Me alegro de que pienses así. Al menos no estoy encerrada en Hampshire haciendo ganchillo. Un día de estos acabarán enviándome allí a transportar rocas.

—Debería haber algún cometido de tipo intermedio para ti.

—Podría ser —repuso ella, y luego cambiaron de tema.

A Richard iban a darle el alta antes de lo previsto. Era un hombre joven y fuerte, a pesar de las penalidades sufridas durante su heroica huida de territorio alemán. Además, había conseguido que un amigo le prestara un pequeño apartamento para que Alex y él pudieran pasar otra noche juntos. Las oportunidades de hacerlo eran cada vez más escasas y remotas. Resultaba muy difícil que coincidieran en sus días libres. Las misiones de Richard eran siempre nocturnas y ella tenía que justificar sus constantes ausencias. A veces se preguntaba si él sospechaba algo, pero tenía la sensación de que no era así.

Los ataques aéreos de los que el coronel Klaus von Meissen se había jactado ante Alex en París acabaron haciéndose realidad. Pero, gracias a ella, estuvieron prevenidos y mucho mejor preparados para hacerles frente. Sus superiores en la SOE estaban asombrados de la gran cantidad de información que había recabado. Los bombardeos continuaron implacables sobre Londres mientras la RAF lanzaba ataques de represalia. Alex sabía que Geoff participaba en muchas de esas misiones aéreas, y siempre que le veía parecía estresado y exhausto. La guerra les estaba pasando factura a todos.

Llevaban ya dieciocho meses inmersos en el conflicto cuando recibió en la residencia una llamada de su madre. Por suerte, Alex no estaba de servicio. Victoria estaba tan angustiada que apenas podía hablar, y a Alex le llevó un buen rato comprender lo que intentaba decirle: la Oficina de Guerra había enviado a alguien para comunicarle que Geoff había muerto en una de las misiones de bombardeo sobre territorio alemán.

La noticia cayó también sobre ella como una bomba. Sus dos hermanos estaban muertos. Siempre se había sentido muy unida a Geoff. William había sido un poco más distante, más responsable, el primogénito perfecto, pero Geoff había sido su mejor amigo, su compañero de travesuras cuando eran pequeños. No podía imaginarse la vida sin él.

Se presentó de inmediato en la sede de la SOE a fin de pedir permiso para ausentarse. Cuando entró en el despacho de Potter y le contó entre lágrimas que su hermano había muerto, el capitán se mostró muy amable y compasivo. La apreciaba mucho. Era una agente excepcional y había sabido ganarse su respeto.

—Sabes que tienes la oportunidad de dejarlo ahora, con todos los honores —dijo él con delicadeza—. Como última hija superviviente de tu familia, no tienes por qué seguir realizando misiones de alto riesgo para la SOE. Si te pasara algo a ti también, sería una desgracia terrible para tus padres. Tal vez deberías reflexionar al respecto y decidir lo que quieres hacer. Ya sé que tus padres no están al tanto de que colaboras con los servicios secretos, pero tú sí, y quizá sería mejor que trabajaras en una fábrica o en algo menos arriesgado, en vez de participar en actividades de sabotaje en territorio enemigo, poniendo tu vida en peligro. Piénsalo —le pidió.

Alex le había confesado que, antes de escapar de Francia en enero, había matado a un soldado alemán. En aquella ocasión el capitán también se había mostrado sereno y comprensivo. Le dijo que la primera vez que le arrebatabas la vida a alguien siempre era una experiencia traumática, pero le hizo ver que, si no lo hubiera hecho, ese soldado habría matado a los cinco miembros de la Resistencia que la estaban ayudando, y después a ella. No había tenido otra elección que utilizar su cuchillo de comando.

—Y si le hubieras dejado inconsciente pero con vida, después de marcharte habría delatado a esos hombres a las autoridades.

—Lo sé. Sé que era lo único que podía hacer. Solo quería que supieras que lo hice. Fue una sensación muy extraña. Pensé que debería sentirme culpable, pero no fue así.

—Por eso eres tan buena agente. Eres consciente de lo que tienes que hacer y lo haces sin importar las consecuencias. Todos tenemos que actuar así en algún momento. Forma parte de nuestro trabajo. En ocasiones tenemos que matar a alguien para salvarnos a nosotros o a otras personas. Así es la guerra. Y luego debemos hacer las paces con nuestras acciones y dejarlo todo atrás.

No se mostró insensible respecto al acto de matar, sino pragmático y racional, y le marcó a Alex el camino de cómo debía sentirse. Se había convertido en su modelo a seguir.

Ahora Alex pensó en que no quería abandonar la SOE solo porque Geoff hubiera muerto. Sí, era cierto que los alemanes habían matado a sus dos hermanos. Pero, por otro lado, sabía que el capitán tenía razón en lo que había dicho sobre sus padres: si a ella le pasaba algo, eso acabaría con ellos. No sabía cómo resolver aquel dilema. Y tampoco podía hablar con sus padres para pedirles consejo, ni siquiera con Richard. No podía revelar nada a nadie acerca de sus actividades clandestinas. Había jurado que, durante veinte años, mantendría en secreto su colaboración como espía de la SOE.

Alex pidió dos semanas de permiso para estar con sus padres en Hampshire. Tras dejarle un mensaje a Richard, se marchó esa misma tarde en un estado de total conmoción. Cuando llegó a casa, ya no se sentía como una espía. En el entorno en el que había crecido no era más que una chica que había perdido a sus dos hermanos.

Sus padres estaban aún más devastados que en Navidades. Habían perdido a dos de sus hijos y tenían que celebrar otro funeral sin un cuerpo ni un féretro que enterrar. Todo el condado asistió al sencillo sepelio que organizaron para despedir a su segundo hijo. Alex trató de ayudar a su madre en todo lo que pudo. Se preguntó si los veinte niños acogidos supondrían ahora demasiado trabajo para ella, pero también pensaba que eran lo único que podría animarla. Unos días después del funeral, mientras daban un paseo, Alex habló con su padre de la nueva situación. Se armó de valor y le planteó:

—¿Quieres que vuelva a casa, papá?

—¿Y qué ibas a hacer aquí? —respondió él, sonriendo con tristeza a su hija, la única que le quedaba. Nada de aquello era lo que había imaginado para su familia: que sus dos hijos hubieran muerto y que su hija viviera lejos de ellos en Londres. Todos estaban pagando un precio demasiado alto por el sinsentido de aquella guerra—. Ahora llevas una vida mucho más plena. ¿De verdad crees que podrías volver aquí y sentarte cada noche con tu madre a hacer ganchillo junto al fuego? Ya no quedan hombres jóvenes de una pieza en este país. Están todos en el frente. Aquí estarías sola con nosotros y serías infeliz. Te echamos muchísimo de menos, pero sería muy egoísta por nuestra parte esperar que vuelvas a casa.

Los ojos de Alex se anegaron de lágrimas ante la generosidad de su padre. Además, tenía razón: habría odiado tener que volver a casa en ese momento. Tal vez podría hacerlo cuando acabase la guerra, pero incluso entonces le resultaría muy duro. Ahora no había nada que la atara a aquella casa, salvo sus padres. Pero esa no era vida para una joven de su edad. A sus veinticuatro años, Hampshire se convertiría en una tumba para ella, y su padre lo sabía. En su hogar de la infancia solo reinaba una inmensa sensación de desolación y pérdida. La acción estaba en otra parte, y Alex era consciente de que por fin estaba haciendo algo realmente importante para ayudar a su país.

Entonces decidió abordar otro tema con su padre. No estaba segura de que fuera el momento oportuno, pero llevaba varios meses postergándolo. Y, por primera vez, le habló de Richard.

—Papá, hay alguien a quien me gustaría que conocierais. Es un amigo de Londres. Tal vez podría venir a visitarnos alguna vez.

—¿Un hombre? —La miró fijamente a los ojos y ella asintió—. ¿Es importante para ti?

—Sí, lo es.

—Pues entonces deberíamos conocerle. ¿Qué sabes de él?

Era una buena pregunta, y a su padre le interesaba mucho la respuesta, ya que creía que su hija no conocía nada del mundo ni de los hombres. Geoff también había pensado lo mismo.

—Le encanta pilotar aviones desde que era pequeño. —Sonrió a su padre—. Es un hombre amable, educado e inteligente. Fue a un internado en Escocia y después a Cambridge. Tiene miedo de que no le aceptéis porque su extracción social no es tan... —buscó la palabra apropiada— elevada como la nuestra. Piensa eso porque me presenté en sociedad ante la corte en el Baile de la reina Carlota, y eso le hace suponer que consideraréis que no es lo bastante bueno para mí. Su padre era un humilde terrateniente, con una pequeña hacienda.

—¿A ti te importa que su posición no sea tan aristocrática como la nuestra?

—No, en absoluto. Le amo. Es un buen hombre y cuidará bien de mí.

—¿Quieres casarte con él? —preguntó su padre, sorprendido.

No pensaba que su hija pudiera ir tan en serio con nadie. Hasta entonces, ni siquiera había oído hablar de aquel hombre.

—De momento no. Los dos preferimos esperar a que acabe la guerra. La situación actual es demasiado incierta. La guerra lo ha trastocado todo.

—Tienes mucha razón —respondió él, pensando en sus dos hijos. Sin ellos, nada volvería a ser lo mismo en la familia—. Es muy sensato por vuestra parte. Cuando acabe esta guerra, todo habrá cambiado. Ya ocurrió con la anterior. La Gran Guerra no solo destruyó la economía, sino que sacudió por completo el orden social de la aristocracia británica. Y el conflicto actual ha unido a gente que de otro modo nunca se hubiera conocido. Ya queda muy poco de los antiguos usos y tradiciones, y cuando acabe esta guerra apenas quedará nada.

»Antes, la gente se casaba con los conocidos de su entorno social, nunca salían de sus condados y contraían matrimonio con los hijos o las hijas de las amistades de la familia. Cuando acabe todo esto, muchos jóvenes ya no estarán entre nosotros, y tú te habrás relacionado con gente de muy distinta índole a la que nunca habrías conocido de no ser por la guerra. Así que, en estos momentos, el hijo de un pequeño terrateniente no me parece tan mal. Veinte años atrás no me habría hecho ninguna gracia, pero ahora... ¿qué más da? Ya no queda nada del antiguo orden social ni de las viejas tradiciones. De modo que... sí, me gustaría conocer a tu amigo. Dile que es bienvenido a esta casa la próxima vez que vengas, si es que le conceden permiso.

Edward era muy inteligente. Sabía que no valía la pena oponerse y, además, quería que su hija fuera feliz.

—Gracias, papá —dijo ella, sintiéndose agradecida por que su padre tuviera una mentalidad tan abierta—. ¿Crees que mamá pensará lo mismo? Sé que quería que me casara enseguida, a ser posible con alguien que tuviera un título, pero la cuestión es que no me enamoré de nadie. Y tampoco me importan los títulos.

—¿Estás enamorada de ese joven? —preguntó Edward, aún sorprendido por no haber oído hablar nunca de él.

—Sí —respondió ella en voz queda.

—Entonces tenemos que conocerlo cuanto antes. Pensará que somos unos bárbaros por no haber recibido aún al hombre del que mi hija está enamorada. ¿En qué cuerpo del ejército está? Supongo que en la RAF, dado que le gusta pilotar aviones.

—Sí, está al mando de un escuadrón de combate de la RAF.

Su padre sacudió la cabeza con aire abatido.

—Dile que procure mantenerse con vida hasta que acabe la guerra. Ya hemos sufrido bastantes desgracias en esta familia y no queremos más. Y estoy seguro de que tu madre también lo entenderá y lo aceptará. Le habría gustado verte casada con un conde o un duque, pero lo que tú necesitas es un buen hombre, no un título. —Luego abarcó con la mirada el paisaje que les rodeaba—. Y algún día todo esto será tuyo. Tú serás la heredera —añadió con tristeza, porque eso significaba que sus otros dos hijos ya no estaban, aunque también adoraba a Alex—. ¿A tu enamorado le gusta la tierra?

—Eso creo, papá, aunque no estoy segura. Le gusta el cielo y todo lo que hay en él.

—Espero que también llegue a amar la tierra —dijo él esperanzado.

Luego regresaron en silencio a la mansión. Edward caminaba abstraído, pensando en lo diferentes que serían las cosas si William y Geoff siguieran vivos.

Fue una visita bastante tranquila y apacible, si bien muy triste. Al cabo de dos semanas, sus padres lamentaron mucho verla marchar de nuevo a Londres. Alex todavía no había resuelto su dilema: por una parte, sería muy poco considerada con sus padres si seguía trabajando para la SOE y poniendo en peligro su vida; pero, por otra, también podría morir en su residencia londinense durante un bombardeo. Ya nadie estaba a salvo en ningún lugar.

Todavía seguía debatiéndose sobre qué debería hacer cuando recibió una llamada del capitán Potter. Subieron a avisarla a su dormitorio y Alex bajó al vestíbulo para responder al teléfono.

—¿Has tomado ya una decisión?

—Todavía no. Quiero seguir, pero tenías razón en lo que dijiste: si me pasara algo, eso acabaría con mis padres. Perder a Geoff ha sido un mazazo terrible para ellos, para todos nosotros —admitió.

—Pues me temo que voy a ponértelo más difícil —dijo Potter. Se sentía muy mal por tener que pedírselo, pero la necesitaba. Alex se había convertido en una de sus mejores agentes y tenían una operación muy delicada entre manos—. Sea cual sea la decisión que tomes finalmente, me gustaría contar contigo para una importante misión dentro de unos días. ¿Podrías pasarte por aquí mañana para hablar de ello?

No comentó nada más por teléfono, y ella tampoco esperaba que lo hiciera.

Cuando se reunió con él al día siguiente en su despacho, le explicó de qué se trataba. Necesitaban que realizara una misión de reconocimiento para obtener información sobre una fábrica de municiones en Alemania. El capitán Potter conocía el grado de precisión y diligencia que Alex ponía en todas sus acciones y, en esta ocasión, no necesitaría un compañero, pero si algo salía mal podría ser capturada en territorio alemán y enviada a un campo de prisioneros o, lo más probable, ser ejecutada. Era muy cruel pedirle eso después de la muerte de su hermano, y Bertram Potter estaba dispuesto a respetar cualquier decisión que ella tomara. Pero la guerra no podía esperar.

Alex nunca había rechazado una misión y ahora la necesitaba más que nunca. Ese operativo requería una precisión milimétrica; de lo contrario, no conseguiría salir airosa. Querían que les transmitiera información crucial sobre la fábrica de municiones para bombardearla de inmediato. La lanzarían en paracaídas, como en Francia. Y no sería una misión sencilla, sino todo lo contrario. Alex era muy consciente de ello a medida que Potter se la explicaba, pero no tenía a nadie más para el trabajo y confiaba en ella plenamente.

—¿Puedo pensármelo esta noche y responderte mañana? —le pidió Alex.

—Sí, y respetaré cualquier decisión que tomes. Si no quieres hacerlo, no te presionaré. Encontraremos a otra agente que lo haga, aunque seguro que no será tan buena como tú —añadió él con una sonrisa. Se había convertido en una agente indispensable y confiaba en que acabara aceptando—. Tal vez podrías retirarte después de esta misión.

—Probablemente no lo haré. Este trabajo es adictivo y creo que ya estoy enganchada.

No obstante, tenía claro que aquella operación no tendría nada que ver con la anterior. En París había disfrutado de la emoción de cada momento, flirteando con el enemigo y acudiendo a glamurosas fiestas ataviada con elegantes vestidos. En esta ocasión, tendría que utilizar todo su ingenio y sus capacidades desde el momento mismo en que se infiltrara tras las líneas enemigas. Le dijo al capitán que quería meditarlo bien y que le llamaría por la mañana.

Esa noche había quedado para cenar con Richard, pero este se vio obligado a cancelar la cita. Dos de sus pilotos habían caído enfermos y debía participar en una misión de vuelo que no tenía prevista. Alex se sintió aliviada: necesitaba tiempo para pensar.

Permaneció despierta casi toda la noche y, a primera hora de la mañana, llamó a Baker Street.

—Lo haré —afirmó en cuanto el capitán Potter descolgó—. ¿Cuándo tengo que partir?

—Dentro de dos días, el viernes. Mañana tendrás que pasar aquí todo el día para ponerte al tanto del operativo. Recibiremos las instrucciones directamente del primer ministro y la Oficina de Guerra.

Se trataba de un asunto muy importante, así que tuvo que decirle a Richard que debía llevar un cargamento a Escocia y que tal vez estuviera fuera una semana.

Todo lo que sabía era que iban a lanzarla en paracaídas sobre territorio alemán y que calculaban que estaría allí unos cinco días. Era el tipo de misión de la que muchos no volvían, pero Alex tenía que regresar con vida, aunque fuera por sus padres. Y tampoco quería decepcionar al capitán Potter ni a su país. Tenía que llevar a cabo aquella misión, incluso si después se retiraba.

Se pasó todo el jueves reunida, examinando minuciosamente la lista de peticiones de información enviada por la Oficina de Guerra. Llegó a ver una circular del primer ministro en persona. No se trataba de una misión cualquiera. Era una operación de importancia crucial y se sentía honrada de que se la hubieran encargado a ella.

La víspera de su partida cenó con Richard. Tenía que salir a primera hora de la mañana y le dijo que no podían pasar la noche juntos en un hotel, pero le prometió que lo harían cuando volviera. También le dijo que quería que fueran a Hampshire cuando los dos tuvieran unos días libres. Richard se sintió conmovido por el hecho de que les hubiera hablado de él a sus padres, y pensó que era una buena señal. Alex le contó que su padre era consciente de que el mundo estaba cambiando y no concedía ninguna importancia al hecho de que no tuviera un título nobiliario, lo cual supuso un gran alivio para Richard.

—¿Estás bien para ir mañana a Escocia? —le preguntó con delicadeza—. Pareces muy tensa.

Siempre estaba muy atento a cualquier ligero matiz o cambio en su estado de ánimo.

—Puede que sí lo esté un poco —reconoció ella, restándole importancia—. Ya sabes cómo están las carreteras para llegar hasta allí. Están hechas un desastre.

—Espero que solo sea el estado de las carreteras lo que te preocupa. Pero, sea lo que sea, cuídate mucho, por favor. Tus padres y yo te necesitamos.

Ella asintió y, durante el resto de la noche, apenas dijo nada. Tenía demasiadas cosas en la cabeza. Llevaría papeles y documentos de viaje falsos, tendría que cambiar tres veces de pasaporte, memorizar mapas, enviar mensajes cifrados y, en la medida de lo posible, allanar el camino para la labor de sabotaje. Era una operación muy delicada y de gran envergadura.

Al día siguiente, tras lanzarse en paracaídas, se puso en marcha sin demora sobre territorio alemán. Todo fue como la seda, localizó a su primer contacto en el lugar acordado y recibió los documentos que necesitaba. Estaría unos cinco días en las proximidades de la fábrica de municiones y debía pasar lo más desapercibida posible, evitando que su rostro acabara siendo reconocible a fin de minimizar los riesgos tanto ahora como en misiones futuras.

Tenía que mantenerse en estado constante de alerta. Llevaba en todo momento la pistola en el bolso y el cuchillo de comando sujeto a su cuerpo. En el hotel, dormía con el subfusil Sten bajo la almohada. Apenas descansaba, ya que tenía que mandar mensajes codificados a través de emisarios que le enviaba un agente local, en un esfuerzo combinado y sumamente coordinado. Al cuarto día ya había reunido toda la información que necesitaban en el centro de mando bélico, y estaba previsto que la recogieran al día siguiente.

Sin embargo, esa misma noche estalló una bomba en la fábrica de municiones. Había sido colocada por otro grupo de saboteadores independiente y no causó grandes daños, pero aquello hizo saltar todas las alarmas. Alex contactó con Londres a través de un agente local y les preguntó qué querían que hiciera. Le respondieron que el avión la recogería igualmente. Todos los mecanismos de sabotaje estaban en marcha y pensaban que el operativo podría seguir adelante sin problema. Que alguien hubiera colocado otra bomba no afectaba a la operación. No obstante, la acción había atraído a una gran cantidad de tropas alemanas a la zona y la vigilancia había aumentado considerablemente.

Al día siguiente, Alex llegó a la hora acordada al punto de encuentro. Oyó el rugido de los motores a lo lejos. El avión se aproximaba ya, listo para aterrizar, cuando una ráfaga de ametralladora, disparada desde algún punto detrás de ella, atravesó el fuselaje del aparato, que acabó estrellándose contra el suelo. El piloto y el artillero murieron en el acto, y Alex huyó entre la maleza para esconderse en las colinas boscosas de los alrededores.

Los alemanes no consiguieron dar con ella, pero ahora no tenía ni idea de cómo lograría escapar y regresar a Inglaterra. Contaba con documentos falsos para poder moverse por Alemania, pero necesitaría intercambiar su pasaporte por uno británico para volver a entrar en el país. Tampoco podía escapar a pie. Además, después de la primera explosión resultaría muy peligroso intentar contactar con los agentes locales. Los alemanes estarían rastreando minuciosamente la zona para dar con los saboteadores.

Permaneció oculta en el bosque hasta que al día siguiente, según el plan previsto, la fábrica de municiones estalló por los aires y quedó reducida a escombros. El resultado del trabajo de Alex había sido un éxito, pero por el momento no tenía posibilidad de escapatoria. Después de la gran explosión, continuó escondida en las colinas boscosas durante cuatro días más. Se refugió en una cueva y subsistió gracias a los víveres que llevaba consigo. Permaneció sentada todo el tiempo, tratando de mantenerse despierta y atenta a cualquier movimiento. Después regresó a la ciudad y contactó con uno de los agentes haciéndole llegar un mensaje codificado. Este se quedó asombrado de que Alex todavía siguiera allí.

Trazaron un nuevo plan para que otro avión la recogiera esa misma noche, y en esa ocasión no hubo el menor problema. Los soldados vigilaban constantemente la zona y Alex tuvo que permanecer escondida hasta que el aparato consiguió aterrizar a las diez de la noche. Había estado en territorio enemigo nueve días en lugar de los cinco previstos, y habían sido unas jornadas muy intensas, pero gracias a su destreza e ingenio había evitado ser capturada por los alemanes.

A su llegada a Londres se presentó en las oficinas de la SOE en Baker Street, donde el capitán Potter la estaba esperando para felicitarla por el extraordinario éxito de su misión. Mientras permaneció oculta en el bosque, Alex tuvo mucho tiempo para pensar sobre su futuro.

—¿Vas a retirarte ahora? —le preguntó él.

Confiaba en que no lo hiciera, ya que su sangre fría en situaciones de extrema presión había demostrado ser de gran utilidad para la SOE.

—No —respondió ella con un suspiro—. Supongo que estoy metida en esto de por vida. ¿A qué se dedican los espías cuando se hacen mayores?

Era algo que había empezado a preguntarse últimamente.

—Continúan trabajando hasta que ya no pueden recordar quién pertenece a qué bando. Algunos agentes siguen en esto toda su vida, y supongo que también será mi caso —le explicó Potter sonriendo.

Se sentía agradecido porque Alex hubiera decidido quedarse. Había cumplido su misión con absoluta precisión.

—Seguramente también sea mi caso. En fin, voy a volver a la residencia para acostarme y descansar. Por lo menos, esta vez no he tenido que matar a nadie.

Sin embargo, ambos sabían que era algo que volvería a ocurrir tarde o temprano. Formaba parte intrínseca de su trabajo, junto con el ingenio y el valor. Dos cualidades que ella tenía a espuertas.

—Bueno, ¿qué tal por Escocia? —le preguntó Richard cuando quedaron para cenar al día siguiente.

Se la veía algo más descansada después de una noche de sueño reparador. No quedaban signos evidentes de las tribulaciones por las que había pasado durante los nueve días anteriores.

—Bueno, ya sabes, bastante agotador, como de costumbre... Lo de siempre.

—Te haré el favor de no preguntarte nada más al respecto —dijo él sonriendo—, y te ahorraré la incomodidad de tener que mentirle al hombre que amas.

Alex no trató de convencerle de lo contrario. Tan solo lo dejó correr. Estaba demasiado cansada para intentar persuadir a nadie de nada. Lo único que quería era dormir. Se había pasado toda la tarde en los cuarteles de la Oficina de Guerra, explicando minuciosamente los detalles de la misión, y todo el mundo se mostró encantado con lo que había conseguido. Y aunque la operación había estado a punto de irse al traste, la segunda explosión había destruido por completo la fábrica de municiones. El secretario del primer ministro tomó buena nota de la identidad de la agente que se había lanzado en paracaídas sobre territorio alemán y había permanecido allí hasta que se habían cumplido todos los objetivos.

—¿Puedo intentar convencerte de que pasemos la noche juntos? —le preguntó Richard después de cenar, pero Alex parecía exhausta.

—¿Podemos dejarlo para otro día? Estoy tan agotada que apenas puedo moverme —respondió ella con una sonrisa.

—Creo que ya te has cansado de mí —bromeó él.
—Te prometo que no es eso. Solo estoy agotada.
—Eso es lo que tiene transportar cargamentos de roca por toda Gran Bretaña.
—Supongo que sí —aceptó ella, y se derritió entre sus brazos cuando él la besó.

8

En agosto, Richard y Alex consiguieron por fin escaparse unos días a Hampshire. Era el primer aniversario de la muerte de William, y toda la familia fue a visitar el pequeño cementerio situado en la propiedad, donde ahora también había una lápida para recordar a Geoff.

El resto del fin de semana transcurrió de forma tranquila y agradable. Alex le enseñó a Richard sus lugares favoritos, los sitios donde había jugado con sus hermanos de pequeños, los árboles a los que había trepado, más o menos, y la casita del árbol que construyeron juntos cuando William tenía quince años, Geoff trece y ella once.

Richard pasó tiempo con sus padres, y también salió a dar un largo paseo por la finca con Edward. Este no le preguntó cuáles eran sus intenciones, ya estaba al tanto por Alex, pero quería formarse una impresión del hombre con el que su hija se casaría algún día. No pudo ser mejor: Richard era una buena persona, un hombre cabal, culto y educado. No procedía de una familia importante ni tenía una gran fortuna, pero era un caballero y amaba a Alex. Tanto Edward como Victoria podían ver que estaban muy enamorados. Y aunque esta se mostró un tanto decepcionada por que su hija no se casara con alguien de la aristocracia, Alex le dijo que a ella no le importaba. Además, muchos de los jóvenes de su entorno social habían muerto.

Alex era muy feliz con Richard y ambos insistían en que no se comprometerían hasta que acabara la guerra. No querían tentar a la suerte haciendo planes de futuro que podrían frustrarse en cualquier momento. El conflicto ya duraba casi dos años en Europa.

Tras el ataque japonés a Pearl Harbor en diciembre de 1941, los estadounidenses entraron en la guerra. Eso proporcionó nuevas energías a las fuerzas aliadas, que estaban muy necesitadas.

Alex y Richard pasaron las Navidades con sus padres en Hampshire. Fueron unas fiestas muy distintas, sin ninguno de sus hermanos presentes, pero Richard añadió un nuevo y muy necesario elemento masculino. Además, se mostró de lo más agradable con los niños acogidos. Alex se quedó sorprendida de lo mucho que habían crecido en los últimos dos años. Algunos de los muchachos mayores ya eran adolescentes.

Richard agradeció a los padres de Alex que le hubieran permitido pasar las fiestas con ellos, y el día de Año Nuevo regresaron a Londres.

Durante esa primavera, Alex apenas le vio.

En mayo, un millar de aviones fueron enviados a bombardear Colonia; en junio, otros mil bombarderos lanzaron un ataque masivo sobre Essen, y más tarde, ese mismo mes, otros mil bombardearon Bremen y la fábrica de aviones Focke-Wulf. Los ataques continuaron a lo largo de 1942 y 1943, con los británicos concentrando todos sus esfuerzos en destruir la industria armamentística germana. Mientras Richard combatía desde el aire, Alex hacía constantes incursiones en territorio enemigo para la SOE. Y en noviembre de 1943, los Aliados iniciaron una campaña de bombardeos sobre Berlín que duraría cuatro meses.

En marzo de 1944, Alex volvió a ser lanzada en paracaídas sobre Alemania para ayudar a un puñado de oficiales de la RAF a escapar del campo de prisioneros de guerra Stalag Luft III, situado a unos ciento sesenta kilómetros al sudeste de Berlín. Consiguió que tres de ellos cruzaran la frontera alemana y, con la ayuda de varios agentes, los llevó de vuelta sanos y salvos a Inglaterra. En total lograron escapar setenta y seis prisioneros, de los cuales cincuenta fueron asesinados, veintitrés capturados y devueltos al campo de internamiento, y solo tres pudieron huir del país. Stalag Luft III había sido construido a prueba de fugas y Alex solo fue capaz de salvar a tres de ellos.

Al cabo de un par de meses ya era un rostro familiar en el cuartel subterráneo de la Oficina de Guerra, donde se estaban llevando a cabo los preparativos para el Día D, el desembarco de Normandía. Durante ese tiempo realizó dos misiones en Francia, de las que regresó con información muy valiosa. El 6 de junio, cuando se inició la invasión terrestre, el escuadrón de Richard participó como apoyo aéreo mientras el ejército y los marines estadounidenses desembarcaban en las playas.

Alex ya había dejado de ponerle excusas a Richard para intentar justificar sus constantes ausencias. Él tampoco le preguntaba: ya se había acostumbrado. Ni siquiera el rey y la reina habían estado tantas veces en Escocia como ella afirmaba haber estado. Lo único que le importaba a Richard era que Alex estuviera a salvo y regresara lo antes posible de sus expediciones. Había aspectos de sus respectivos trabajos que no podían comentar con el otro, pero su objetivo era el mismo: ganar la guerra para que acabara cuanto antes.

El Día D, cuando se inició el desembarco de Normandía, Alex tenía veintiocho años y Richard treinta y seis, y ya llevaban casi cuatro años de relación. Para entonces sus padres se habían habituado a su presencia y disfrutaban mucho de su compañía. Incluso Victoria había dejado de lamentar que su hija no fuera a casarse con un miembro de la aristocracia y adquiriera un título. Estaba más que complacida con el hecho de que, si ambos sobrevivían a la guerra, Alex se convirtiera en la esposa de Richard.

Durante el año posterior al desembarco, la mayoría de las misiones de Alex tuvieron lugar en Francia. Contactó con varias células de la Resistencia diseminadas por la campiña francesa y se convirtió en toda una experta en explosivos. Para entonces ya se había visto obligada a defenderse en numerosas situaciones de peligro, y el cuchillo de comando había demostrado ser mucho más útil que la pistola, aunque a esta también le había dado un buen uso. Nunca había comentado el tema de las armas con Richard, aunque en cierta ocasión, en un momento de pasión, él deslizó la mano bajo la falda de Alex, jugueteó con su liguero y, al retirar la mano, sacó la pistola. No la interrogó al respecto. Sabía que era mejor no hacerlo, pero no podía dejar de preocuparse pensando en la naturaleza de los riesgos y peligros que sospechaba que estaba afrontando. Cuando encontró la pistola sujeta a su liguero, se la devolvió con expresión perpleja.

—Supongo que utilizas esto mientras estás conduciendo. ¿Disparas a otras conductoras cuando se interponen en tu camino? —preguntó enarcando una ceja.

—Algo así —respondió ella con una sonrisa, pero no ofreció ninguna explicación.

—Una pistola muy bonita. Es tan pequeña... ¿De verdad funciona?

—¿Quieres que te lo demuestre?

—Mejor no.

En otra ocasión encontró su cuchillo de comando, pero no dijo nada. Si hubiera llegado a ver el subfusil que Alex escondía entre sus pertenencias, sí que se habría quedado de piedra. Acababan de entregarle el último modelo de Sten, provisto de silenciador, que resultaba extremadamente útil. Un día durante una visita a Hampshire, estaban jugueteando en el jardín cuando ella le sorprendió con una llave de yudo que le dejó tumbado en el suelo boca arriba. Mientras trataba de recuperar el aliento, Richard la miró con estupor.

—Eres una mujer peligrosa, Alex Wickham.

—Intento no serlo —respondió ella recatada.

—¿Te enseñaron a hacer esto cuando conducías ambulancias o mientras te sacabas el carnet de camión?

Sentía una gran curiosidad por lo que Alex hacía en realidad, pero no la presionó. Sabía que era mejor no hurgar.

—Un poco en los dos sitios.

Desde hacía varios años, Richard tenía la clara sensación de que había cosas de ella que no quería saber, y que tampoco debía saber. Del mismo modo, había muchos aspectos de su trabajo que él no podía compartir con ella. Pero tampoco importaba. Sabían todo lo que había que saber del otro, y su amor era más profundo e intenso a cada día que pasaba. Confiaban el uno en el otro plenamente.

En los últimos días de la guerra, ambos encadenaron una misión tras otra sin apenas descanso. Alex trabajaba estrechamente con el servicio de Inteligencia Militar, al tiempo que seguía recibiendo encargos de la SOE, y el escuadrón de Richard pasaba más tiempo en el aire que en tierra.

Once meses después del desembarco de Normandía, el 8 de mayo de 1945, por fin acabó todo. Richard y Alex habían desempeñado un papel decisivo en el tramo final de la guerra, y una semana después de la rendición de Alemania, el comandante en jefe de Richard le informó de que se le iba a conceder la Cruz de Vuelo Distinguido. Alex se sintió enormemente orgullosa de él.

No esperaba ningún reconocimiento para sí misma. Lo que había hecho durante los últimos cinco años lo hizo movida por el amor hacia su país, para que todo aquel sinsentido acabara cuanto antes. Había sido un proceso muy largo que ahora llegaba a su fin después de casi seis años de conflicto en Europa. Y, a diferencia de Richard, que se había convertido en un héroe de guerra, ella no recibiría ninguna muestra de gratitud por sus actividades clandestinas como espía.

Su madre estaba muy ocupada tratando de localizar a los padres que no habían ido a ver a sus hijos en varios años. Unos pocos sí habían ido a visitarlos, pero la mayoría no lo habían hecho, ya fuera porque habían seguido las recomendaciones gubernamentales, porque no se lo podían permitir o porque tenían muchas dificultades para desplazarse. Y aunque Victoria había tratado de mantenerse en contacto con la mayor parte de los padres, sabía que muchos de ellos habían muerto; cuando acabó la guerra, once de los veinte niños eran huérfanos, y solo nueve tenían familias y casas a las que regresar.

Victoria mantuvo una larga conversación con Edward al respecto, y también lo consultaron con Alex. Sus padres querían continuar ofreciendo un hogar a esos once niños que prácticamente se habían criado allí y que ya no tenían a nadie. Alex estuvo de acuerdo en que aquello era lo que debían hacer, y los muchachos se mostraron entusiasmados. El menor de ellos cumpliría los dieciocho dentro de siete años, y Victoria era consciente de que encargarse de ellos la mantendría ocupada ahora que sus dos hijos ya no estaban. También dudaba mucho de que Alex regresara a Hampshire, pero se sentía feliz de que ella y Richard les visitaran siempre que podían.

Dos semanas después de que se declarara la paz, los nueve niños cuyos padres seguían vivos volvieron a Londres. La despedida fue muy emotiva y hubo muchas lágrimas. Los niños prometieron escribirles y visitarles a menudo, ya que los Wickham, a los que llamaban tía Victoria y tío Ed, se habían portado de maravilla con ellos.

Poco después de que la guerra terminara, Alex se reunió

con Bertram Potter en su despacho. Su mesa estaba abarrotada de montones de papeles que llegaban casi hasta el techo.

—¿Qué va a pasar ahora? —preguntó ella mientras se comían un sándwich.

Después de cinco años de estrecha colaboración, no solo era su jefe, sino también su amigo.

—Supongo que acabarán cerrando la oficina. Ya hemos cumplido nuestro cometido. La guerra ha terminado.

—¿No hay espías en tiempos de paz? —aventuró ella con una sonrisa irónica.

—Los hay, pero están controlados por el ejército. Nosotros somos una organización separada e independiente, aunque hayamos cooperado con ellos. Pero lo hemos pasado bien, ¿verdad? —preguntó Potter con aire nostálgico.

—A veces sí —admitió ella—, aunque en muchas ocasiones he pasado un miedo de muerte.

Alex había hecho cosas de las que nunca se habría creído capaz, pero siempre había estado convencida de que trabajar para la SOE era lo que debía hacer. Solo se lo cuestionó brevemente tras la muerte de Geoff, pensando en sus padres, pero aun así había seguido adelante. Siempre había estado dispuesta a morir por su país.

—¿Qué vas a hacer ahora? —le preguntó Bertram—. ¿Volver a Hampshire?

—Creo que iré este verano para ayudar a mi madre. Ha decidido continuar acogiendo a once de los niños refugiados que se han quedado huérfanos. Los otros nueve ya han vuelto a sus casas, aunque no sé si seguirán sintiéndolas como sus hogares tras estos seis años. Después del verano supongo que buscaré un empleo, a ser posible en Londres. Hampshire es demasiado tranquilo para mí, siempre lo ha sido. Y tú ¿qué piensas hacer?

Sabía que no tenía mujer ni hijos. Toda su vida estaba consagrada al trabajo y a la gente de su entorno profesional.

—Me llevará más o menos un año arreglar todo este papeleo y dejarlo todo en orden antes de poder cerrar oficialmente la oficina —respondió, mirando a su alrededor con resignación. Alex también era consciente de que tardaría un año, quizá dos, en organizar toda aquella documentación—. Si quieres, podrías ayudarme con las tareas administrativas. Aquí hay trabajo suficiente para una docena de personas.

—Podría estar bien —reconoció Alex. Era una posibilidad interesante. Le gustaba trabajar para Bertram, y él pareció también encantado con la idea—. Te llamaré en septiembre, cuando me sienta preparada para volver. Quiero que Richard pase también una temporada en Hampshire con mi familia.

—¿Y qué va a hacer él ahora sin un escuadrón de combate que comandar? Lleva la aviación en las venas. No le resultará fácil renunciar a volar.

—Es una buena pregunta, pero creo que todavía no ha encontrado la respuesta. Dar lecciones de vuelo no le llena lo suficiente. Además, ahora casi todo el mundo sabe pilotar un avión, al menos aquellos que siguen queriendo hacerlo. Hay muchos que no quieren volver a oír en su vida el rugido de los motores. Les recuerda demasiado a la guerra.

Dos semanas más tarde, cuando Alex estaba preparando unas chuletas de cordero para cenar en el apartamento que de vez en cuando les prestaba un amigo, giró la cabeza de los fogones y se encontró a Richard detrás de ella con una rodilla hincada en el suelo.

—¿Te encuentras bien? —Alex no tenía ni idea de lo que estaba haciendo, pero cayó en la cuenta al ver la expresión decidida en el rostro de Richard—. ¿Ahora? ¿Mientras estoy cocinando?

—Sí, ahora. Ya he esperado suficiente. Llevo esperando

este momento casi cinco años. —Ella apagó el fuego, se quitó el delantal y se giró hacia él—. Alexandra Victoria Edwina Wickham, ¿me harás el honor de casarte conmigo y convertirte en mi esposa?

Alex no esperaba que aquello la conmoviera tanto, pero sus ojos se llenaron de lágrimas al instante. Asintió con la cabeza.

—Sí, me casaré contigo —respondió solemnemente. Y luego él la sorprendió aún más: le tomó la mano y deslizó en su dedo anular un pequeño anillo de compromiso de diamantes. Era precioso, y Alex se quedó mirando la alianza con rostro de incredulidad—. Oh, Dios mío, ¿cuándo has preparado todo esto?

—Ayer —dijo él muy orgulloso—. Fui a comprarlo a Asprey. Es un anillo antiguo.

Le quedaba perfecto. Richard se puso en pie y la besó. Entonces Alex se quedó un momento pensativa y le preguntó:

—¿Le has pedido permiso a mi padre?

—Se lo pedí hace tres o cuatro años. Le dije que no nos comprometeríamos hasta que acabara la guerra.

Richard estaba exultante y, llevados por la pasión del momento, los dos se olvidaron enseguida de la cena.

Él seguía viviendo en la base y ella en la residencia, aunque sabía que pronto tendría que dejarla. Cuando querían pasar una noche juntos utilizaban el apartamento de su amigo. Preferían ir allí antes que a un hotel, se sentían más como en casa. La pareja que vivía antes en el piso se estaba divorciando. Ella había conocido a otro hombre mientras él estaba destinado fuera.

Más tarde, Alex volvió a calentar las chuletas de cordero y se sentaron a cenar a la mesa de la cocina. El apartamento era demasiado pequeño para ellos, pero les encantaba poder pasar allí alguna que otra noche juntos. Antes de la guerra Alex no podría haber hecho algo así, pero después de seis años de libertad, bombardeos y misiones de sabotaje, ya nadie prestaba atención a lo que hacían los demás y la mayoría de las viejas normas habían perdido su razón de ser. No podían convivir sin estar casados, pero sí podían pasar la noche juntos siempre que fueran discretos y nadie se enterara.

—¿Cuándo quieres que nos casemos? —le preguntó ella mientras cenaban.

—Cuanto antes. Ayer. Hace cuatro años —respondió él sonriéndole—. ¿Quieres que lo hagamos aquí?

—Casémonos en Hampshire, con mis padres. ¿Qué te parece en julio?

—Perfecto. Para entonces supongo que ya no estaré en la RAF. Y luego tendré que encontrar un trabajo. Tengo algunas ideas.

—Necesitaré un vestido —dijo ella con aire ensoñador.

Él le sonrió. Se alegraba de que hubieran esperado. Ahora podían planear su futuro juntos sin preocuparse por si alguno de ellos moría al día siguiente o si ella se quedaba viuda al mes de estar casados.

Esa misma noche llamaron a sus padres y les comunicaron la buena nueva. Ambos se mostraron muy felices. Celebrarían el enlace en la iglesia local y el banquete en la mansión con sus amigos y vecinos. Richard pensaba invitar a algunos de sus colegas de la RAF e iba a pedirle a uno de ellos que fuera el padrino. Alex quería que su padre la llevara al altar y que él y su madre ejercieran como testigos.

También quería encontrar el vestido de novia antes de ir a Hampshire, pero su madre le ofreció el que había lucido en su propio enlace treinta y cuatro años atrás, algo que significaba mucho para ella. Victoria había bajado con él la majestuosa escalera de la mansión de sus padres en 1911. Después de casarse se había trasladado a la residencia familiar de Edward, donde la madre de él seguía viviendo en la casa patrimonial destinada a la viuda. Ahora estaba desocupada y sus padres la habían estado reservando para que Alex viviera en ella algún día. Sin embargo, ahora que sus hermanos ya no estaban, ella acabaría heredando toda la propiedad.

Richard seguía siendo propietario de la pequeña hacienda de su padre, aunque hacía años que no iba por la finca. Se la había alquilado a un granjero, un hombre muy responsable. Obtenía con regularidad algunos beneficios del usufructo de la tierra, pero no tenía la menor intención de vivir allí. Al igual que Alex, él era el único heredero, ya que ambos habían perdido a sus hermanos. La guerra había diezmado a demasiadas familias.

Alex partió para Hampshire dos semanas más tarde, cargada con un par de maletas en las que había metido todas las pertenencias que tenía en la residencia. Richard se uniría a ella al cabo de una semana. La boda sería a finales de julio, pero él le dijo que antes del enlace tenía que reunirse con algunas personas en Londres para hablar de su futuro. Se mostró bastante misterioso al respecto, aunque a Alex no le importó. Sabía que, cuando llegara el momento, se lo contaría todo.

Tenían pensado visitar el sur de Francia en su luna de miel. Habían hablado de ir a Venecia, pero la situación en Italia seguía siendo un tanto convulsa. Y aunque la ciudad de los canales había salido relativamente indemne de la guerra (solo había sido atacada una vez, durante una incursión aérea de cien aviones que bombardearon el puerto para destruir la flota alemana allí amarrada), otras zonas del país se habían visto muy afectadas. Muchas ciudades y carreteras habían sido bombardeadas y había escombros y ruinas por todas partes. Así pues, habían decidido pasar una semana en Cannes, en la Riviera francesa, tumbarse en la playa y empaparse de sol sin hacer nada. Luego regresarían a Hampshire para pasar el resto del verano. Alex le dijo a Richard que, después de seis años participando en misiones de vuelo como jefe de escuadrón, se merecía aquello.

Cuando llegó a Wickham Manor, Alex se sintió como una princesa de cuento. Su madre no paró de cuidarla y mimarla, y como su dormitorio de la infancia era demasiado pequeño para Richard y ella, les preparó la mejor habitación de invitados. Además, se encontraba en el ala opuesta de la mansión.

Durante las dos semanas siguientes, Alex y Victoria se dedicaron a ultimar los preparativos de la boda. Escogieron las flores del invernadero, decidieron el menú y contrataron un servicio de restauración para servir el banquete. Invitaron a cincuenta personas de las casas y granjas circundantes y a unos cuantos buenos amigos de Londres. Todavía había algunas restricciones de racionamiento, por lo que no pudieron celebrar una boda fastuosa ni invitar a más gente. Pero se sentían muy felices, porque estarían rodeados de las personas que más querían. Ambos habían perdido a demasiados seres queridos en la guerra.

Su madre arregló el vestido de novia, que le quedaba perfecto, y también contrató a una pequeña banda local para el baile de después del banquete. Por fin tenían algo que celebrar. No una tragedia, sino un acontecimiento jubiloso que compartir con la gente que más querían. La guerra había acabado y Alex se iba a casar. Solo deseaba que sus hermanos hubieran podido estar allí.

9

La boda que sus padres organizaron fue justo lo que Richard y Alex habían deseado: un enlace discreto, elegante, íntimo y más informal que la mayoría de los que solían festejarse en el pasado. El día amaneció radiante y soleado, lo cual permitió celebrar el banquete nupcial en el jardín de la mansión. En la iglesia sonaron los himnos que los novios habían escogido, y Victoria había preparado personalmente los arreglos florales. Alex llevó un exquisito ramo en cascada compuesto por pequeñas orquídeas blancas y lirios del valle recogidos en el invernadero de la finca.

El banquete fue estupendo. Resultó difícil encontrar algunos productos, pero había comida de sobra y estaba deliciosamente preparada y servida. Durante el baile sonó una música romántica maravillosa. Richard bailó con Victoria y Alex con su padre, quien se sintió muy dichoso al ver lo feliz que era su hija. Los once niños acogidos fueron el único cortejo de Alex. Presentaban un aspecto adorable, ataviados con unos trajes blancos que Victoria les había confeccionado para la ocasión, y se sintieron muy orgullosos de formar parte de la ceremonia, ya que precedieron a la novia al entrar en la iglesia.

Al final del día, cuando se marcharon los últimos invitados después de disfrutar de la excelente comida, de beber grandes cantidades de champán y whisky de malta, y de bailar hasta cerca de la medianoche, los recién casados se retiraron a su habitación, que Victoria había decorado con orquídeas blancas.

Al día siguiente, después de desayunar, la pareja emprendió el viaje de luna de miel que los llevó hasta Cannes, en el sur de Francia. Richard había reservado una suite en el Carlton, desde cuya terraza podrían disfrutar de unas maravillosas vistas del Mediterráneo. Durante la guerra, el lujoso hotel situado en la Croisette había sido utilizado como hospital militar, pero ahora había recuperado su antiguo uso y había vuelto a abrir sus puertas. A lo largo de esa semana, Richard y Alex comieron en románticos restaurantes, pasearon por la Croisette, se tumbaron en la playa y se bañaron en el mar, disfrutando por fin de la sensación de ser una pareja en tiempos de paz. Antes de la boda, Alex había guardado todas sus armas de guerra en un baúl convenientemente cerrado con llave y lo había subido al desván de la mansión de Hampshire. Ahora todo aquello formaba parte del pasado.

La luna de miel fue todo lo que Alex siempre había soñado y querido, y cuando regresaron a Wickham Manor ambos estaban muy relajados y bronceados. Junto con su anillo de compromiso, Alex lucía ahora una sencilla alianza de oro. Victoria y Edward se alegraron mucho de tenerlos de vuelta.

A los pocos días de su regreso, mientras estaban cenando con los padres de Alex, Richard les habló por fin de sus planes de futuro. Antes de ir a Hampshire para la boda había mantenido varias reuniones en el Ministerio de Asuntos Exteriores. Llevaba mucho tiempo pensando en qué tipo de profesión se ajustaría mejor a sus aptitudes y les permitiría llevar un estilo de vida que resultara estimulante para ambos. Ninguno de ellos quería asentarse en Hampshire, al menos no todavía, y él tampoco se imaginaba como banquero, ni siquiera como profesor. La única formación que tenía era la de piloto, pero sabía que no podría mantener a una familia con el poco dinero que se ganaba dando lecciones de vuelo. Tampoco quería ser piloto comercial. Detestaba la idea de pasar tanto tiempo alejado de Alex, y además se sentiría como un conductor de autobús.

—Puede que esto os parezca una locura —empezó en tono cauteloso—, pero he pensado que una carrera en el cuerpo diplomático podría resultar muy interesante para nosotros. Me destinarían a algún país extranjero durante cuatro años, y me irían asignando nuevos destinos de forma periódica, de modo que acabaría por alcanzar una posición muy respetable en el Ministerio de Asuntos Exteriores. —Después de plantear la propuesta, Richard miró a Alex con cierta inquietud y comprobó que estaba sonriendo. Tal como se lo habían descrito a él, el cargo que le ofrecían sonaba de lo más exótico. Además, gracias a la extracción social de Alex y a su talento para los idiomas, sería la esposa de diplomático perfecta, una magnífica anfitriona. Tenía el bagaje y la formación ideales para el puesto—. Bueno, ¿qué opináis? —preguntó, y luego miró a Alex—. ¿Qué te parecería viajar durante unos años por todo el mundo, antes de regresar a Inglaterra para instalarnos definitivamente?

—Esperábamos que os quedarais a vivir aquí —dijo Edward, incapaz de ocultar su decepción—. Hampshire es un lugar magnífico para asentarse y criar a los niños.

—Estoy seguro de que acabaremos viviendo aquí —repuso Richard con educación—, pero sería una experiencia extraordinaria para los niños crecer en países y culturas diferentes antes de regresar a Inglaterra. Y para nosotros también.

—Me encanta la idea —intervino Alex—. Nunca nos aburriremos y conoceremos a gente de lo más interesante.

Era el contrapunto perfecto a los cinco años que había pasado trabajando como espía, algo a lo que aún no estaba muy segura de querer renunciar. La vida iba a parecerle demasiado tranquila, incluso aburrida, sin sus arriesgadas y emocionantes misiones. Richard se sintió aliviado al ver que Alex parecía encantada con la idea y no había salido corriendo de la habitación. Era la compañera ideal para una aventura como aquella. Estaba sedienta de experiencias, ansiosa por conocer nuevas gentes, lugares e idiomas.

—Me han dicho que pasaré entre seis y nueve meses en el ministerio recibiendo la formación apropiada, y luego me encargarán mi primera misión diplomática, que podría ser en algún país remoto o poco conocido.

Los padres de Alex se habían quedado estupefactos. Nunca se les habría ocurrido pensar que la pareja quisiera ir dando tumbos por el mundo, cambiando de país y de hogar cada cuatro años. No obstante, Victoria tenía que admitir que era algo que encajaba con ellos, y opinaba que Richard había demostrado una gran iniciativa al pensar en emprender una carrera diplomática. Por su parte, Alex se sentía llena de admiración por su marido. No podría haber pensado en un proyecto de vida mejor para su futuro juntos.

—¡Eres brillante! —le dijo un poco más tarde, ya a solas en su habitación.

—¿No será demasiado complicado criar a nuestros hijos en países diferentes y tener que trasladarnos cada cuatro años?

Esa había sido su única duda, ya que los dos tenían muy claro que querían tener hijos.

—No lo creo —respondió ella con gesto reflexivo—. Eso les servirá para ampliar enormemente su experiencia de la vida. Y, además, tendremos mucha ayuda por parte del personal de las embajadas. Estaremos muy mimados —concluyó sonriendo, convencida de que era un plan perfecto.

—Pues, si estás de acuerdo, empezaré en el Ministerio de Asuntos Exteriores en septiembre y nos enviarán a nuestro primer destino la próxima primavera. Si quieres, podemos ponernos a buscar el niño ya, para que nazca antes de marcharnos.

Lo dijo con un brillo de emoción en los ojos. Estaba deseando tener hijos cuanto antes.

—Creo que resultaría muy complicado viajar con un bebé tan pequeño a un lugar exótico. Asentémonos primero, conozcamos el país y luego tengamos el niño. —A Alex le parecía un planteamiento mucho mejor que el de llevar a un recién nacido a un país remoto que podría ser un lugar primitivo o incluso hostil—. Pero me encanta la idea de formar parte del cuerpo diplomático. Cariño, ¡eres un genio!

Le rodeó el cuello con los brazos y le besó. Un momento después estaban en la cama haciendo el amor. Ahora contaban con todo el tiempo del mundo para ello, un verano en el que ninguno de los dos tenía que trabajar y en el que ya eran una pareja casada. Alex no había sido tan feliz en su vida, y Richard estaba emocionado por que a ella le hubiera encantado su propuesta. El problema de su futuro estaba resuelto.

A mediados de agosto, Alex recibió el correo que le habían reenviado de su residencia. Abrió una misiva de aspecto oficial y, conforme la leía, sus ojos se fueron abriendo por la sorpresa. Sus padres acababan de volver de dar un paseo, Richard se disponía a salir a pescar y ella les había prometido a los niños que iría a jugar un rato con ellos.

—Me van a conceder dos medallas —anunció, mirándolos asombrada con la carta aún en la mano.

Se trataba de la Medalla de Jorge y la de la Orden del Imperio Británico. Eran distinciones civiles y no militares, ya que, oficialmente, la SOE no formaba parte del servicio de Inteligencia Militar.

—¿Y eso por qué? —quiso saber su madre.

—Por mi trabajo durante la guerra —respondió Alex, sonriendo a Richard.

—¿Por conducir un camión? —preguntó su padre con aire escéptico.

—Bueno, no exactamente. La verdad es que hice algo más que eso.

Richard le sonrió, recordando la pistola y el cuchillo de comando que había encontrado en su poder. Desde hacía tiempo sospechaba que su contribución al esfuerzo bélico había sido mayor del que ella aseguraba, probablemente mucho mayor, aunque ni siquiera podía empezar a imaginarse el alcance de todo lo que había hecho, ni tampoco la formación que había tenido que recibir para ello.

—¿Cuánto más? —inquirió su madre.

No iban a concederle dos medallas por una contribución menor.

—Ah, no mucho —respondió Alex con vaguedad—. Aquí el único héroe de guerra que hay es Richard.

Era muy consciente del voto solemne que había hecho de no revelar durante veinte años nada acerca de sus actividades de espionaje.

—Pero debes haber hecho algo importante si van a condecorarte —insistió su padre, bastante perplejo.

Sin embargo, Alex no podía hablarles a ellos ni a nadie de las misiones de sabotaje y reconocimiento que había llevado a cabo, ni de sus frecuentes incursiones tras las líneas enemigas para ayudar a los grupos de la Resistencia en la Europa ocupada y en Alemania. No hacía mucho, Bertram Potter había vuelto a recordarle el juramento que había hecho, aunque ella lo tenía siempre muy presente.

—Traduje una gran cantidad de documentos para el Cuerpo Yeomanry —respondió al fin.

Richard la miró fijamente, intuyendo que había mucho más detrás de aquello y recordando sus frecuentes ausencias alegando que debía transportar cargamentos de roca por toda Inglaterra. Sospechaba que la verdad les habría dejado boquiabiertos a todos. Victoria y Edward seguían aún muy desconcertados, pero Richard no insistió.

Más tarde, Alex le miró llena de agradecimiento.

—Gracias por no presionarme.

—Lo entiendo, y estoy orgulloso de ti —le dijo él con ternura.

No conocía los detalles, pero tenía el presentimiento de que su esposa ocultaba muchas cosas que ninguno de ellos llegaría a saber nunca. Richard solo podía hacer conjeturas y se preguntaba si no habría estado trabajando para la Inteligencia Militar durante toda la guerra. Si era así, era muy consciente de que no podría revelar nada.

—Todas aquellas ausencias tuyas... tienen que ver con esto, ¿verdad? —Ella asintió en silencio—. Me lo imaginaba.

Alex aún guardaba sus armas bajo llave en el desván. No le habían pedido que las devolviera, y, si se lo permitían, quería quedárselas. El capitán Potter no le había comentado nada al respecto, así que ella aún las conservaba.

—Solo doy las gracias por que no te mataran —añadió Richard con voz emocionada. Ella también se sentía agradecida, por ambos. Él solo lamentaba que ella no pudiera contarle más—. Siempre supe que estabas metida en algo más serio, pero esperaba que no fuera demasiado arriesgado —comentó con cierto alivio—. No sé qué tipo de medallas van a concederte —añadió, solemne—, pero estoy seguro de que te las has ganado con todo merecimiento, Alex.

Ella asintió, agradeciendo profundamente que él respetara su silencio y no la presionara.

—Espero de corazón que así sea —afirmó con expresión grave.

—En fin —concluyó Richard, dejando estar el tema—, me voy a pescar.

La besó y luego salieron juntos de la casa, ella para ir a jugar con los niños, tal como les había prometido.

Cuando la pareja se marchó, Victoria y Edward fueron a sentarse un rato a la biblioteca.

—¿Qué crees que hizo Alex para merecer esas medallas? —le preguntó ella.

—Tal vez sea mejor no saberlo nunca —respondió él con sensatez—. Durante estos últimos años se han tenido que llevar a cabo muchas actividades de carácter secreto.

—Espero que no tuviera que hacer nada peligroso —añadió Victoria, aunque al menos la guerra ya había acabado y su hija había salido airosa de todo aquello.

Mientras se dirigía a pescar, Richard iba pensando en lo poco que conocía a Alex. Sin embargo, tenía una cosa clara: siempre había sido una mujer muy valiente.

Victoria miró por la ventana de la biblioteca y vio a Alex en el jardín jugando a pillar con los niños, como cualquier joven de su edad. Se preguntó qué sería aquello que desconocían de ella y, por fin, decidió que era mejor no saberlo.

10

En septiembre se celebró en la sede de la SOE la pequeña ceremonia de condecoración de Alex, presidida por el capitán Bertram Potter y con la única presencia de un oficial de bajo rango de la Oficina de Guerra. El capitán pronunció un breve discurso, en el que quedó de manifiesto su gran respeto profesional y su afecto personal por la agente. A continuación, el representante gubernamental le prendió las medallas y le estrechó la mano. Fue un acto sencillo y discreto, y Alex lamentaba que ni Richard ni sus padres hubieran podido estar presentes. Después, Marlene sirvió unas copas de oporto y unas galletas que el propio Bertram había comprado para hacer la ocasión un poco más festiva.

En su discurso, el capitán ensalzó el gran amor de Alex por su país, así como su valor y determinación para afrontar todas y cada una de las operaciones asignadas sin importar lo delicadas o peligrosas que fueran. Dijo que nunca había rechazado o rehuido una sola misión y que, sin dudarlo un solo momento, se había infiltrado una y otra vez tras las líneas enemigas en las situaciones más comprometidas. Comentó que había sido una de sus mejores agentes y que se merecía sobradamente las medallas y el reconocimiento de su país. Ponderó su lealtad, su valentía y su disposición a hacer todo cuanto estuviera en su mano y más para ayudar a ganar la guerra. Alex se sintió profundamente conmovida por sus palabras.

Bertram habló también de los héroes anónimos y olvidados que, como ella, habían actuado de forma clandestina, cumpliendo fielmente las órdenes, arriesgando su vida y, en demasiados casos, perdiéndola ante el enemigo. La guerra había supuesto un enorme coste humano para toda la nación.

Alex ya había aceptado acudir dos veces a la semana para ayudar a Bertram a organizar las montañas de papeles de su despacho, así que no tenían por qué despedirse. Sin embargo, lamentó enterarse de que pronto cerrarían las oficinas de la SOE. La organización no tenía razón de ser tras el final de la guerra. No había previstas nuevas misiones y se había comunicado a los agentes que ya no necesitarían sus servicios. De ahora en adelante, el MI5 se encargaría de controlar las operaciones del servicio secreto de ámbito nacional, y el MI6 haría lo propio a nivel internacional. Las actividades clandestinas de la SOE no tenían sentido en tiempos de paz, y todos los que habían trabajado para la organización se sentían tristes al saber que pronto desaparecería en los anales de la historia. Eso hacía que organizar y clasificar los archivos de Bertram resultara aún más importante, y Alex se alegraba de poder ayudar a hacerlo.

Después de la ceremonia de condecoración, Richard la llevó a cenar a su restaurante favorito, el Rules, al que no habían vuelto desde que acabara la guerra. Habían encontrado un pequeño apartamento amueblado en Kensington y lo habían alquilado por seis meses, conscientes de que tendrían que abandonarlo en primavera, cuando a Richard le asignaran su primera misión diplomática. Aún no sabían cuál sería su destino.

El país estaba inmerso en un arduo proceso de recuperación, con numerosos proyectos de reconstrucción y restauración en marcha. Muchas zonas de Londres estaban destruidas, al igual que ocurría en otras ciudades europeas. Alemania había quedado reducida prácticamente a escombros, e Italia no estaba en mucho mejor estado. Francia no había sufrido tantos daños gracias a su temprana capitulación ante el enemigo, pero sus tesoros artísticos habían sido saqueados por el ejército ocupante y por altos mandos de las SS que habían viajado a París exclusivamente con ese propósito. No obstante, ahora se sabía que las autoridades francesas habían tenido la precaución de esconder muchas de sus obras artísticas en cámaras subterráneas, y que la Resistencia había desempeñado un papel fundamental a la hora de ayudar a excavar túneles y cuevas donde se guardaron las obras más valiosas. Muchas habían sido expoliadas y enviadas a territorio enemigo, y aunque resultaría muy difícil rastrear su paradero y aún más recuperarlas, los directores de los museos franceses estaban decididos a hacerlo. Además, muchos de los tesoros artísticos escondidos ya habían sido rescatados de los túneles y devueltos al Louvre.

Alex se acordó de cuando el coronel Von Meissen le habló de los continuos viajes de Goering a Francia para ordenar el traslado de grandes cargamentos de obras de arte a Alemania. Ahora que la guerra había acabado, habían salido a la luz las inmensas pérdidas sufridas a raíz del expolio alemán. Se preguntó si el coronel habría sobrevivido. También se preguntó si solo la habría considerado una joven tímida y recatada, o si al final se habría enterado de que le había engañado y utilizado. Era consciente de que había escapado justo a tiempo, pero también de que había sido una de sus misiones más entretenidas y glamurosas, la única en la que había actuado como una espía sofisticada, y además con éxito: había logrado obtener toda la información que necesitaba la Oficina de Guerra.

En octubre, Richard ya había ocupado su puesto en el Ministerio de Asuntos Exteriores y se preparaba a conciencia para cumplir con su cometido dentro de la diplomacia de posguerra. Estudiaba a fondo para ponerse al día de la actualidad mundial, al tiempo que hacía conjeturas acerca de cuál sería su primer destino. Permanecía abierto a todas las posibilidades, y por la noche, en su apartamento, comentaba con Alex la situación política global.

Todas las naciones europeas seguían en una situación muy convulsa, terriblemente afectadas por las consecuencias de la guerra. En Inglaterra continuaba habiendo escasez de alimentos y la economía se resentía seriamente debido a los esfuerzos por reconstruir el país. En Asia reinaba una situación turbulenta, y Richard no creía que le enviaran allí. Rusia se había anexionado el este de Alemania, dividiendo por la mitad la ciudad de Berlín. Todo el bloque oriental había sido arrasado y devastado por la guerra y gran parte de la población pasaba hambre. Un puesto diplomático en esa parte de Europa supondría un gran desafío. También habían surgido graves problemas políticos en las colonias del Imperio británico.

En la India reinaba una situación muy complicada desde que el virrey en el momento en que Gran Bretaña entró en la guerra, el antipático e impopular lord Linlithgow, incluyó al país en el conflicto sin consultarlo con los políticos nacionalistas. Los congresistas de izquierdas se opusieron a esa decisión, y el más vehemente de ellos fue Jawaharlal Nehru, que había pasado tres años en prisión hasta que lo liberaron hacía relativamente poco tiempo.

La India imperial estaba siendo desgarrada por las constantes batallas entre hindúes y musulmanes, con sus demandas de dividir el país, sus frecuentes baños de sangre y el consiguiente riesgo de guerra civil. Dos millones de indios habían servido en las fuerzas armadas británicas durante la contienda mundial y ahora estaban regresando a su país, aumentando con ello el ambiente de disensión y confusión.

El problema parecía tener muy difícil solución, y, mientras los británicos habían estado centrados en la guerra europea, habían perdido control y poder sobre los territorios de su imperio. Los días de la India británica parecían estar contados, y Richard estaba estudiando la situación muy a fondo.

En febrero de 1946, el Ministerio de Asuntos Exteriores le comunicó por fin cuál sería su primera misión diplomática: ocuparía el cargo de viceconsejero del virrey de la India, un puesto muy respetable que le proporcionaría un asiento de primera fila como espectador de los grandes cambios que serían inevitables en los próximos meses, y una experiencia que le resultaría muy valiosa para su carrera.

El mes anterior se había producido un motín en la Real Fuerza Aérea India, y unas semanas antes había habido varias manifestaciones en Calcuta que habían provocado numerosos muertos y nuevos levantamientos de protesta. También se había notificado un motín en la Real Armada India y otra huelga en Bombay que se había saldado con doscientos muertos.

—Son tiempos muy turbulentos en la India imperial, Montgomery —le informó el alto funcionario del Ministerio de Asuntos Exteriores—. No vas a tener una tarea sencilla. Creemos que la independencia de la India será inevitable y nos gustaría que ocurriera sin que se produjera un gran baño de sangre, algo que tal vez no sea muy factible. La partición del país también resultará inevitable. Nehru desempeñará un importante papel en el futuro; Krishna Menon es un agitador de la peor calaña y Mahatma Gandhi es el líder espiritual. Hay grandes oportunidades económicas en el país: Karachi y Bangalore están experimentando un gran auge, mientras que en otras regiones la población se muere de hambre. Te pondremos al tanto de toda la información necesaria ahora que sabemos cuál será tu destino —añadió el funcionario con una sonrisa.

»Las condiciones de vida para vosotros serán excepcionalmente buenas. Tendréis a vuestra disposición una residencia muy lujosa y agradable y contaréis con una gran cantidad de sirvientes. Además, asistiréis a numerosos eventos sociales ofrecidos por el gobierno británico y por la comunidad internacional. Tu esposa encontrará allí mucha compañía femenina con la que entretenerse. La India siempre ha sido un destino que nuestra gente ha disfrutado mucho, y estoy seguro de que vosotros también lo haréis. Partiréis en barco dentro de cuatro semanas. Será una travesía larga, pero la armada británica ha vuelto a restablecer el servicio para los viajes de pasajeros y ha reacomodado sus barcos para ser usados de nuevo en tiempos de paz. Será toda una aventura, y os deseo la mejor de las suertes.

»Las reuniones informativas para ponerte al día de la situación del país empezarán dentro de tres días. El virrey actual es el vizconde Wavell. Es un buen hombre, yo mismo he trabajado con él y es un diplomático muy sensato y justo. Es la persona perfecta para ayudarte a emprender tu carrera. Cuatro años en la India, especialmente en esta etapa histórica, te enseñarán mucho. Y estoy seguro de que en tu próxima misión diplomática ya serás embajador. Cuatro años pasan muy deprisa. Es tiempo suficiente para establecerte y llegar a conocer bien la realidad del país, pero también para no querer estancarte y desear avanzar a tu próximo destino.

Richard asintió, tratando de absorber toda la información que estaba recibiendo. Lo que le había quedado más claro era que se marchaban dentro de solo cuatro semanas y tenía que contárselo cuanto antes a Alex para que pudiera empezar a prepararse. Sabía que ella quería pasar un tiempo con sus padres en Hampshire antes de partir. Él también tenía mucho que hacer; entre otras cosas, avisar al arrendatario de su pequeña hacienda de que estaría en la India durante los próximos cuatro años. Pero el granjero era un hombre de fiar, así que no era algo que le preocupara en exceso.

Richard sonrió al preguntarse cuántos hijos tendrían cuando se trasladaran a su próximo destino. Al margen de las cuestiones políticas que le mantendrían muy ocupado, en la India llevarían una vida acomodada y lujosa, mucho más que en su diminuto apartamento londinense o incluso que en la mansión de los padres de Alex. Después de la guerra, en la que habían perdido la vida tantos jóvenes, encontrar un buen servicio resultaba casi imposible. Ya nadie quería trabajar como sirviente, la mayoría prefería hacerlo en las fábricas y las oficinas.

Esa noche, Richard esperó a que Alex llegara a casa de las oficinas de la SOE. Se había quedado hasta más tarde de lo habitual, tratando de crear un sistema de archivos para Bertram. Puede que este fuera un jefe brillante, pero no se le daba nada bien elaborar y clasificar informes. Tenían mucho trabajo por delante, aunque por suerte ambos conocían muy bien los entresijos de las misiones que la organización había llevado a cabo.

Nada más llegar, Alex vio el brillo entusiasmado en los ojos de Richard y supo que había novedades. En cuanto se quitó el sombrero y el abrigo, y antes siquiera de darle tiempo a sentarse, él le comunicó la noticia.

—Nos marchamos dentro de cuatro semanas —soltó como un colegial anunciando algo muy importante—. Nos vamos a la India. Seré viceconsejero del virrey, que no es un cargo muy importante pero me servirá para aprender mucho.

Estaba tan emocionado que la cogió entre sus brazos y la levantó en volandas.

—¡Eso es fantástico! —respondió ella, también entusiasmada. La India era un destino fascinante y había estado leyendo mucho sobre su situación política—. Me pregunto si conseguirán la independencia mientras estemos allí.

—Es muy probable, aunque no será una transición sencilla, dadas las discrepancias entre hindúes y musulmanes. Estos quieren dividir el país para crear su propio estado, y es casi seguro que habrá un gran derramamiento de sangre. Pero nosotros estaremos a salvo en Nueva Delhi, y me han confirmado que viviremos en una residencia magnífica. Así que esto ya está en marcha. Tu marido piloto tiene un trabajo de verdad, y nos esperan por delante unos años muy emocionantes. Gracias por ser tan buena compañera de viaje —le dijo, y luego la besó—. Vamos a salir a cenar para celebrarlo.

Fueron a un pub del barrio que solían frecuentar y comieron salchichas con puré de patatas. Las salchichas eran todavía un pelín delgadas, pero estaban sabrosas.

Alex ya estaba pensando en todo lo que debía hacer en las próximas semanas y en las cosas que tendría que llevarse. Lo que fuera prescindible se quedaría en casa de sus padres. Era consciente de que necesitaría vestidos de gala para la intensa vida social que llevarían en la India, y quería lucir lo más elegante posible para que Richard se sintiera orgulloso.

Los trajes de noche que vistió en su temporada social londinense once años atrás estaban algo ajados y pasados de moda. Desde entonces no se había comprado ninguno nuevo, y su madre le dijo que le daría algunos de los suyos. También tenía que contarle a Bertram que se marchaba de forma inminente, a fin de que pudiera contratar a alguien que le ayudara a clasificar los archivos. Marlene estaba saturada de trabajo. Todavía la llamaba por su nombre en clave, aunque el real era Vivian Spence.

Cuando llamó a Bertram al día siguiente para comunicarle la noticia, el hombre pareció abatido. Sabía que estaban esperando que le asignaran su primer destino a Richard, pero confiaba en que no fuera tan pronto.

—¿Dentro de cuatro semanas? —preguntó, visiblemente consternado.

—Lamento decirte esto, pero en realidad debo dejarlo en solo dos semanas. Tengo que preparar el equipaje y organizarlo todo antes de marcharme, y quiero pasar un tiempo con mis padres. La India está muy lejos y no creo que puedan venir a vernos muy a menudo. Va a ser muy duro para ellos.

Alex estaba muy preocupada por sus padres, ya que era la única hija que les quedaba, pero como esposa de Richard tenía que seguirle allá donde fuera. Ellos lo entendían y no habían puesto la menor objeción, aunque les resultara muy doloroso. Ahora, Alex se sentía incluso más agradecida de que tuvieran acogidos a todos aquellos niños que les ayudarían a distraerse.

—Pues tendremos que darnos prisa y arreglar todo lo que podamos en las próximas dos semanas —dijo Bertram con una mezcla de determinación y pánico.

Quedaba tanto por hacer... Además, acababan de comunicarle que las oficinas de la SOE cerrarían definitivamente en junio, dentro de solo cuatro meses. No tenía ni idea de cómo podrían conseguirlo, pero tenían que hacerlo. La SOE pasaría a formar muy pronto parte de la historia. Sin embargo, resultaría muy sencillo entender el sistema de clasificación que Alex estaba utilizando si alguien quería rescatar algún informe de los archivos. La joven estaba elaborando un minucioso directorio en el que aparecían los nombres de todos los agentes y en el que cada misión estaba numerada para facilitar la búsqueda de referencias cruzadas.

Unos días después, Alex estaba concentrada en su trabajo, sentada a la mesa de la exigua oficina que le habían asignado, cerrando un informe tras otro y guardándolos cronológicamente en cajas que serían entregadas a la Oficina de Guerra en cuanto la SOE cerrara sus puertas, cuando Bertram entró en la habitación con expresión seria.

—Siento tener que interrumpirte —dijo—. ¿Podrías venir a mi despacho un momento?

—Claro —respondió ella, deteniendo al momento lo que estaba haciendo—. ¿Ocurre algo? ¿Me he olvidado de alguna cosa?

—En absoluto. Hay alguien que quiere verte.

Ella le siguió a su despacho, donde un hombre alto y delgado de cabello gris estaba de pie mirando por la ventana. Cuando entraron, se giró y les sonrió. Bertram hizo las presentaciones. Se llamaba Lyle Bridges. Tenía un aspecto muy distinguido y unos ojos penetrantes que lo absorbían todo. Alex pudo notar cómo esos ojos la escrutaban mientras tomaba asiento frente a la mesa de Bertram y Lyle Bridges hacía lo propio en la silla de al lado. El hombre fue directo al grano y explicó el propósito de su visita.

—He oído hablar mucho de usted, señora Montgomery, y el capitán Potter me ha permitido leer su expediente. Ojalá hubiera trabajado para nosotros en el servicio de Inteligencia Militar todos estos años, aunque ya lo hizo indirectamente. Gracias a agentes de su valía ganamos la guerra. —Ella sonrió ante sus palabras—. El país necesita más gente como usted. A veces creo que las mujeres son nuestros mejores agentes. Son más prácticas que los hombres y, en ocasiones, más audaces y temerarias. Y no hablan de su trabajo, tan solo van y lo hacen. Por lo que tengo entendido, se marchará muy pronto a la India.

—Mi marido ha entrado a formar parte del cuerpo diplomático —le explicó ella en tono cauteloso—. La India será nuestro primer destino y estamos muy emocionados por ello.

—La situación allí ahora es realmente interesante, con la perspectiva de la independencia y la posible partición del país. No se aburrirán ni un solo momento —le aseguró el hombre sonriendo.

Alex aún no tenía ni idea de por qué les había presentado Bertram, ni qué era lo que Lyle Bridges podría querer de ella. La guerra había acabado, y con ella su labor en la SOE, y además se marchaba dentro de cuatro semanas. Por lo que había entendido, Bridges había trabajado en el espionaje militar, pero ahora todo eso había quedado atrás, al menos para ella.

—Se preguntará por qué he pedido conocerla. La guerra ha acabado para la mayoría de la gente, pero nosotros somos los perros guardianes que nunca duermen. Como ya sabrá, el MI5 se encarga de controlar la seguridad nacional dentro de nuestras fronteras, y el MI6 lo hace a nivel internacional. Tenemos agentes repartidos por todo el mundo, también en tiempos de paz. Y el hecho de que ahora se marche a la India plantea una situación muy interesante, para usted y para nosotros, y le brinda una nueva oportunidad para continuar sirviendo a su rey y a su país, y para proteger a nuestros compatriotas de posibles amenazas, a veces incluso antes de que ocurran.

»Por lo que he podido ver y leer en su expediente, demostró una dedicación absoluta mientras trabajaba para la SOE, y también captó la atención de algunos de mis colegas durante las reuniones a las que asistió en el cuartel general de la guerra, especialmente en los meses previos al Día D. Allí nada pasa desapercibido. —Le sonrió, y sus ojos eran como dardos penetrantes, atentos a cualquier reacción por parte de Alex—. Si decide unirse a nosotros ahora, no esperamos que asuma un papel activo como hizo durante la guerra, pero sí que tendrá la oportunidad de recabar información de la gente que conozca, permaneciendo atenta a todo lo que pueda escuchar u observar.

»La India está muy lejos de Inglaterra, y a veces la gente tiende a mostrarse más abierta y locuaz en las colonias. Y sí, es cierto que la India dejará pronto de ser una colonia para convertirse en una nación independiente, pero eso hace que sea aún más importante que podamos controlar el pulso de todo lo que allí está ocurriendo. Y, gracias al cargo que su marido va a ocupar junto al virrey, usted conocerá a muchos de los oficiales indios en los que estamos más interesados.

»Lo que le estoy preguntando es si estaría dispuesta a convertirse en nuestros ojos y nuestros oídos en la India. Solo tendría que informarnos sobre lo que ve y lo que escucha, sobre quién asiste a las fiestas y cenas a las que acuda, o sobre las personas a las que invita a su residencia. Puede que le demos algunas instrucciones a este respecto. Compartir mesa con la mujer de un importante oficial puede constituir una fuente inagotable de información. En fin, esas son las cosas que nos interesan.

—¿Y cómo les haría llegar esa información?

—Le proporcionaríamos un pequeño transmisor de radio, oculto dentro de un botiquín de primeros auxilios, y nos enviaría los mensajes encriptados. Ahora no existe riesgo para realizar esas transmisiones, no hay peligro de que la descubran y la ejecuten como habría ocurrido cuando se infiltraba tras las líneas enemigas durante la guerra. No será más que un flujo de información entre usted y el MI6, y una manera de continuar sirviendo a su país, si es que acepta. No existe riesgo, pero su autorización especial de alta seguridad continuará vigente, por si en algún momento da con alguna información especialmente sensible.

»Su nombre aún permanece activado en nuestros archivos, de modo que no habría que hacer ningún ajuste adicional. Si no ocurre nada reseñable, puede contactar con nosotros una vez por semana; o puede hacerlo después de cada evento social, a fin de proporcionarnos una lista de la gente que ha conocido. Es una misión de muy bajo riesgo en comparación con lo que ha estado haciendo durante los últimos cinco años. Y tampoco le llevará mucho tiempo. Imagino que su marido la tendrá muy ocupada con todas las fiestas y reuniones sociales a las que asistirán como parte de su trabajo. Por eso su presencia allí resulta tan interesante para nosotros.

Alex asintió y permaneció un rato callada con gesto pensativo.

—¿Podré contárselo a mi marido? —preguntó al fin.

No quería volver a tener secretos con él, como se había visto obligada a hacer cuando trabajaba para la SOE. Consideraba muy importante para su relación mantener una comunicación fluida y sincera.

—Me temo que no —respondió Bridges—. Es mejor cubrirnos las espaldas. Consideramos este encargo de alto secreto, sobre todo teniendo en cuenta que en sus manos podría caer información muy importante para la seguridad nacional. Así pues, no solo es lo mejor, sino de hecho es obligatorio que él no sepa nada. —Alex volvió a asentir—. Entonces ¿pensará en mi propuesta?

—Lo haré —respondió en voz baja.

Había quedado muy claro lo que Bridges quería de ella. Aunque los riesgos y las consecuencias no fueran tan graves, le estaba pidiendo que continuara actuando como espía, y Alex no estaba muy segura de querer hacerlo. Durante los últimos ocho meses había dado por cerrado ese capítulo de su vida. Ahora pretendían que volviera a abrirlo, y que le siguiera mintiendo a Richard. No parecía un encargo muy complicado, pero la pondría en una situación bastante comprometida. De hecho, le atraía la idea de hacer algo más importante que ir a comer con las mujeres de otros diplomáticos y asistir por las noches a fiestas lujosas con Richard. Y mientras no tuviera hijos, dispondría de tiempo para ello.

—Esta vez será el MI6 quien le pague. No espere ninguna fortuna, como ya sabe por su trabajo con la SOE. Cada mes depositaremos una cantidad no muy elevada en una cuenta bancaria. Demasiado dinero podría atraer la atención, y de este modo no tendrá que dar explicaciones ni justificar su procedencia.

Toda aquella información daba vueltas en la cabeza de

Alex cuando el hombre del MI6 se levantó, les estrechó la mano y salió del despacho. Luego miró a Bertram.

—¿Contactaste tú con ellos o ha sido iniciativa suya? —quiso saber, llena de curiosidad.

—Ayer me llamaron del MI6. La idea ha sido completamente suya. Debieron de ver el expediente de Richard en el Ministerio de Asuntos Exteriores. Lo controlan todo.

—¿Y qué crees que debería hacer? —preguntó Alex con gesto preocupado.

—Creo que deberías aceptar —repuso él muy convencido—. Tú no eres la clase de mujer que se pasa la vida arreglándose y maquillándose para estar de cháchara con otras mujeres. Necesitas hacer algo de mayor trascendencia. Y sabes que esta decisión no te afecta solo a ti, Alex. Tú amas a tu país, como yo, y la gente como nosotros tenemos que encontrar una manera de servirle. ¿Qué puede haber más importante? ¿Qué sería de Inglaterra sin nosotros? —concluyó sonriendo.

—No creo que sea tan importante contarles a quién he conocido en las fiestas.

—Eso tú no lo sabes. Si no lo fuera, no te lo pedirían. En estos momentos la India es un polvorín de intrigas y conflictos políticos. Si no se maneja bien, la situación puede acabar en una auténtica tragedia, especialmente con el asunto de la partición. Los musulmanes quieren quedarse con una parte del territorio para fundar su propio estado, Pakistán. Por otra parte, la mayoría del país es hindú y también quieren expulsar a los musulmanes. —Alex llevaba meses informándose sobre el tema—. Todo esto podría desembocar en una guerra religiosa a gran escala, una guerra como no se ha visto antes.

—¿Y tú qué piensas hacer al final? —Era algo que hacía tiempo que no le preguntaba.

—Voy a volver al MI5 para mantener la seguridad del país

aquí en casa —respondió con una sonrisa—, mientras tú te dedicas a dar vueltas por el mundo rodeada por una docena de criadas que te ayuden a vestirte y te sirvan el desayuno en la cama. No parece un mal plan —añadió en tono afectuoso, consciente de que en las colonias se llevaba una vida de lo más lujosa y placentera.

—La India es mucho más que eso —replicó Alex—. Quiero visitar los santuarios e intentar comprender mejor la controversia religiosa existente entre hindúes, musulmanes y sijs.

A Bertram sus palabras le parecieron bienintencionadas, aunque un tanto ingenuas.

—Llegar a entender todo eso te llevaría la vida entera. La India es un lugar mágico. Estuve sirviendo en el ejército allí hace muchos años. Pero también tiene su lado cruel. Debes tener mucho cuidado con eso.

—¿Crees que correré peligro si acepto el trabajo? —le preguntó Alex abiertamente, confiando en que fuera honesto con ella.

—No, no lo creo. Lo que te han propuesto es la faceta más anodina del espionaje. Serás una fuente de información para el MI6, nada más. Tienen a miles de agentes repartidos por todo el mundo. No esperan que resuelvas sus problemas allí, ya que se trata de asuntos de demasiada envergadura. Tan solo quieren conocer nombres y lugares, y enterarse de lo que dice y opina la gente. Puede ser divertido.

Ella también lo pensaba, aunque no estaba segura de si quería volver a trabajar como espía. Desde que acabó la guerra había disfrutado mucho de su tiempo de inactividad, pero también quería encontrar algo que hacer cuando estuviera en la India. De lo contrario, sabía que se aburriría mucho.

—Piénsatelo bien esta noche —le recomendó él con un suspiro.

—Detesto tener que mentirle a Richard.

Bertram se echó a reír.

—La mayoría de las mujeres mienten a sus maridos, aunque sobre temas mucho menos importantes que la seguridad nacional. Además, no tendrás que mentirle. Él no va a preguntarte si sigues siendo una espía. Nunca se le ocurriría hacer algo así.

Eso era verdad. Puede que Richard hubiera sospechado algo sobre sus actividades clandestinas en tiempos de guerra, pero nunca le había preguntado antes y tampoco lo haría ahora. Y, en todo caso, sabía que ella no podría contarle nada.

—Piénsalo esta noche. El MI6 está ansioso por contar con tus servicios. Eso es lo que me dijeron cuando me llamaron. Y, te están esperando con los brazos abiertos.

Cuando Alex llegó a casa, seguía dándole vueltas a la conversación mantenida esa tarde con el representante de los servicios secretos. Richard la notó distraída, aunque ella se excusó alegando que tenía jaqueca por haber estado revolviendo todo el día entre archivos polvorientos.

—Bueno, ya casi has acabado con eso —comentó él con una sonrisa—. Pronto serás una dama ociosa con un ejército de sirvientes a tu disposición.

Se sentía orgulloso de poder ofrecerle todas esas comodidades gracias a su trabajo.

—Eso suena obscenamente indolente —repuso ella con expresión avergonzada—. Tendré que hacer algo para mantenerme ocupada.

—Cuidar de los niños —dijo él, sonriendo esta vez con ternura—. Resultará mucho más fácil para ti cuando estemos allí, con toda la ayuda que tendrás.

Alex asintió. A ella también le ilusionaba esa idea, que era su plan una vez que estuvieran instalados. Se preguntó si las espías tenían hijos, y supuso que así era. Al pensar en todo ello ahora, se sentía menos culpable. El amor por su país no había disminuido con el final de la guerra, y trabajar para el MI6 sería una forma de resultar útil a la nación sin correr un gran riesgo, tal como le había dicho Bertram. No había ningún peligro en ese encargo. ¿Y qué había de malo en contar a los servicios secretos a quién veía en las fiestas o de qué hablaban? Era un pequeño servicio que podía prestar perfectamente a su país. Esa noche, antes de quedarse dormida, casi se había decidido.

Cuando se despertó por la mañana, hacía un día magnífico. Durante el desayuno Richard habló de la situación política en la India y Alex encontró el tema aún más fascinante si cabe.

Al llegar a las oficinas de la SOE, ya se había decidido por completo y cualquier sentimiento de culpabilidad se había esfumado. Richard servía a su país a su manera, y ella a la suya, aunque fuera clandestina. Tenía la conciencia tranquila.

En cuanto llegó, entró directamente en el despacho de Bertram.

—Voy a hacerlo —soltó de sopetón, y él levantó la vista con una sonrisa.

—Buena chica. Sabía que acabarías aceptando. Supone poco esfuerzo para ti, además sin riesgos, y puede ser muy importante para la seguridad nacional.

Ella había llegado a la misma conclusión. Poco después llamó desde su oficina a Lyle Bridges, que se mostró muy complacido.

—Bienvenida al MI6, señora Montgomery. Debería haber formado parte de nuestras filas desde el principio. No entiendo cómo se nos escapó. Tendríamos que habérsela robado a la SOE en cuanto empezó la guerra. En fin, la esperamos cuanto antes en nuestras oficinas para darle instrucciones y ponerla al corriente de la situación. Será solo un día. No necesitará ninguna formación por nuestra parte: ya estamos al tanto del curso de adiestramiento que tuvo que superar. Ahora no tendrá que recurrir a nada de eso, pero es bueno saber que está tan preparada. Y supongo que sigue conservando sus...

«accesorios» —dijo. Alex comprendió al momento que se refería a las armas.

—Sí, los tengo.

—Llévelos consigo. Siempre es bueno contar con ellos. Cuando venga a las sesiones de información, le entregaremos el transmisor de radio.

Fijaron una fecha para que Alex se presentara en la sede del MI6 antes de marcharse a Hampshire para pasar las dos últimas semanas en Inglaterra con sus padres. Luego volvió al despacho de Bertram para contárselo.

—¡Bravísima, querida! Cuando eres espía lo eres para siempre —dijo, y se echó a reír—. No hay ninguna razón para que no hagas esto —añadió más serio—. El MI6 es una buena organización. La mejor.

—Gracias por el consejo, Bertram —respondió Alex. Ya estaba saliendo por la puerta cuando él volvió a llamarla.

—Llámame Bertie —le pidió en tono afectuoso.

Ella le miró y sonrió. Ya no era su jefe. Ahora eran colegas, y era una sensación muy agradable, como la de graduarse o hacerse adultos.

—Gracias, Bertie —se despidió mientras salía del despacho.

Regresó a su oficina y se sentó al escritorio, todavía sonriendo. Volvía a ser espía. Se sentía mejor de lo que se había esperado. Aquello daba un sentido especial a su vida. Y Bertie tenía razón: Richard no tenía por qué saberlo.

11

Las dos semanas que Alex estuvo en Hampshire con sus padres pasaron volando. Richard se les unió durante los últimos días, después de haber finalizado todas sus reuniones preparatorias. Antes de dejar Londres, ella también había asistido a su sesión informativa de un solo día en las oficinas del MI6, aunque nadie se había enterado de ello salvo Bertie. Almorzaron juntos por última vez antes de marcharse y prometieron mantenerse en contacto. Ella iba a echarle mucho de menos, a él y a sus sabios consejos.

Edward y Victoria fueron a despedirles al puerto de Southampton. El Ministerio de Asuntos Exteriores les había reservado dos pasajes de primera clase en el SS *Aronda*, un barco de la British India Steam Navigation Company construido hacía solo cinco años y con espacio para acomodar a cuarenta y cinco pasajeros de primera clase, ciento diez de segunda, y dos mil doscientos setenta y ocho «pasajeros de cubierta sin camarote». Era un barco muy confortable, aunque no tan lujoso como otras embarcaciones europeas o incluso británicas.

El navío también transportaba cargamento, y estaba previsto que la travesía durara cuatro semanas. Parecía demasiado tiempo, pero se habían preparado llevando consigo un montón de libros y artículos, principalmente sobre la India, para leer por trabajo y por placer. Había mucho que aprender, y Alex quería empaparse de conocimientos antes de llegar a su destino.

La comida que servían en el barco tenía fama de ser excelente, y por las noches los pasajeros de primera se engalanaban para cenar en el gran salón. Para todos esos eventos sociales y los que vendrían después, Alex había llevado varios baúles cargados de ropa, sobre todo de verano, a fin de soportar el asfixiante calor de la India. No tenían planes de regresar a Inglaterra en los próximos años. Sus padres habían dicho que intentarían visitarles el año siguiente, y Alex deseaba con todas sus fuerzas que pudieran hacerlo. Para entonces quizá ya tuvieran un nieto, en cuyo caso estaba segura de que irían.

La despedida resultó tan dolorosa como se había temido. Victoria no paraba de llorar y Edward tenía los ojos llenos de lágrimas cuando abrazó a Alex, que apenas podía hablar. Richard se sentía muy culpable por apartarla de ellos, pero las posibilidades que ofrecía el cuerpo diplomático eran infinitas y demasiado tentadoras, y Alex también deseaba acompañarle en aquella aventura. Odiaba tener que dejar a sus padres ahora que sus hermanos ya no estaban. Era la única hija que les quedaba, algo que a todos les seguía resultando inconcebible. El dolor por su pérdida era todavía demasiado reciente.

Cuando sonó la sirena anunciando que el barco zarpaba, sus padres se despidieron agitando la mano desde el muelle hasta que Alex ya no pudo verlos. Luego se giró hacia Richard, que estaba apoyado en la barandilla a su lado, disfrutando del embate de la fresca brisa de marzo.

—¿Te encuentras bien? —le preguntó él preocupado, rodeándola entre sus brazos—. Lo siento mucho, Alex —se disculpó, con la sensación de habérsela arrebatado a sus padres.

—No lo sientas. Vamos a disfrutar de una vida maravillosa en la India —dijo ella, generosa, mientras se enjugaba las últimas lágrimas con un pañuelo que le había dado su madre y que olía a su perfume.

Poco después fueron a explorar el barco y reservaron mesa en el salón comedor. Conforme se alejaban de Southampton, el mar se veía picado bajo el cielo gris, una estampa muy característica de la Inglaterra que estaban dejando atrás. Más tarde, las aguas del océano se calmaron. Esa noche, Alex bajó a cenar con un sencillo vestido negro muy elegante de su madre, y después Richard estuvo jugando al billar. Se sentían como si estuvieran disfrutando de una segunda luna de miel.

La mayoría de los días se sentaban a leer en las tumbonas de cubierta, tapados con mantas y atendidos por la tripulación, que servían consomé y galletas a los pocos pasajeros que todavía se mareaban por el suave vaivén de las aguas. Estaba siendo una travesía de lo más tranquila. Por la noche cenaban en el gran salón comedor y durante el día jugaban al tejo en cubierta. También charlaban a menudo con otras parejas que conocieron en el barco y a las que cuatro semanas más tarde, cuando por fin desembarcaron en la India, ya sentían como amigos de toda la vida.

La noche antes de llegar Alex apenas pudo dormir, expectante ante los misterios que le depararía su estancia allí. Richard estaba ansioso por iniciar su andadura diplomática y conocer al virrey y al consejero, su superior directo, el hombre bajo cuyas órdenes trabajaría.

Dos asistentes angloindios los recibieron en el muelle del puerto de Calcuta con dos automóviles proporcionados por la Casa de Gobierno, uno para ellos y otro para su equipaje. Mientras Richard supervisaba cómo desembarcaban sus baúles, Alex miraba a su alrededor a la gente, a las mujeres con sus abigarrados saris, las cabezas cubiertas y el bindi pintado en la frente.

En las calles aledañas al muelle había multitud de pordioseros y niños con muñones cuya visión le desgarró el corazón. Entre la multitud se veían carritos coloridos, bicitaxis, un palacio en la distancia, y en el aire flotaba un fuerte aroma a flores y especias. Todo era tal como lo había imaginado. Una gran muchedumbre abarrotaba las calles mientras se alejaban del muelle, y Alex y Richard miraban fascinados por la ventanilla sin apenas hablar, intrigados por todo lo que les rodeaba.

Desde el puerto fueron conducidos hasta la estación, donde tomaron el tren que cubriría los mil quinientos kilómetros que separaban Calcuta de Nueva Delhi, la ciudad en la que iban a vivir. Tenían por delante treinta horas de trayecto, aunque el compartimento de primera clase que ocupaban era muy cómodo y lujoso.

El viaje fue largo y tedioso, y cuando por fin llegaron a Nueva Delhi se dirigieron a Lodi Estate, cerca de los Jardines de Lodi. Era una zona residencial de construcción relativamente reciente donde vivían los oficiales gubernamentales del Imperio británico. Accedieron al interior a través de una gran verja y enfilaron por un estrecho camino de entrada bordeado por una colorida explosión de flores y vegetación, hasta llegar a una zona ajardinada pulcramente cuidada. Grandes árboles rodeaban y daban sombra a la casa, que parecía un pequeño palacete victoriano y al que se referían como «bungalow». Media docena de sirvientes, todos vestidos de blanco, les esperaban de pie ante la entrada para recibirles. Era todo más hermoso de lo que Alex podría haber imaginado. Desde detrás de la casa aparecieron unos muchachos a la carrera para ayudar a los chóferes a descargar el equipaje. Un hombre indio con vestimenta occidental avanzó al frente e hizo una profunda reverencia.

—Señor, soy Sanjay, su mayordomo. Mi mujer Isha y yo estamos a su servicio —explicó, y volvió a inclinarse ante Alex.

Una mujer de aspecto agraciado se acercó y se colocó a su lado. Sanjay le presentó a sus nuevos señores e Isha se inclinó también en señal de respeto.

Los baúles de Alex fueron transportados rápidamente al interior de la residencia, mientras aparecían más de una docena de muchachos y muchachas del servicio y cuatro hombres se dedicaban a atender el inmaculado jardín. Cuando Richard y Alex entraron en la casa, la belleza de lo que vieron les dejó sin aliento. Los techos tenían una altura de unos cinco metros y había dos grandes salones y un comedor, todos ellos con una amplia terraza. El aire estaba impregnado de la intensa fragancia de flores exóticas y unos enormes ventiladores daban vueltas perezosamente en el techo. Apenas generaban brisa, pero mantenían las estancias relativamente frescas. Una majestuosa escalera conducía al primer piso, donde había dos dormitorios inmensos, con vestidores para cada uno de ellos.

La planta de arriba contaba con seis cuartos para invitados. Isha les explicó que la servidumbre se alojaba en un edificio independiente. Después le propuso a Alex enseñarle la cocina. La condujo por una escalera de servicio hasta la planta baja, y luego por un estrecho corredor hasta una enorme sala donde media docena de pinches se afanaban entre los fogones siguiendo las órdenes que el chef les daba en hindi, un idioma que Alex no había intentado aprender aún. Las lenguas más comunes en la India eran el hindi, el urdu y el punyabí, además de la infinidad de dialectos que se hablaban por todo el país.

El chef, ataviado con vestimenta blanca hindú, hizo una gran reverencia ante Alex y luego, hablando en un atropellado hindi, le expresó su más profundo respeto y dedicación. Isha tradujo sus palabras.

—Por favor, dile que muchas gracias.

Alex no estaba acostumbrada a comunicarse a través de

un intérprete, pero no le quedaba más remedio. Richard también tendría que utilizarlos en el desempeño de su cargo.

—¿Cuánta gente trabaja en la casa? —le preguntó a Isha.

—Solo hay catorce personas de servicio, señora, pero muchos tienen familia e hijos que vienen a ayudar durante el día.

Hasta el momento, Alex había contado al menos a veinte personas pululando de aquí para allá. Y, aunque sospechaba que recibían unos sueldos míseros, todos parecían alegres y contentos, agradecidos por estar allí. No vio una sola cara infeliz o amargada, todos iban limpios y arreglados y la casa estaba impoluta.

Su dormitorio estaba decorado en tonos satinados azul claro y las cortinas hacían juego con la colcha y el mobiliario. Contaba con grandes puertas acristaladas que daban a una pequeña terraza, provistas de postigos para refrescar el interior en los días de mucho calor. El tiempo ya era bastante cálido y solo estaban en abril, así que Alex podía imaginarse lo tórrido que sería en pleno agosto. Había leído que los hombres se quejaban siempre de los esmóquines, los fracs y los recios uniformes de invierno que tenían que llevar en las ocasiones formales y en los acontecimientos de Estado, sobre todo durante las visitas de la realeza, que hasta entonces habían sido muy frecuentes pero que seguramente disminuirían con el advenimiento cada vez más probable de la independencia. El hecho de que la India dejara de ser una colonia del Imperio afectaría sobremanera al modo de vida de su gente. Ya no se regirían por las tradiciones británicas, como había sucedido durante los últimos doscientos años, sino por sus propios usos y costumbres milenarios.

Cuando Alex volvió a subir al dormitorio encontró a Richard en el balcón, admirando las vistas. Todo a su alrededor desprendía un aura de exotismo y resultaba fácil comprender a simple vista por qué a la gente le encantaba vivir allí: casi una veintena de sirvientes y una magnífica residencia para el viceconsejero del virrey parecía algo extraordinario. Pero era justo lo que les habían contado.

—Debería ir a la sede del gobierno a presentarme —dijo Richard.

—La casa es tan hermosa... —murmuró ella, y él la rodeó con el brazo—. Y hay tantos criados que no voy a saber qué hacer con ellos.

Isha le había explicado que, aparte de ella y Sanjay, había dos lavanderas, una para Alex y otra para Richard; una encargada de quitar el polvo y tres de fregar la casa; el chef y sus dos ayudantes, que eran muchos más cuando tenían que recibir invitados; dos criados para servirles durante las comidas y una mujer cuya abuela había ejercido como dama de compañía en Londres y que, si así lo deseaba, podría ayudarla a vestirse. Eso sin contar a los cuatro jardineros, al chófer y al personal extra al que recurrían en las ocasiones especiales. En total tenían a diecinueve personas a su servicio, y Alex podía entender por qué quien había vivido en la India la mayor parte de su vida, o una larga temporada, tenía problemas para adaptarse cuando regresaba a su país. Ese nivel de opulencia y servidumbre no existía en Inglaterra desde hacía medio siglo.

Para entonces ya era la hora de comer y el chef les había preparado un almuerzo ligero. Isha les condujo hasta el comedor, donde Sanjay les estaba esperando para presentarles a sus dos criados, Avi y Ram.

Habían dispuesto dos servicios a la mesa con manteles bordados, cubiertos de plata y cristalería fina, y un momento después Avi y Ram les sirvieron varios platos de comida india no demasiado fuerte. Todo ello, bajo la atenta y severa supervisión de Sanjay, digna de cualquier mayordomo inglés. Le había explicado a Richard que, de joven, había trabajado en el palacio del virrey. Si la casa de un viceconsejero contaba con un servicio de diecinueve miembros, no podía ni imaginarse cómo sería aquella residencia.

Después de comer, Richard se marchó rápidamente a conocer al virrey y a su consejero. Alex subió al piso de arriba, donde Isha, su nueva dama de compañía y otras tres mujeres estaban sacando la ropa de los baúles. Le habría gustado haberlo hecho ella, pero no quería ofenderlas, así que, tras examinar los armarios, les indicó dónde debían ir colocando sus cosas. Les pidió que no tocaran la última maleta cerrada con llave, de la que se encargaría ella en persona. Richard no tenía ni idea de que guardaba ahí sus armas. No las llevaba encima desde hacía casi un año, pero a raíz del nuevo encargo del MI6 las había recuperado. El diminuto transmisor de radio que le habían entregado también iba dentro. En el interior de su vestidor, encontró un pequeño armario que tenía la llave puesta. Tras cerrar la puerta del vestidor tras de sí para que nadie pudiera verla, metió las armas allí, echó la llave y se la guardó en el bolsillo. No quería que nadie encontrara su subfusil Sten, sobre todo Richard.

Cuando este regresó por la noche, estaba tan encantado con sus dos superiores como ella con la magnífica casa que les habían asignado. Richard les había expresado su satisfacción por lo lujosa y confortable que era su residencia, y el consejero Aubrey Watson-Smith respondió con una amplia sonrisa que la suya era incluso mayor, y que aquel entorno había malcriado totalmente a su esposa. No había parado de tener hijos desde que llegaron a la India, y temía que se diera de bruces con la realidad cuando regresaran a Inglaterra y tuviera que cuidar ella sola de los cuatro pequeños, lo cual hizo sonreír a Richard. Además, añadió el consejero, estaba esperando otra criatura.

—Nosotros también estamos deseando tener niños —le confesó él en confianza.

Alex había dicho que quería esperar hasta que estuvieran bien asentados, pero, visto el estilo de vida que iban a llevar, Richard no creía que tardaran mucho.

Mantuvo una reunión de gran trascendencia con el virrey, un personaje que le impresionó mucho. Y el consejero, su inmediato superior, le resultó muy agradable, sobre todo cuando le invitó a unirse al equipo de críquet formado por los británicos que trabajaban allí. La próxima semana se celebraría una cena de gala en el palacio del virrey a la que se esperaba que asistieran Richard y Alex para que conocieran a la gente importante del lugar. Su aventura en la India acababa de empezar.

Durante los tres meses siguientes, su vida social fue una constante sucesión de fiestas y cenas de postín. Por lo que Richard sabía, aquellas reuniones eran incluso más formales que las que tenían lugar en Londres. Después de la guerra resultaba muy difícil encontrar un buen servicio en Inglaterra. El tradicional estilo de vida que había imperado hasta entonces había empezado a relajarse un poco, incluso entre las clases más elevadas, mientras que en la India nada había cambiado.

Los que vivían allí querían demostrar que eran más británicos que los propios británicos, así que todo se realizaba con esplendor y opulencia, derrochando suntuosidad y elegancia. Para ello contaban con un ejército de sirvientes que les ayudaban a mantener un estilo de vida que, en la gran mayoría de los países, languidecía o había desaparecido por completo. Cuando Alex se engalanaba por las noches para asistir a algún evento social, se sentía como se había sentido su madre en épocas pasadas.

Y, mientras tanto, Sanjay, que además de mayordomo ejercía como ayuda de cámara, asistía a Richard a la hora de ponerse el esmoquin.

—Nunca en mi vida había tenido un ayuda de cámara —le confesó a Alex, entrando en su vestidor.

Ella se estaba pintando los labios, ataviada con un exquisito vestido rosa pálido que la hacía parecer una joven reina.

—Y seguramente nunca vuelvas a tenerlo —repuso ella bromeando—, ni yo una dama de compañía. Me siento como un personaje de una novela decimonónica. Aunque tiene su gracia, ¿verdad?

Richard sonrió, complacido de que estuviera disfrutando tanto de su nueva y exótica vida. A Alex le caían bien las mujeres que había conocido hasta el momento, sobre todo la esposa del consejero, Samantha Watson-Smith, que estaba embarazada de ocho meses y que pronto tendría que retirarse de la vida social para dar a luz. Apenas podía moverse y le aterraba la idea de tener gemelos. Aseguraba que la barriga le había crecido el doble que en su anterior embarazo. Tenía cuatro varones y confiaba en que ahora fuera una niña.

La cena de gala en el palacio del virrey fue un evento espectacular y muy británico. Al día siguiente, Alex envió al MI6 una lista de todos los invitados que recordaba haber conocido en la fiesta, junto con un breve resumen de sus conversaciones. Era algo que hacía todas las mañanas después de asistir a algún acto social. En cuanto Richard se marchaba al despacho, sacaba su transmisor de radio y enviaba la información.

En mayo, Jawaharlal Nehru fue elegido presidente del Congreso Nacional Indio y Alex informó inmediatamente a sus superiores del MI6, aunque estaba segura de que ya lo sabrían por otras fuentes. Asimismo, les envió un detallado informe cuando tuvo la oportunidad de conocerle en la siguiente cena de Estado celebrada en junio en la Casa de Gobierno del virrey. Nehru le habló del final del dominio británico y de la importancia que tendría la independencia para la India. También hizo referencia al asunto de la partición. Estaba firmemente convencido de que los musulmanes de la India deberían trasladarse al territorio que se convertiría en el estado de Pakistán, y que los cuatro millones de hindúes que habitaban en esa futura zona paquistaní deberían regresar a la India, una empresa enorme y muy delicada.

Alex transmitió el contenido de la conversación palabra por palabra a su contacto del MI6, a quien solo conocía por un número cifrado y no por el nombre. El encuentro con Nehru había sido el más importante que había mantenido hasta la fecha. Esperó a la confirmación de que el mensaje en clave había sido recibido y volvió a guardar el transmisor en el armario bajo llave. Aquella rutina no le llevaba demasiado tiempo y el proceso no tenía nada de la tensión y la urgencia de las transmisiones efectuadas en tiempos de guerra. Era un trabajo tan simple como Lyle Bridges le había prometido que sería. Apenas requería tiempo y los mensajes eran claros y sencillos.

Su vida en la India transcurría de forma agradable y placentera hasta que en agosto estalló el conflicto entre hindúes y musulmanes, una sangrienta masacre que dejó cuatro mil muertos en Calcuta. Alex informó inmediatamente de ello al MI6, junto con todas las conversaciones que había mantenido o escuchado. Por fortuna, ellos se encontraban en Nueva Delhi, a unos mil quinientos kilómetros del foco más violento.

Cuando se enteró de la noticia, Alex se encontraba visitando a Samantha Watson-Smith y a sus recién nacidos, los dos varones que tanto había temido. Samantha le contó que a su marido le preocupaba mucho que el conflicto se extendiera con rapidez. La población hindú tenía miedo de que, si los británicos les concedían la independencia y se retiraban demasiado deprisa, pudiera desatarse una situación de extrema violencia.

Para entonces los bebés ya tenían tres meses, y mientras se los entregaba a dos niñeras indias, Samantha le comentó que había llegado el momento de parar. Ya tenían seis niños y le faltarían manos para ocuparse de ellos si transferían a su marido de vuelta a Inglaterra. Alex se rio cuando lo dijo. Estaba claro que Samantha compartía la opinión de la mayoría de las europeas que había conocido allí. Disfrutaban de un suntuoso estilo de vida que no tendrían en ningún otro lugar. Y, cuando se produjera el fin del dominio británico, toda esa ostentación acabaría desapareciendo también en la India.

—Entiendo que, con tanta servidumbre, una acabe sintiéndose mimada y consentida —admitió Alex.

Le había descrito a su madre todos esos lujos y esta le había respondido que ojalá tuvieran algo de todo aquello en Inglaterra. Ahora Victoria se estaba encargando del cuidado de los once niños de acogida con la única ayuda de una muchacha. La otra se había marchado a Londres en busca de un empleo mejor pagado.

El gobierno interino se instauró dos semanas después de la masacre en Calcuta. Nehru se convirtió en vicepresidente, lo cual desencadenó un nuevo estallido de violencia entre hindúes y musulmanes dos días después en Bombay.

En otoño reinaba un clima de gran intranquilidad en todo el país, y los enfrentamientos entre ambas facciones religiosas eran constantes. Alex y Richard hablaban de todo aquello por las noches, y luego ella transmitía al MI6 la información que recababa o la percepción que se tenía de los problemas sociopolíticos, especialmente los relacionados con la independencia de la India y la probable partición de Pakistán.

Richard le expresó en varias ocasiones su preocupación de que también pudieran estallar disturbios en Nueva Delhi y, sin decirle nada, Alex empezó a llevar el cuchillo de comando pegado al cuerpo y la pequeña pistola dentro de su bolso. No es que estuviera asustada, pero las noticias sobre nuevos tumultos resultaban muy preocupantes. Hindúes y sijs blandían sables y espadas por las calles y se producían grandes matanzas. Los sijs profesaban una religión completamente distinta, que tenía su origen en la región de Punyab.

Eran monoteístas, es decir, creían en un solo Dios, y a diferencia del hinduismo rechazaban el sistema de castas.

Aun así, en los círculos británicos todo seguía muy tranquilo. La fiesta de Navidad que ofreció el vizconde Wavell fue el evento social más extraordinario al que Alex había asistido en su vida. Grandes elefantes flanqueaban el camino de entrada al palacio del virrey, y varias jaulas con tigres de Bengala decoraban el jardín principal. En las cartas a su madre le describía siempre toda aquella opulencia y suntuosidad, y por radiotransmisor enviaba listas e informes al MI6 de todas las personas con las que socializaba. Los más entendidos aseguraban que habría más huelgas, más disturbios y más derramamiento de sangre entre hindúes y musulmanes antes de que la India consiguiera la independencia, y Richard estaba convencido de que tenían razón.

Al finalizar ese año hacía ya ocho meses que habían llegado a la India, y la mayor desilusión que habían sufrido era que Alex no había tenido éxito en sus intentos de quedarse embarazada. Richard no estaba demasiado preocupado, pero ella temía que tuvieran algún problema para concebir.

Acudió a la consulta de un doctor que le había recomendado Samantha Watson-Smith, un agradable anciano inglés que había ayudado a traer al mundo a sus seis hijos. Este le aconsejó que se relajara. Le explicó que mudarse a la India había supuesto un enorme cambio, y, cuando ella le habló de algunas de sus experiencias durante la guerra, el doctor le dijo que su cuerpo tenía que adaptarse a aquel entorno tan distinto y a los nuevos tiempos de paz.

Alex había pasado seis años terribles, llenos de tensión y sucesos traumáticos, sin contar con la pérdida de dos hermanos. Ahora estaba viviendo en una cultura extranjera bajo la amenaza constante de estallidos de violencia. No era la atmósfera más apropiada para quedarse embarazada, lo cual no explicaba por qué Samantha no había parado de tener hijos desde que llegó. Sin embargo, la esposa del consejero era una mujer encantadora que no tenía más preocupaciones en su mente que asistir a fiestas, lucir hermosos vestidos para seducir a su marido y dar a luz a sus hijos.

Alex, sin embargo, estaba muy implicada en todas las cuestiones relacionadas con la política local, se interesaba por ellas de manera que no pareciera excesiva y pudiera despertar sospechas. En las reuniones sociales le gustaba conversar con los hombres, pero no de un modo frívolo y coqueto como hacían la mayoría de las demás mujeres, sino para enterarse de sus opiniones y puntos de vista e informar de ello al servicio de Inteligencia Militar.

Fuera cual fuese la razón, el caso era que a finales de ese año Alex seguía sin quedarse embarazada. Compartió su inquietud con su madre, quien coincidió con el doctor en que debía relajarse, algo con lo que Richard también estaba de acuerdo.

Los enfrentamientos entre hindúes y musulmanes continuaron sin apenas tregua, hasta que en marzo estallaron de manera sangrienta en el Punyab. Justo el mes anterior, en febrero, el vizconde Wavell había renunciado al cargo de virrey y había sido sustituido por el vizconde Mountbatten de Birmania, bisnieto de la reina Victoria, tío del príncipe Felipe y protegido de Winston Churchill. Era un personaje que gozaba de gran prestigio y admiración, y se confiaba en él para que ayudara a suavizar el proceso de transición hacia la independencia de la India y para que pusiera fin a la escalada de violencia que se estaba extendiendo por todo el país.

Mantenía una muy buena relación con la mayoría de los príncipes indios, y además tenía una esposa absolutamente deslumbrante, Edwina, una mujer que despertaba gran fascinación y que se hizo íntima amiga del vicepresidente Nehru, con quien solía vérsela a menudo. El vizconde Mountbatten pareció entrar con muy buen pie. Todos adoraban a la pareja real y estaban totalmente cautivados por ella.

Su llegada también supuso un gran cambio para Richard a nivel profesional. Había disfrutado mucho trabajando para el vizconde Wavell, pero ahora lord Mountbatten les obligó a intensificar aún más su actividad social. Él y la fascinante Edwina ofrecían multitud de fiestas, a las que se esperaba que ellos siempre asistieran. Aunque a Richard acababan resultándole algo cansinas, Alex encontraba aquellas reuniones muy útiles, ya que en ellas conversaba con hombres influyentes del mundo de la política, cuyas opiniones transmitía diligentemente al MI6. Muy rara vez le pedían información adicional. Alex transmitía unos informes muy completos sobre los personajes clave del panorama actual, lo que les permitía obtener una imagen detallada y de primera mano de la situación del país.

A su llegada a la India, Alex pasó algún tiempo visitando los templos y santuarios sagrados. Sin embargo, a raíz de la creciente inestabilidad política, Richard le había pedido que no lo hiciera. Así pues, ahora se dedicaba sobre todo a cumplir con sus compromisos sociales, a asistir a fiestas y eventos con Richard y a enviar mensajes en clave al MI6.

Una mañana, mientras se estaba arreglando, su dama de compañía vio la pistola y el cuchillo sobre el tocador. La mujer los señaló y le dijo que hacía muy bien en tenerlos. Alex se llevó un dedo a los labios para pedirle silencio al respecto, y ella se apresuró a asentir. Lo entendía perfectamente, pero estaba claro que la gente de la India tenía miedo del enorme coste que acarrearía la independencia y de las muchas vidas que se perderían en el proceso.

Finalmente, después de años de negociaciones y de un largo período de violentos disturbios, llegó el gran momento. El 14 de agosto de 1947, quince meses después de que Richard y Alex arribaran a la India, el país obtuvo la independencia y se convirtió oficialmente en el Dominio de la India, libre del control británico. Y solo un día después, Pakistán se independizó de la India y se instauró también como un dominio. La población de la India era mayoritariamente hindú, y la de Pakistán, musulmana. El intercambio de los muchos millones de habitantes entre ambos países aún no se había realizado, y estaba claro que iba a ser un proceso casi imposible de llevar a cabo.

Jawaharlal Nehru fue proclamado primer ministro del Dominio de la India, y el día de la independencia, plantado sobre la muralla fortificada del Fuerte Rojo, desplegó la bandera tricolor que marcaba el fin del gobierno colonial británico. Lord Mountbatten abandonó la Casa de Gobierno del virrey, y Alex informó cumplidamente de todo ello al MI6.

Era el final de dos siglos de dominio británico y el inicio de la andadura de la India como nación libre e independiente. El vizconde Mountbatten dejó de ser virrey para convertirse, a petición de los dirigentes indios, en gobernador general del país que acabaría denominándose oficialmente Unión de la India.

Muhammad Ali Jinnah fue nombrado gobernador general de Pakistán, y Liaquat Ali Khan se convirtió en primer ministro.

Durante los tres meses siguientes se emprendieron las masivas migraciones de hindúes y musulmanes entre los dos nuevos países, lo que desencadenó una terrible matanza. La violencia alcanzó cotas inimaginables, con asesinatos, incendios, secuestros en masa y violaciones. En aquel sangriento proceso migratorio, setenta y cinco mil mujeres fueron violadas, y muchas de ellas desfiguradas o mutiladas. Aldeas enteras se vieron reducidas a cenizas. Ancianas, mujeres embarazadas, niños y criaturas de pecho fueron salvajemente descuartizados o arrojados al fuego. Las atrocidades eran tan bárbaras que resultaban inconcebibles para cualquier persona civilizada. Nada podía detener la masacre desencadenada por aquella guerra religiosa sin precedentes.

En los meses que siguieron, quince millones de personas, la mayoría musulmanas, se vieron expulsadas violentamente de sus hogares, y cerca de dos millones fueron asesinadas.

Desde que el vizconde Mountbatten, en su calidad de virrey, acordó que la India obtuviera la independencia, hasta el momento de su proclamación oficial, solo habían transcurrido diez meses. Ahora la gente se preguntaba si la violencia habría sido menos extrema si los británicos se hubieran mantenido más tiempo en el poder y la transición se hubiera realizado de forma más lenta y gradual. Una vez más, Alex informó diligentemente al MI6 de todo ello.

En septiembre de 1947, solo un mes después de que se proclamara la independencia y se produjera la partición, el primer ministro Nehru decretó que cuatro millones de hindúes migraran desde Pakistán a la India, y que otros cuatro millones de musulmanes hicieran el camino inverso. Los disturbios y matanzas llegaron a tal punto que, a finales de octubre, estalló la guerra entre los dos países recién constituidos.

Cuando salía de casa, Alex llevaba encima la pistola y el cuchillo de comando, y también tenía siempre al alcance de la mano el subfusil Sten, en caso de que necesitara defenderse a sí misma o a su hogar. Aunque el foco del conflicto estaba centrado en la región del Punyab, toda la India se había convertido en un lugar muy peligroso. Hasta el momento no corrían demasiado peligro en Nueva Delhi, aunque estaba claro que eso siempre podía cambiar. Los padres de Alex estaban muy preocupados, pero ella les tranquilizaba asegurándoles que se encontraban seguros y a salvo.

Un mes después de que se declarara la independencia, los Watson-Smith fueron transferidos de regreso a Inglaterra y Richard fue ascendido al cargo de consejero, una importantísima promoción en su carrera diplomática.

La agitación política en el subcontinente indio se prolongó hasta 1948, y alcanzó su punto álgido en el mes de enero, cuando su líder espiritual, Mahatma Gandhi, fue asesinado. A lo largo de ese año, varios principados se separaron de la India para unirse a Pakistán y viceversa, mientras la guerra indo-paquistaní continuaba de forma inexorable.

En junio, después de menos de un año en el cargo, el vizconde Mountbatten renunció a sus funciones como gobernador general de la Unión de la India. La figura del virrey había desaparecido después de la independencia y el puesto de gobernador general fue ocupado por un político indio. Mientras tanto, el primer ministro Jawaharlal Nehru continuaba gobernando el país con puño de hierro.

Después de la renuncia de lord Mountbatten, Richard tuvo que asumir una posición muy compleja y delicada. Procuró mantener un perfil discreto mientras se esforzaba por atender las consultas y peticiones de los británicos que todavía vivían en el país y a intentar calmar en lo posible las turbulentas aguas de la nueva situación. La vida en la India ya no era ni de lejos tan placentera como cuando llegaron. Seguían viviendo en el mismo palacete y disfrutaban de los mismos lujos y comodidades, pero ahora Alex llevaba encima sus armas en todo momento, y un día, mientras se estaba vistiendo, Richard las vio.

—¿Cuánto tiempo hace que las llevas? —Se mostró muy sorprendido, ya que pensaba que había renunciado a ellas después de la guerra.

—Desde hace un tiempo —respondió ella con voz calmada—. Cuesta desprenderse de los viejos hábitos. Tuve que llevarlas día y noche durante cinco años.

—¿Crees que corremos peligro aquí? —preguntó Richard muy preocupado, confiando en el buen criterio de Alex para evaluar la situación.

—No lo creo —respondió ella con aire pensativo—. Pero me gusta ser precavida. Los ánimos se inflaman fácilmente en este tipo de guerras religiosas.

La zona en conflicto estaba muy lejos sobre el mapa, pero tras el final del dominio colonial británico ya no gozaban de su anterior estatus y posición privilegiada.

Todo eso cambió, o se suavizó en cierto modo, cuando al año siguiente Nehru declaró que, pese a haberse convertido en una república, la India seguiría formando parte de la Commonwealth británica. En enero de 1949, indios y paquistaníes acordaron un alto el fuego que sellaron en junio en un tratado de paz. Y en noviembre, el hombre que había asesinado a Mahatma Gandhi fue ejecutado.

Más de dos años después de haber conseguido la independencia, la India empezaba a recuperar por fin cierta estabilidad. Richard y Alex disfrutaron de unas apacibles fiestas navideñas, pero el mejor regalo que pudieron recibir fue que, tres días antes de Navidad, el doctor confirmó lo que ella ya sospechaba: Alex estaba por fin embarazada.

12

A Alex la sorprendió encontrarse tan mal durante los primeros meses de embarazo. Se sentía peor de lo que esperaba y apenas salía de casa, al menos no tanto como lo había hecho durante los más de tres años que llevaban allí. Habían llegado a la India en una etapa crucial de su historia y su estancia en el país había sido una auténtica montaña rusa llena de sobresaltos y emociones, pero ahora todo aquello había quedado eclipsado por la inmensa alegría del bebé que llevaba en su vientre y por la felicidad que veía en el rostro de Richard.

No obstante, su propia felicidad se veía un tanto empañada por el hecho de encontrarse tan terriblemente mal desde que se levantaba hasta que se acostaba. Por las noches intentaba acompañar a Richard a las cenas y reuniones sociales siempre que le era posible, pero el resto del tiempo permanecía en la cama, atendida por la diligente Isha, que le suministraba todos los remedios caseros indios que conocía para calmar las náuseas. Sin embargo, ninguno de ellos había dado resultado y Alex seguía encontrándose fatal todo el tiempo.

Esperaban al bebé para julio de 1950, pero antes de esa fecha ya les habrían asignado otro destino. Sus cuatro años en la India estaban llegando a su fin y Alex temía que tuvieran que trasladarse a otro país poco después de que la criatura hubiera nacido. Richard aún no tenía la menor idea de cuál podría ser su próxima misión diplomática. Le habían llegado noticias de Londres de que sus superiores en el Ministerio de Asuntos Exteriores estaban muy satisfechos con su labor y le habían prometido un buen puesto en su próximo encargo. Tanto él como Alex se habían quedado realmente fascinados por la India y por su gente, y a ambos les había desgarrado el corazón asistir tan de cerca a los sangrientos estallidos de violencia que habían costado tantas vidas.

Alex empezó a sentirse mejor en enero, pero poco después de que las náuseas comenzaran a remitir recibió una carta de su madre que la dejó totalmente destrozada. Su padre había fallecido el día después de Navidad, y Victoria estaba devastada. Con solo sesenta y tres años, Edward había sufrido un ataque al corazón fulminante. Alex estaba convencida de que la pérdida de sus dos hijos le había acortado la vida.

Cuando Richard llegó a casa, ella le estaba esperando en el salón.

—¿Te encuentras bien? —le preguntó.

Le preocupó verla tan pálida, pese a que para entonces ya estaba acostumbrado. Se encontraba indispuesta desde noviembre, aunque ella se lo había ocultado al principio, hasta asegurarse de que estaba encinta. Y ahora Alex volvía a estar blanca como la pared.

—Mi padre... —empezó, pero no pudo acabar la frase.

Llevaba muerto cerca de un mes sin que ella lo supiera. Mientras ellos celebraban las Navidades, disfrutando de la buena nueva del bebé que esperaban, su madre había enterrado a su marido en el cementerio familiar completamente sola, sin la presencia de ninguno de sus hijos para confortarla y darle apoyo.

—Tengo que ir con ella —añadió, desolada por la muerte de su padre y angustiada por su madre.

—No puedes ir así —rehusó él con vehemencia—. No estás en condiciones de viajar.

—No tengo la malaria —protestó ella con una débil sonrisa—. Solo estoy embarazada.

—Perderás al bebé —replicó él, aterrado ante la idea.

Habían esperado tanto tiempo a que ocurriera... Llevaban más de tres años intentándolo.

—No, no lo perderé. Las embarazadas llevan siglos viajando en barco. —No obstante, sabía que sería una travesía muy larga y que tardaría semanas en llegar—. Tal vez podría ir en avión.

—Consúltalo con el doctor. Podría ser incluso peor, por el tema de la altitud.

Richard no quería de ninguna manera que hiciera aquel viaje.

—Si voy en avión será más rápido. Quiero pasar unas cuantas semanas con mi madre. Tengo que hacerlo, Richard. Está muy sola y parece totalmente superada por las circunstancias.

Era la primera vez que Alex se arrepentía de haber dejado Inglaterra. Hasta entonces sus padres se habían tenido el uno al otro, pero ahora Victoria se había quedado sola. Nunca se imaginó que enviudaría con solo sesenta y un años. Ir a casa para pasar un tiempo con ella era lo menos que Alex podía hacer. Era la única hija que le quedaba.

Al día siguiente fue a ver al doctor y le explicó la situación. Al médico no le entusiasmó la idea de que hiciera un viaje tan largo, pero el primer trimestre ya había pasado y opinaba que el vuelo en avión sería menos traumático para la criatura que una larga travesía en barco.

Richard aceptó a regañadientes y se encargó de buscarle un pasaje en la compañía estatal BOAC. Debería hacer varias escalas y el viaje duraría unas cuarenta horas. Llegaría exhausta, pero así podría pasar más tiempo con su madre en vez de malgastar unas semanas preciosas yendo en barco. El avión saldría al día siguiente, y esa noche, tumbados en la cama, Richard la abrazó con fuerza mientras Alex lloraba por la pérdida de su padre y a él le atenazaba el temor a que ella pudiera perder al bebé.

—Solo te pido que te cuides mucho, por favor. Estaré terriblemente angustiado por ti.

—No te preocupes —trató de tranquilizarlo Alex—. Todo irá bien.

Luego se levantó para acabar de preparar el equipaje en el vestidor. Cuando volvió al dormitorio, llevaba en las manos el subfusil Sten. Richard dio un respingo al verlo y se incorporó en la cama.

—¿Qué haces con eso?

—Es mi viejo amigo —respondió ella con una amplia sonrisa—. He pensado que deberías tenerlo mientras esté fuera. Nunca se sabe cuándo podrás necesitarlo.

—Estoy casado con una mercenaria. Eres la única mujer que conozco que viaja armada y que tiene su propio subfusil.

Ella volvió a sonreírle.

—¿Dónde quieres que lo deje?

Aquella arma era sin duda otra prueba de que, pese a todas las excusas que le hubiera puesto durante la guerra, Alex había hecho mucho más que transportar rocas desde Inglaterra hasta Escocia para construir pistas de aterrizaje. Para eso no necesitaba un subfusil Sten.

—¿Dónde lo has tenido guardado estos últimos cuatro años?

—En mi armario, bajo llave.

Alex llevaba también una caja con municiones, pero él negó con la cabeza.

—Déjalo donde estaba, pero dame la llave. —Ella salió del dormitorio para volver a guardarlo, y cuando regresó a la cama le entregó la llave a Richard. Este se quedó mirando a su esposa, sacudiendo de nuevo la cabeza—. A veces creo que no te conozco. Siempre demuestras ser más fuerte de lo que me pienso. Los dos estuvimos en la misma guerra, pero yo nunca fui por ahí con un subfusil, ni tampoco armado con una pistola o con un siniestro cuchillo como ese que llevas.

—Me ayudaron a protegerme durante cinco años. Tú estabas metido en un avión —se limitó a decir ella.

Él se inclinó y la besó.

—Odiaría tener que verte utilizar esas armas. Además, es probable que seas mejor tiradora que yo.

—Lo dudo —repuso ella.

Se preguntó qué habría pensado Richard de haber sabido que en ese momento estaba trabajando para el MI6. No le habría hecho ninguna gracia. Alex les había enviado un mensaje explicándoles la situación: que su padre había muerto, que iba a regresar a Inglaterra durante unas semanas y que una vez allí se pondría en contacto con ellos. De momento no tenía nada nuevo que transmitirles. Las cosas estaban bastante tranquilas y ella se había encontrado tan mal por el embarazo que apenas había podido salir de casa para recabar información.

Al día siguiente Richard la llevó al aeropuerto para que Alex emprendiera el primer tramo de su viaje. La besó y la abrazó durante un largo rato antes de dejarla marchar, y ella se despidió agitando la mano al subir al avión. Se sentía muy triste, pero también fuerte y ansiosa por reencontrarse con su madre. Richard observó cómo embarcaba y luego esperó hasta ver cómo despegaba el avión. Rezó para que no les pasara nada a ella y al bebé y que ambos regresaran sanos y salvos. Mientras el chófer le llevaba de vuelta a su despacho, sonrió al recordarla la noche anterior en el dormitorio, con su aspecto encantador y juvenil blandiendo aquella peligrosa arma. Era una mujer extraordinaria, y lo que más lamentaba era no poder acompañarla. Sin embargo, las circunstancias no eran las más propicias para que abandonara la India.

A Alex el viaje a Londres se le antojó interminable, aunque pudo dormir bastante. Por fin, después de cuarenta horas de vuelo, aterrizó en Londres.

Cogió un autobús desde el aeropuerto hasta la estación y allí tomó el tren a Hampshire. Su madre no tenía ni idea de que había regresado para estar con ella. Tomó un taxi en la estación y enfiló el camino de entrada cargada con la maleta justo cuando su madre salía con una cesta colgada del brazo para ir al mercado. Victoria soltó un grito al verla y pareció a punto de desmayarse.

—¿Qué estás haciendo aquí? Pero si estás en Nueva Delhi... y estás embarazada.

—Estoy embarazada —respondió Alex, sonriendo y abrazándola—, pero estoy aquí. He venido a verte.

Y entonces su madre rompió a llorar. Después de entrar en la casa se sentaron en la biblioteca para que Victoria pudiera contarle con detalle lo que había ocurrido. Su padre sintió un súbito dolor en el pecho y cayó muerto de forma fulminante. Mientras su madre hablaba, Alex le rodeaba los hombros con un brazo y le sostenía la mano. La mujer se sentía muy agradecida y apenas daba crédito a que su hija estuviera allí.

—Creo que papá nunca se recuperó de la pérdida de Willie y Geoff —dijo Alex con tristeza—. Aquello fue demasiado para él. Había depositado grandes esperanzas en ellos.

Edward había tenido muchas menos expectativas para su hija, aparte de que contrajera matrimonio con algún noble aristócrata. Pero Richard le había parecido un buen hombre y, para cuando se casó con Alex, le había tomado mucho aprecio.

—Supongo que tienes razón. Bueno, ¿cómo están las cosas por la India? —le preguntó su madre.

—Mejor. El país está recuperando la estabilidad. Durante un tiempo fue un auténtico desastre. Creo que lo hicieron todo demasiado deprisa, pero ahora el proceso de independencia está llegando a su fin. Richard está a la espera de que le asignen su próximo destino.

—Espero que os dejen volver a casa durante un tiempo —dijo Victoria, esperanzada.

—No lo harán. —Alex no quería engañarla ni darle falsas esperanzas—. No nos envían a casa entre una misión diplomática y otra. Pero al menos estoy aquí ahora.

—¿Estás muy cansada? ¡Debes de haber estado volando durante días!

—Solo han sido cuarenta horas. Estoy un poco agotada, pero he podido dormir en los aviones. ¿Quieres que te acompañe al mercado?

—No, iré yo sola. No tardaré mucho. Tú date un baño y tómate una taza de té. Estaré de vuelta enseguida.

Parecía haber recuperado un poco el ánimo solo con verla.

—¿Cómo están los niños? —preguntó Alex, y su madre volvió a ponerse melancólica.

—Solo quedan tres. Muchos de ellos han encontrado trabajo en Londres. Uno está en Liverpool, otro en Manchester y otro estudia en la Universidad de Edimburgo. Son unos muchachos encantadores. Vinieron todos a casa por Navidad. —Alex sonrió, pensando en que había sido un gesto muy amable por su parte. Sus padres nunca habían tenido un solo reproche hacia ellos—. Volveré enseguida —repitió Victoria, que cogió la cesta y se marchó.

Alex quería ir con ella a visitar la tumba de su padre, pero todavía no se sentía preparada.

En cuanto Victoria salió por la puerta, Alex se acercó al teléfono y envió un telegrama a Richard para comunicarle que había llegado bien y que ya estaba en Hampshire. Luego telefoneó al contacto del MI6 al que debía informar cuando se encontraba en Inglaterra. Le comunicó dónde estaba y cómo podía contactar con ella, y le dijo que volvería a llamarle antes de partir de vuelta a Nueva Delhi. Y por último telefoneó a Bertie a la sede del MI5, quien se alegró mucho de oírla, aunque lamentó enterarse de la muerte de su padre. Le contó que estaba bien y que disfrutaba mucho con su nuevo trabajo. Ella le hizo un rapidísimo resumen de su experiencia y de la situación en la India, aunque nada de lo que le contó a Bertie pareció sorprenderle.

Después de colgar, pensó en llamar a Samantha Watson-Smith. Hacía ya un año que habían regresado a Inglaterra y ahora vivían en un piso diminuto a las afueras de Londres, sin la ayuda de todo el servicio que habían tenido en la India. La pobre mujer le explicó que estaba desesperada. Ella y su marido estaban deseando que les asignaran un destino más lujoso y exótico donde pudieran vivir con más comodidades. Las dos amigas habían intercambiado algunas cartas, pero Samantha estaba tan ocupada con los niños que apenas tenía tiempo para escribir.

Por fin, Alex subió a su antiguo dormitorio. Como esta vez había venido sola, decidió que se quedaría allí. Para cuando Victoria regresó del mercado, se había dado un baño y se había puesto un jersey, una falda y unas medias de color negro, en señal de respeto a su padre.

Cuando oyó llegar a su madre, bajó para ayudarla con las compras. Se alegraba de estar allí y poder echarle una mano.

—Por cierto, ¿cómo te encuentras? —le preguntó Victoria.

—Ahora mejor, pero durante los primeros meses lo pasé fatal.

—Contigo me pasó igual —le contó su madre con una sonrisa—. Con los chicos tuve un embarazo estupendo.

—El bebé nacerá en julio. Para entonces ya nos habrán asignado otro destino.

—Espero que sea en algún lugar decente con un buen hospital —comentó Victoria mientras preparaba algo de comer para ambas.

Esa noche Alex se acostó pronto. Estaba agotada por el viaje, pero se sentía feliz de estar de vuelta en casa, sabiendo que su presencia le haría mucho bien a su madre. Todavía no podía creer que su padre hubiera muerto. Deseaba que hubiera vivido lo suficiente para conocer a su nieto. Era demasiado joven para morir, pero también lo habían sido sus hermanos. Ahora, una nueva criatura crecía en su seno. Y mientras pensaba en lo extraña que era la vida, con todas sus desgracias y sus bendiciones, se quedó dormida.

Cuando se despertó estaba nevando, y después de desayunar ella y su madre fueron al cementerio familiar para visitar la tumba de su padre. Todavía no había lápida. Permanecieron un buen rato contemplando el lugar donde estaba enterrado, cogidas de las manos y con la nieve cayéndoles sobre el cabello y los hombros. Luego regresaron a la mansión para tomar una taza de té caliente y Alex encendió el fuego en la chimenea de la biblioteca. Estar de vuelta en casa era una sensación cálida y agradable, pero también muy extraña después de haber vivido tanto tiempo en la India.

Esa noche jugaron a las cartas, y el fin de semana llevaron a los niños al cine. Algunos vecinos de los alrededores se pasaron por la casa para ver cómo estaba Victoria, y todos se sorprendieron muy gratamente al encontrar allí a su hija.

Durante el tiempo que estuvo en Hampshire abordaron el tema de quién se encargaría ahora de la gestión de las tierras, ya que Victoria no se veía con fuerzas para ello y Alex se encontraría demasiado lejos. El hombre que ayudaba a Richard en el cuidado de su hacienda se mostró dispuesto a hacerlo, y prometió que se pondría en contacto con Alex cuando hubiera que tomar decisiones importantes.

Al cabo de tres semanas llegó el momento de marcharse. Resultó mucho más duro que la primera vez. Alex llevaba cuatro años sin estar en casa. Sus padres le prometieron que irían a verla a la India, pero nunca fueron. Y era consciente de que Victoria no iría a visitarla sola, así que no sabía cuándo la vería de nuevo. Alex no quería que volvieran a pasar años sin verse, sobre todo ahora que su madre se había quedado sola.

—Quiero que vengas a vernos para conocer a tu nieto —le pidió con voz ahogada antes de marcharse.

—Lo haré. Te lo prometo. Y gracias por tus maravillosas cartas —dijo Victoria, con las lágrimas corriéndole por las mejillas.

Alex no le había permitido que fuera a despedirla al aeropuerto. Habría resultado muy duro para ambas, y ahora Victoria no tenía a su marido para regresar juntos a casa. El trayecto en tren de vuelta a Hampshire habría resultado demasiado triste y solitario.

—Te enviaré fotos del bebé. Y si es un niño se llamará Edward, por papá.

Al escuchar aquello, Victoria lloró aún con más fuerza. Cuando Alex logró por fin desprenderse de su abrazo, subió al coche que la esperaba para llevarla a la estación, donde tomaría el tren con destino a Londres y de allí al aeropuerto. Su largo viaje de regreso a la India había empezado.

Victoria permaneció en la entrada de la mansión agitando la mano hasta que el coche desapareció de la vista. Luego se sentó en la cocina y lloró durante un buen rato. Se preguntaba si volvería a ver a su hija, o si llegaría a conocer a la criatura que llevaba en sus entrañas. Fuera cual fuese el próximo destino de Richard, seguiría siendo demasiado lejano.

Alex pensaba también en todo eso en el tren de regreso a Londres. Se alegraba mucho de haber podido visitar a su madre y se sentía muy culpable por dejarla sola de nuevo, pero tenía que volver con Richard. Ahora, su vida y su hogar estaban junto a él, y pronto tendrían que mudarse a otro país.

El viaje de regreso se le antojó aún más largo. Le había enviado un telegrama a Richard avisándole de la hora de su llegada a Delhi. No sabía si iría a recogerla al aeropuerto, pero esperaba que lo hiciera. Ya estaba de cuatro meses y empezaba a notársele el embarazo. En Hampshire había ido a ver a su antiguo doctor, que le dijo que todo parecía estar bien y que el bebé tenía el tamaño apropiado.

Alex se pasó durmiendo el último tramo del vuelo y no se despertó hasta que aterrizaron en Delhi. Poco después bajó la escalerilla del avión con su equipaje de mano. En la maleta llevaba un diminuto jersey y un gorrito que su madre había tejido para el bebé.

Todavía aturdida por el largo viaje, caminó en dirección a la terminal y, nada más entrar, vio a Richard, que se acercó presuroso a ella y la estrechó entre sus poderosos brazos.

—Oh, Dios, te he echado tanto de menos —exclamó sin dejar de abrazarla durante un buen rato.

Luego salieron del aeropuerto, donde les esperaban el coche y Raghav, el chófer. Richard le entregó la maleta de Alex y luego se sentó junto a ella en el asiento de atrás.

—¿Le has disparado a alguien con mi subfusil? —le preguntó ella en un susurro, y él se echó a reír.

—No ha hecho falta. Eres una mujer muy peligrosa, Alex Wickham. ¿Cómo está tu madre?

—Triste. —Él asintió. ¿Cómo iba a estar, la pobre?—. Me sentí fatal por tener que dejarla. Ahora se encontrará terriblemente sola. Espero que pueda venir a conocer al bebé, estemos donde estemos.

Cuando dijo aquello, una sombra pareció cruzar por el semblante de Richard. Se le notaba muy feliz por volver a verla, pero Alex tuvo la sensación de que algo le preocupaba. No le preguntó hasta que llegaron a la casa y se quedaron a solas en el dormitorio. Isha le había llevado una bandeja con un poco de sopa y algunas exquisiteces para despertarle el apetito, y Alex se lo agradeció con cariño.

—¿Qué ocurre? —le preguntó en cuanto la mujer salió de la habitación.

—Nada, de verdad. Es solo que ya me han comunicado mi nuevo destino. Esperaba que representara algún cambio con respecto a la India, ahora que el país se está recuperando. Tal vez a Europa...

A ella también le habría gustado, a fin de poder estar más cerca de su madre.

—¿Y adónde nos envían? —inquirió Alex, preguntándose si sería al África salvaje o a algún lugar primitivo.

—A Pakistán —respondió Richard, con la decepción reflejada en el rostro—. Llevamos aquí ya demasiado tiempo y la verdad es que no supone el gran cambio que me esperaba. Supongo que han pensado que, como he estado aquí durante todo el proceso de transición, estoy familiarizado con lo ocurrido, y ahora quieren que vea la situación desde la otra perspectiva. Es la otra cara de la misma moneda, aunque en Pakistán no disfrutarás de las mismas comodidades que aquí. Lo siento, Alex. Me han dicho que nos asignarán una casa muy buena en Karachi, y también me han prometido que el próximo destino será mucho mejor. Me nombrarán adjunto del alto comisionado, lo cual supone un buen ascenso.

—Un gran ascenso —le corrigió ella sonriendo. Dentro de la Commonwealth británica, el cargo de alto comisionado correspondía casi al de embajador—. ¿Cuándo nos vamos?

—En mayo. —Eso sería dentro de tres meses, y para entonces estaría embarazada de siete—. ¿Te preocupa tener al bebé allí?

—No, para nada. Es un lugar tan bueno como cualquier otro.

—La embajada dispone de su propio doctor, que además es británico, así que no tendrás a un médico gritándote órdenes en urdu o en bengalí durante el parto.

Esa idea hizo sonreír a Alex.

—No creo que al niño le importe mucho —dijo, y él se rio.

—Eres una auténtica luchadora. Siento que no me hayan dado un destino más glamuroso.

—No necesito glamour —repuso ella, y le besó—. Solo te necesito a ti.

—Soy un hombre con suerte —dijo Richard muy convencido—. Aunque tenga una mujer que va por ahí armada hasta los dientes.

Ambos se echaron a reír.

Les apenaba dejar atrás a los amigos que habían hecho en Nueva Delhi, pero muchos de ellos ya se habían marchado. La comunidad diplomática era un organismo en el que los rostros cambiaban con frecuencia. Eso hacía que la vida resultara más interesante, algo a lo que Alex y Richard se habían acabado acostumbrando y que encontraban muy estimulante.

Cuando se marcharon de la India, a Alex le entristeció mucho tener que despedirse de Isha y Sanjay. Habían sido muy amables y serviciales, y habían demostrado una gran lealtad. Alex les prometió que se mantendría en contacto con ellos y que les mandaría fotos del bebé.

Ya habían enviado casi todas sus pertenencias a Pakistán, y al llegar a Karachi Alex se quedó gratamente sorprendida al ver la casa que les habían asignado. No era tan bonita ni lujosa como la de Nueva Delhi, ni tenía un servicio tan abundante y ostentoso, pero era espaciosa, cómoda y acogedora, y contaba con el personal suficiente para atenderlos bien. Lo primero que hizo Alex al llegar fue elegir cuál sería el cuarto para el bebé. A la semana siguiente visitó con su chófer la zona del mercado para buscar una cuna; encontró una preciosa tallada a mano.

A Richard le caía muy bien el alto comisionado para el que trabajaba, sir Laurence Grafftey-Smith, que llevaba en el cargo desde la partición y la independencia del país y que estaba previsto que se marchara al cabo de un año.

La vida social en Karachi era mucho más tranquila que la de Nueva Delhi, lo cual, dado su estado, era perfecto para Alex. Cuando acabó de poner en orden la casa, se encontraba demasiado cansada para salir. Acudió con Richard a algunos cócteles y a una cena oficial, pero para entonces estaba ya de ocho meses, el bebé estaba muy crecido y ella se sentía exhausta y enorme, como una ballena varada bajo el sol.

Conoció al doctor británico, quien confirmó que el bebé era muy grande. Alex le aseguró que no había tenido problemas durante el embarazo salvo por las náuseas del primer trimestre. Tenía previsto dar a luz en una clínica maternal a la que acudían las esposas de los diplomáticos europeos y en la que todas las enfermeras eran inglesas o francesas.

La nueva casa tenía un amplio porche en el que por las noches corría una ligera brisa. Estaba allí tendida en una tumbona con Richard cuando, una semana antes de salir de cuentas, rompió aguas. Llamaron al doctor, quien les dijo que fueran a la clínica y que él llegaría más tarde, ya que el parto de las madres primerizas solía durar bastante tiempo.

Richard se había informado con anterioridad de dónde estaba la clínica y condujo él mismo el coche. Cuando entraron pudieron comprobar que las instalaciones estaban impolutas. Tras examinarla, le dijeron que el parto aún no había empezado y dejaron que Richard se quedara haciéndole compañía un rato. Por primera vez, Alex deseó estar en casa, en Inglaterra, con su madre. De pronto se sintió muy lejos de su hogar, y muy asustada. Se había enfrentado al enemigo en cientos de ocasiones y se había encontrado en situaciones que habrían aterrorizado a la mayoría de los hombres, pero ahora, ante la inminencia del parto, tenía la sensación de que no estaría a la altura. Richard veía el miedo en sus ojos.

—¿Te has traído el arma? —le susurró, y ella se echó a reír.

Tenía un modo especial de aliviar la tensión en los momentos difíciles y hacer que las cosas parecieran estar bien, aunque no lo estuvieran.

—Llevo la pistola en el bolso —respondió ella.

—Siempre puedes dispararle al doctor si no te trata bien.

—Ojalá estuviera en casa con mi madre —reconoció Alex mientras una lágrima se deslizaba por su mejilla.

De repente parecía una chiquilla joven y asustada.

—Me gustaría que me dejaran quedarme contigo —comentó él muy preocupado.

Ya lo había preguntado y le habían dicho que no era posible. Había una sala de espera para los padres, o si lo prefería podía irse a casa y volver cuando la criatura hubiera nacido, que era lo que hacía la mayoría de los hombres. Las enfermeras le aseguraron que le avisarían cuando llegara el momento, pero él le había prometido a su mujer que no se movería de allí.

Alex dormitó durante un rato y se despertó a medianoche, cuando empezaron los dolores. Las contracciones eran fuertes y cada vez más seguidas. Richard podía ver que el parto era inminente y tuvo que salir de la habitación cuando llegó el médico. Este le tranquilizó asegurándole que la cosa sería rápida.

—Las enfermeras me han comentado que el bebé tiene prisa por salir —le dijo con una sonrisa, y cuando el doctor cerró la puerta Richard creyó oír a Alex gritar de dolor.

La llevaron al paritorio unos minutos después de que llegara el médico. Richard estuvo paseando nervioso por los pasillos durante una hora, aguardando noticias. Al final se sentó en la sala de espera con expresión angustiada. Las enfermeras no paraban de decirle que se tranquilizara y que le avisarían en cuanto naciera el bebé.

Alex llevaba dos horas en el paritorio cuando el doctor fue a buscarle a la sala de espera con una amplia sonrisa.

—Ha tenido un hermoso varón, señor Montgomery. Y su mujer se ha portado como una jabata. El bebé ha pesado más de cuatro kilos.

Richard se sobresaltó al oír aquello. Debía de haber resultado muy doloroso.

—¿Cuándo podré ver a Alex?

—La llevaremos a su habitación dentro de un rato.

No le contó que acababa de darle varios puntos, ya que expulsar a una criatura de aquel tamaño le había provocado un serio desgarro. Había sido un parto rápido, pero complicado. Entonces una enfermera le trajo al bebé para enseñárselo. Estaba envuelto en una mantita azul, tenía la cara redonda y el pelo rubio de Alex. Parecía un patito gordezuelo con la cabeza cubierta de una pelusilla de color claro, y a Richard se le derritió el corazón nada más verlo. Después de que el padre hubiera conocido a su hijo se lo llevaron a la sala de neonatos. El médico ya se había marchado.

Pasaron otras dos horas antes de que llevaran a Alex de vuelta a la habitación. Estaba aún medio adormilada por el éter que le habían suministrado para suturarla y por la inyección que le habían puesto para calmarle el dolor. Cuando Richard entró en el cuarto, Alex tenía unas grandes ojeras y parecía que la hubiera arrollado un camión.

—¿Te encuentras bien? —le preguntó, inclinándose para besarla.

—Eso creo.

No quería contarle lo mal que lo había pasado, aunque él podía verlo reflejado en su cara. No le habían suministrado nada para el dolor hasta que empezaron a ponerle los puntos, y la experiencia había sido mucho peor de lo que le habían asegurado. Samantha siempre decía que parir era como coser y cantar, pero ahora sabía que eso era una mentira flagrante. Su madre no había querido asustarla y solo le había insinuado que la primera vez podría resultar un poco más duro.

—Es un niño tan guapo... Y tú también eres preciosa.

Richard la besó, se sentó a su lado y le sostuvo la mano hasta que volvió a quedarse dormida. Mientras permanecía tendida en la cama, el sol salió y los primeros rayos se colaron en la habitación. Richard sintió que era una bendición estar allí, contemplando a su mujer dormida. Por fin tenían un hijo. Y supo sin el menor atisbo de duda que aquel era el momento más feliz de su vida.

13

Bautizaron al niño Edward William Geoffrey Montgomery, como Alex le había prometido a su madre, y Richard le hizo una foto sosteniéndolo en brazos para enviársela. Alex le estaba amamantando y el pequeño comía con ganas. Cuando les dieron el alta al cabo de una semana, parecía que tuviera tres meses.

Richard estaba empezando a adaptarse a su nuevo cargo y a conocer los entresijos de la nueva situación política. El país seguía lidiando con las cuestiones religiosas, los efectos colaterales de la partición y el intercambio de cuatro millones de musulmanes por cuatro millones de hindúes, una empresa gigantesca que estaba resultando casi imposible de conseguir y que aún no se había completado. Además, muchos de los que se desplazaban no encontraban un lugar donde asentarse.

Alex se alegraba mucho cuando le veía regresar a casa por las noches. Llevaba unas semanas completamente recuperada y estaba disfrutando plenamente de su bebé. Había cesado por completo toda actividad social, pero era consciente de que tendría que volver a retomarla pronto para poder informar al MI6. La vida social en Karachi no era tan intensa como en Nueva Delhi, pero por el momento se encontraba muy a gusto en casa con su pequeño y no le apetecía salir.

En octubre empezó a acompañar de nuevo a Richard a los eventos diplomáticos. Se quedó muy impresionada cuando conoció al primer ministro, Liaquat Ali Khan. Era uno de los grandes dirigentes de Pakistán, el adalid del nuevo régimen independiente. Abogado, estadista y teórico político, había sido ministro de Economía del gobierno interino de la India, ocupó la primera cartera de Defensa de Pakistán antes de convertirse en primer ministro y también ejerció como ministro de Asuntos de la Commonwealth y Cachemira. Cuando Alex habló con él le pareció un personaje admirable y fascinante, y envió al MI6 un informe muy elogioso describiendo su encuentro con el primer ministro.

El resto del año transcurrió sin grandes novedades.

A principios de 1951 llegó el nuevo alto comisionado, el superior directo de Richard, sir Gilbert Laithwaite. Británico de ascendencia irlandesa, nacido en Dublín, fue un héroe en la Primera Guerra Mundial. Había pasado más de treinta años en la India y había ocupado varios cargos en el gobierno colonial como secretario privado del virrey. También había sido subsecretario de Estado para la India y acababa de dejar el puesto de embajador británico en Irlanda para convertirse en alto comisionado. A Richard le cayó bien desde el primer momento. Sabía que tenía mucho que aprender de él, y eso haría que su misión diplomática en Pakistán resultara más fructífera. Hasta el momento no se habían producido grandes acontecimientos, lo cual suponía un cierto alivio después de toda la agitación vivida en la India.

En febrero, un fallido golpe de Estado hizo saltar todas las alarmas. Después, tras unos meses de relativa estabilidad, el 16 de octubre de 1951 el país se vio trágicamente sacudido por el asesinato del primer ministro Liaquat Ali Khan, el dirigente que tanto había impresionado a Alex y que era tan querido por su pueblo. Recibió dos disparos en el pecho por parte de un asesino a sueldo, que fue abatido en el acto. El magnicidio convirtió a Ali Khan en un Mártir de la Nación y todo el país lloró su muerte. Richard y el alto comisionado tuvieron que reunirse con varios líderes paquistaníes para intentar calmar las aguas.

El período de relativa tranquilidad que precedió al asesinato de Liaquat Ali Khan permitió a Richard y Alex poder disfrutar de su hijo. En julio había cumplido un año y empezó a andar pocas semanas después. Era un crío alegre y vivaracho, y cuando Richard no estaba trabajando procuraba pasar todo su tiempo con el pequeño Edward y con Alex. Esta trataba de convencer a su madre para que fuera a conocer a su nieto, hasta el momento sin éxito. Victoria echaba muchísimo de menos a su hija y deseaba poder ver al pequeño, pero no lo suficiente como para atreverse a viajar sola. Además, no se encontraba muy bien. Desde la muerte de su marido llevaba una vida cada vez más retirada y ni siquiera se aventuraba a ir a Londres, no digamos ya a Pakistán.

Una semana después del asesinato del primer ministro, cuando el pequeño Edward acababa de cumplir quince meses, sufrió una especie de gripe acompañada de una fiebre muy alta. Alex no estaba segura de qué podía ser y esa misma noche lo llevaron al hospital. Cuando llegaron, el pequeño deliraba y ellos estaban desesperados. El médico les explicó que había contraído cólera, una enfermedad muy común por entonces tanto en Pakistán como en la India. Media hora después, el niño ya estaba inconsciente. Los angustiados padres no se apartaron de su lado ni un solo momento, y durante toda la noche Alex y las enfermeras no dejaron de aplicarle paños fríos, pero nada conseguía bajarle la fiebre. Por la mañana entró en coma, y a mediodía Edward murió.

Mientras Alex sostenía entre sus brazos el cuerpecito de su hijo, el médico les dijo que no podrían haber hecho nada por él, pero no había nada que pudiera consolarles. Dos días después celebraron un pequeño funeral, seguido de una ceremonia de cremación, y Alex depositó la pequeña urna con sus cenizas junto a la cama. Permaneció allí tumbada día y noche, con los ojos cerrados, reviviendo en su mente una y otra vez todas las imágenes de la corta existencia de Edward, y aquella última terrible noche en la que no pudieron hacer nada por salvarle. Alex se sentía como si estuviera muerta en vida.

Llamó a una amiga de su madre en Hampshire y le pidió que fuera a ver a Victoria para explicarle en persona lo que había ocurrido. No quería que se enterara por un telegrama mientras estaba sola.

En cuanto recibió la trágica noticia, Victoria llamó a Alex a Karachi para intentar ofrecerle consuelo, aunque, como ella bien sabía después de haber perdido a dos hijos, eso era algo prácticamente imposible. Se sentía desolada por no haber podido ir a conocer al pequeño, pero últimamente no se encontraba muy bien. Desde la muerte de su marido había empezado a sufrir también algunos problemas de corazón y le daba mucho miedo hacer un viaje tan largo. Y ahora había perdido al nieto al que nunca había llegado a conocer.

Alex habló con su madre durante mucho rato, sin poder parar de llorar en ningún momento. Una semana más tarde, cuando Richard llegó a casa, la encontró en la habitación de Edward recogiendo todas sus cosas. Hasta ese momento no había tocado nada, pero había comprendido que su hijo ya no iba a volver. Ambos lloraron mientras ella doblaba la ropita del pequeño y la guardaba en una caja junto con sus juguetes. Quería conservarlos, pero no soportaba la idea de verlos cada día. Después de empaquetarlo todo, cerró suavemente la puerta de la habitación.

No volvería a entrar allí en muchos meses. Resultaba demasiado doloroso. Cada vez que Richard llegaba a casa, Alex parecía haberse pasado el día llorando. Empezó a acompañarle a los eventos sociales más importantes, pero evitaba salir cuando no era imprescindible. No se imaginaba volviendo a ser feliz nunca más.

La muerte del rey Jorge VI en febrero de 1952 supuso una gran tragedia nacional que sacudió a toda Gran Bretaña, aunque ahora a Alex todo le parecía remoto y carente de importancia.

Pero en marzo, cinco meses después del fallecimiento de Edward, descubrió conmocionada que volvía a estar embarazada. Habían hablado de tener más hijos en el futuro, pero no tan pronto. Alex seguía llorando la pérdida de Edward y sabía que ese dolor duraría para siempre. Todavía no se sentía preparada para abrir su corazón a otra criatura, pero el destino se había encargado de decidir por ella.

Esta vez no se encontró mal físicamente, pero tenía el alma destrozada. Se comportaba como si no pasara nada y nunca hablaba del bebé ni del embarazo. No quería entregar todo su amor a otro hijo para que luego se lo arrebataran de una forma tan cruel.

—¿Quieres volver a Inglaterra para tener allí al bebé? —le preguntó Richard con delicadeza.

Ella negó con la cabeza. De vez en cuando le acompañaba a actos y reuniones sociales y seguía enviando mensajes en clave al MI6, pero desde la muerte de Edward estaba hundida y Richard ya no sabía qué hacer. Había hablado con el médico al respecto y este le había dicho que empezaría a sentirse mejor cuando el bebé naciera, aunque Richard no estaba tan seguro de ello. Desde que la conocía nunca la había visto así. Alex apenas hablaba, y se preguntaba si debería llevarla a casa con su madre para que se recuperara de la profunda depresión en la que estaba sumida. La criatura nacería en octubre de 1952, casi un año después de la muerte de Edward.

Intentaban llevar una vida más o menos normal, pero Richard era consciente de que Alex se hallaba totalmente ausente. Durante el último año no había vuelto a ser ella.

La llevó a Nueva Delhi para asistir a una gran fiesta que ofrecía el alto comisionado. Pensó que le haría bien reencontrarse con sus viejas amistades, y además la actividad social allí era mucho más animada que en Karachi. La fiesta fue fabulosa y Alex estaba deslumbrante, pero Richard percibía que no le importaba nada de lo que sucedía a su alrededor. Algo en su interior había muerto con el pequeño Edward y Richard no encontraba el modo de devolverla a la vida.

Por las noches, cuando estaba tumbado junto a Alex en la cama, notaba que el bebé le daba pataditas, pero ella nunca decía nada. No se ponía la mano sobre el vientre ni sonreía cuando sentía que la criatura se movía en su interior, como había hecho la primera vez. Parecía completamente desconectada de todo cuanto la rodeaba, incluso de Richard.

Alex llevaba casi un año sumida en una bruma de tinieblas y Richard se preguntaba si alguna vez volvería a ser la misma. Casi tenía que arrastrarla fuera de la cama para recibir a los invitados que venían a casa. Y cuando apenas faltaban dos semanas para salir de cuentas, aún no había preparado nada para el nuevo nacimiento. Habían guardado la cuna de Edward junto con todas sus cosas, y ni siquiera tenían una cesta o un moisés para acostar al recién nacido. El de Edward se lo había dado a alguien que lo necesitaba.

Estaba colocando algunas cosas en el cuarto del bebé cuando, de repente, Alex rompió aguas. Le entró el pánico y se quedó mirando el enorme charco que se había formado a sus pies.

Alzó la vista hacia Richard y este pudo ver el terror en sus ojos. Temió que en cualquier momento saliera huyendo de allí.

—No estoy preparada... No puedo... No puedo volver a hacerlo —murmuró.

—Todo va a salir bien —trató de tranquilizarla él.

El primer parto, aunque complicado, había ido bien. No

había tenido nada que ver con el fallecimiento de Edward.

Richard llamó al médico, y la esposa de este le dijo que estaba fuera pero que volvería pronto. Cuando regresó al dormitorio, encontró a Alex tumbada en la cama, con la mirada perdida en el infinito.

—Deberíamos ir a la clínica —le dijo en voz baja teñida de preocupación—. El doctor está fuera, pero su esposa me ha dicho que regresará pronto.

—¡Me da igual! ¡No pienso volver allí!

Richard se asustó al oír la vehemencia con que lo dijo. Podía ver lo aterrada que estaba.

—Bueno, no puedes tener al bebé en casa —replicó, tratando de mostrarse razonable.

Pero no había nada de razonable en Alex. Parecía un animal acorralado, dispuesta a atacarle o a salir corriendo.

—Sí, puedo tenerlo aquí. Todas las mujeres lo hacen.

—Todo el mundo que conocemos va a dar a luz a esa clínica.

—Odio ese lugar. No pienso ir. Las mujeres paquistaníes no van allí. Paren en sus casas.

Richard no quiso recordarle que la India y Pakistán tenían una de las tasas más elevadas del mundo en mortalidad infantil y materna.

—No consentiré que lo tengas aquí. Resultaría peligroso para ti y para el bebé. —Podía ver por la expresión de su cara que los dolores ya habían empezado y no quería perder tiempo discutiendo con ella, pero no estaba seguro de cómo conseguir llevarla a la clínica si se negaba a salir de casa—. Yo también tengo algo que decir en este asunto.

—No, no tienes nada que decir. Es mi cuerpo y haré lo que me dé la gana.

—Es nuestro hijo, Alex. Por favor, no podemos correr riesgos con esto. No sé qué haría si os pasara algo a ti o al bebé.

—No quiero volver al lugar donde nació Edward —dijo ella entre lágrimas—. Es demasiado pronto, me parecerá verlo por todas partes. No estoy preparada para tener este hijo —exclamó entre sollozos, retorciéndose de dolor—. ¿Y si también se muere?

—No se morirá —repuso él, suplicándole más con la mirada que con las palabras.

—Eso no lo sabes. Podría enfermar, como le pasó a Edward, que murió en cuestión de horas sin que pudiéramos hacer nada por salvarle. Por favor, Richard... Quiero que esta vez sea diferente... No quiero que este bebé también muera.

Todo el dolor, el terror y la angustia que Alex había sufrido durante el pasado año empezó a aflorar a borbotones como una oleada que finalmente alcanzó a Richard, pero él no podía permitir que tuviera a su hijo en casa. ¿Y si algo salía mal? Entonces sí que podría morir.

Alex no estaba preparada para tener un hijo que esta vez ni siquiera habían buscado, que había llegado sin más. Richard lo sabía, pero el bebé ya estaba allí. No podían perder más tiempo. La clínica se encontraba a veinte minutos en coche.

—¿Y si esta vez me quedo contigo durante el parto? —le preguntó, desesperado.

—No te dejarán —replicó ella apretando los dientes—. La otra vez se negaron.

—Pues esta vez me negaré yo a marcharme. Lo juro.

Y mientras lo decía, la tomó en sus brazos sin que ella opusiera resistencia. Estaba demasiado aturdida por el dolor. El parto estaba yendo más deprisa que la vez anterior. Mientras bajaba las escaleras con Alex en brazos, uno de los criados corrió a ayudarle.

—Ve a buscar a Amil —le ordenó. El chófer, que estaba hablando con los otros sirvientes en la cocina, se presentó de inmediato—. Nos vamos a la clínica —le dijo mientras corrían hacia el coche.

Una de las doncellas se acercó presurosa y les entregó varias toallas. Aunque Alex ya había dejado de resistirse, Richard no estaba seguro de que llegaran a tiempo a la clínica. Había transcurrido casi una hora desde que había roto aguas.

—Conduce todo lo deprisa que puedas —le ordenó al chófer, que apretó a fondo el acelerador.

Alex, recostada sobre el regazo de Richard en el asiento trasero, le sonrió débilmente.

—Perdóname por haberme puesto así, pero es que he estado tan deprimida...

—Lo sé —respondió él con dulzura.

En ese momento, Alex sufrió otra contracción y apretó con fuerza el brazo de su marido.

—Creo que el bebé ya está aquí.

—¿Ya? —preguntó él, aterrado.

—Tiene mucha prisa.

Solo con mirarla a los ojos, Richard supo que Alex volvía a ser ella. Aún destrozada por la muerte de Edward, pero de nuevo en sus cabales. Había recuperado al fin la cordura perdida hacía meses, un tiempo en el que él también había estado al borde de la desesperación.

Durante el resto del trayecto Alex no volvió a emitir sonido alguno, pero aferraba el brazo de Richard con una fuerza desgarradora. En cuanto llegaron a la clínica y Amil abrió la puerta del coche, Richard salió disparado hacia el interior con ella en brazos.

—Mi mujer está de parto —le dijo a la enfermera de recepción. Esta apretó un botón, se levantó y les condujo rápidamente hasta una sala de reconocimiento.

Richard depositó con suavidad a Alex sobre la camilla mientras cuatro enfermeras llegaban a toda prisa para atenderla y dos de ellas se apresuraban a desvestirla.

—Ya puede marcharse —le dijo la enfermera jefe en tono imperioso.

—Quiero dejar muy claro que no voy a irme a ningún sitio —replicó Richard, mirándola con expresión vehemente—. Mi esposa sufrió una experiencia muy traumática y no pienso separarme de ella un solo momento.

—Su bebé era muy grande. Yo asistí al parto.

—El niño murió hace un año. Y ahora no pienso dejarla sola.

La mujer se quedó conmocionada y no volvió a abrir la boca. Estaba claro que Richard no iba a marcharse. En ese momento, mientras Alex yacía desnuda sobre la camilla, soltó un grito estremecedor y dos enfermeras se apresuraron a ver lo que ocurría mientras otra la cubría con una fina sábana y le colocaba las piernas sobre los estribos. En cuanto el dolor pasó, Alex miró a Richard y le sonrió.

—Gracias. Podré hacerlo si tú estás aquí —le dijo en voz queda.

—No pienso irme a ninguna parte.

Entonces sufrió otra contracción y empezó a empujar con expresión desesperada.

—Pare —le ordenó una de las enfermeras—. El doctor no ha llegado aún.

Pero Alex no le hizo caso y continuó empujando mientras agarraba con fuerza la mano de Richard. Profirió otro grito desgarrador y a continuación se oyó un gemido lastimero saliendo de entre sus entrañas. Una de las enfermeras se asomó bajo la sábana y casi al momento levantó al recién nacido con el cordón umbilical entre las piernas, ocultando su sexo. Pero a Richard eso le daba igual. Solo le importaba que la criatura estaba sana y que era lo más hermoso que había visto en su vida. Alex volvió a reclinarse en la camilla, exhausta por el tremendo esfuerzo realizado pero con una sonrisa triunfal por lo que había conseguido.

—¡Es una niña! —exclamó una de las enfermeras, y justo en ese momento entró el médico.

—¿Qué está pasando aquí? ¿Y qué está haciendo usted aquí? —le preguntó a Richard con gesto ceñudo.

—Ver nacer a mi hija —respondió él con una amplia sonrisa.

Toda la conmoción causada por el parto había logrado sacar por fin a Alex de la depresión que la había sumido en un estado casi catatónico. Lloró al ver al bebé. Tenía el cabello y los ojos oscuros como Richard, lo cual fue un gran alivio para ella. Si se hubiera parecido a Edward, le habría resultado muy duro, una dolorosa sensación de *déjà vu*. Esta vez todo había sido diferente. Y además era una niña.

—¿Puedo examinar a su mujer ahora? —le preguntó el médico a Richard, dándole a entender que ya debía marcharse.

—Puede hacerlo, pero no pienso moverme de aquí.

El doctor procedió a examinar a la parturienta, que se encontraba agotada pero feliz. Richard estaba profundamente emocionado por el milagro que acababa de presenciar.

—¿Cómo vamos a llamarla? —le preguntó a Alex cuando por fin estuvieron a solas.

Ella se quedó pensativa un momento.

—¿Qué te parece Sophie?

—Me gusta —dijo él, inclinándose para besar a su mujer—. Por cierto, has estado fabulosa. Te mereces también una medalla por esto. —Ella se echó a reír, pero entonces una sombra de tristeza cruzó por su rostro y él comprendió lo que estaba pensando. Volvió a besarla y le dijo con ternura—: Edward también fue una bendición. Pero este es el pequeño ángel que nos tenía reservado la vida.

Ella asintió y le apretó la mano mientras una lágrima se deslizaba por su mejilla. En ese momento entró una enfermera y le entregó a la pequeña, ya limpia y envuelta en una mantita rosa. Era la cosa más bonita que habían visto en su vida. Cuando la enfermera se marchó y se quedaron a solas con Sophie, la niña les observó fijamente como si ya les conociera. Al mirar a los ojos de su hija, Alex, por primera vez en aquel desdichado año, se sintió de nuevo viva y en paz consigo misma.

14

En abril de 1954, cuando se marcharon de Pakistán para dirigirse a su nueva misión diplomática, Sophie tenía ya dieciocho meses y era una niña llena de vida que correteaba por todas partes y a la que adoraba todo el mundo. La estancia en Pakistán había resultado muy complicada para Alex, que había sufrido las pérdidas de su padre y del pequeño Edward y había caído en una profunda depresión.

En líneas generales, había sido un período menos turbulento que el transcurrido en la India, aunque también menos interesante. Su actividad social en Nueva Delhi había sido mucho más excitante y entretenida. Uno de los puntos álgidos de su etapa en Pakistán fue la glamurosa fiesta celebrada unos diez meses antes, en junio de 1953, con motivo de la coronación de Isabel II, un evento fastuoso del que la gente seguía hablando casi un año después. Se organizó en la embajada británica en honor de la joven reina y nadie había podido olvidar el espectacular baile al que los hombres asistieron ataviados de frac y las mujeres luciendo exquisitos vestidos de noche y suntuosas joyas.

El nuevo destino que les asignaron fue Marruecos. Los dos se alegraron de que fuera un lugar tan diferente de los anteriores. Después de los ocho años pasados en el subcontinente indio y de la estrecha relación que habían establecido con la India y Pakistán, estaban preparados para afrontar una nueva experiencia.

Alex le había prometido a su madre ir a visitarla en cuanto pudiera para que conociera a Sophie. Mientras estaban en Karachi, el último de los niños de acogida se había marchado a la universidad y Victoria se había quedado completamente sola. Marruecos estaba mucho más cerca de Inglaterra y Alex esperaba que su madre también fuera a visitarles. En los ocho años transcurridos nunca había ido a la India ni a Pakistán, y Alex solo había estado en Hampshire en una ocasión, con motivo de la muerte de su padre. Se escribían con mucha frecuencia, pero no era lo mismo que verse en persona.

En esta ocasión, después de sus dos misiones diplomáticas anteriores, Richard ocuparía el cargo de embajador británico en Marruecos, lo cual suponía un gran ascenso en su carrera.

Alex se sentía muy orgullosa de él, y cuando comunicó a la gente del MI6 su nuevo destino se mostraron muy interesados por obtener información acerca de lo que estaba ocurriendo en el norte de África.

Una vez más, les habían destinado a un país que quería independizarse, en este caso de Francia y España. Desde 1912 Marruecos estaba dividido en dos protectorados, uno francés y otro español, y desde hacía dos años reinaba un clima político muy convulso y hostil. En diciembre de 1952, el asesinato de un líder sindicalista tunecino provocó que estallaran grandes disturbios en Casablanca. La respuesta del gobierno francés había sido prohibir el nuevo Partido Comunista Marroquí y el Istiqlal, el Partido de la Independencia, que era conservador y monárquico. Un año después de la prohibición de los dos partidos políticos, la situación se agravó aún más cuando los franceses obligaron a exiliarse al amado y respetado sultán de Marruecos, Mohamed V. Lo enviaron a Madagascar y pusieron en su lugar al impopular Mohamed ben

Arafa. El sultán era considerado un líder religioso y los marroquíes se habían opuesto ferozmente a su exilio.

Cuando Richard llegó como embajador a Rabat, la capital, la población exigía el retorno del sultán y respondía con violencia a la negativa del gobierno francés. Y ahora, además, también querían la independencia.

La llegada de Richard y Alex a Marruecos resultó muy emocionante. La embajada era un exquisito edificio de arquitectura árabe, exótico y hermoso, y la residencia del embajador británico se encontraba en un palacio laberíntico que Alex encontró fascinante y en el que estaba deseando dar fiestas y recibir invitados.

La comunidad diplomática les recibió con los brazos abiertos, y Richard se mostró encantado con su eficiente equipo de trabajo. Además, Rabat era una ciudad costera con un clima agradable y un ambiente festivo donde los franceses solían acudir en masa para disfrutar de sus vacaciones.

El palacio del embajador, como casi todas las villas y mansiones de la capital, estaba rodeado por hermosos jardines de vegetación exuberante y con una gran explosión de flores multicolores. La mayoría de los edificios databan del siglo XVII y en su arquitectura se reflejaba la influencia morisca, ya que fueron construidos por los musulmanes que fueron expulsados de España. Los franceses llegaron mucho más tarde, en 1912.

Alex estaba totalmente fascinada por la ciudad. En el centro del casco antiguo se encontraba la medina, una amalgama de tiendas, cafés y restaurantes pequeños y acogedores que estaba deseando explorar. También quería visitar la cercana ciudad de Salé, cuyos orígenes se remontaban a los tiempos de los romanos. Había ruinas de la época en muchas zonas, así como dos grandes calzadas romanas.

El lugar estaba profundamente impregnado de historia y

cultura milenarias, y todo el mundo hablaba francés, lo cual era una ventaja para Alex, que también había decidido estudiar árabe para añadirlo a su repertorio idiomático. Además, estaba encantada con que Sophie aprendiera francés en cuanto empezara a hablar.

Antes de marcharse del subcontinente indio, Alex había comprado kilómetros de tela de sari y quería encontrar una modista local para que le confeccionara pantalones de harén y vestidos vaporosos para lucir en las cenas y recepciones que ofrecieran. Tenía la impresión de que aquí podría ser más atrevida en su vestimenta que en Pakistán. Ambos eran países musulmanes, pero el asiático era más conservador y tradicional.

Todo en Marruecos le resultaba fascinante: la historia, la música, la arquitectura... Y Richard iba a estar muy ocupado como observador privilegiado de los esfuerzos del pueblo marroquí por independizarse de Francia y recuperar el control sobre los territorios gobernados aún por los españoles.

El asunto prioritario para los marroquíes era conseguir que el sultán Mohamed V regresara de su exilio en Madagascar, donde llevaba ya un año cuando los Montgomery llegaron al palacio del embajador británico.

Marruecos ofreció a Alex el tipo de experiencia exótica que había esperado tener cuando Richard entró a formar parte del cuerpo diplomático. Empezó a disfrutar de su estancia norteafricana incluso más que la de la India, donde la convulsa situación política había provocado grandes estallidos de violencia hacia el final del dominio colonial británico. Y aquí también contaban con un ejército de sirvientes para atenderles, así como con varias muchachas encantadoras para ayudarla a cuidar de Sophie.

Durante los primeros meses, Alex se dedicó a explorar los lugares históricos de la región y luego le contaba a Richard todo lo que había visto, ya que él no tenía tiempo de acompañarla. Visitó las ruinas romanas, la ciudad de Salé y, muy cerca de esta, las riberas del río Bu Regreg, donde se habían asentado los fenicios y los cartagineses. También conocía a fondo la medina de Rabat, en cuyas tiendas y puestos había encontrado auténticos tesoros. Le había enviado a su madre un precioso caftán antiguo bordado a mano para que pudiera llevarlo por la casa, y para ella se había comprado unas divertidas blusas y las típicas babuchas árabes, todo ello adornado con campanillas.

Alex también redistribuyó el mobiliario del palacio y confirió un poco de alegría a su interior, llenándolo de flores todos los días. Richard le dijo que nunca la había visto tan feliz. Por las noches se dedicaban a comentar la situación política del país. Él estaba convencido de que Marruecos acabaría consiguiendo la independencia sin que se produjera el derramamiento de sangre que había asolado a la India y Pakistán. En su opinión, la situación resultaba más manejable en el país norteafricano. Y además era un lugar maravilloso para criar a Sophie, con un clima muy agradable la mayor parte del año.

La pequeña disfrutaba mucho jugando en los jardines y ese verano había empezado a balbucear sus primeras palabras en francés. Y las clases de árabe de Alex también comenzaban a dar sus frutos. Richard estaba profundamente impresionado por la capacidad de su esposa de adaptarse con tanta rapidez al nuevo entorno geográfico y cultural. Alex estaba enamorada del país y se había ajustado a la perfección a su papel de esposa del embajador.

Poco después de llegar a Marruecos, Richard empezó a hablarle de la posibilidad de aumentar la familia. Rabat parecía el lugar ideal para tener otro hijo, y Sophie era una niña tan alegre y encantadora que Richard tenía muchas ganas de darle un hermanito. Alex, que para entonces ya tenía treinta y ocho años, no se mostró tan entusiasmada con la idea. Estaba disfrutando mucho de la maternidad con Sophie y se sentía demasiado mayor para tener otro hijo. Él le aseguró que eso era una tontería, que aparentaba diez años menos de los que tenía, pero ella no se veía con ánimos. Había sufrido demasiado con la muerte de Edward como para arriesgarse a pasar por otro trance tan doloroso. Sophie había sido una bendición y se sentía colmada con ella.

Durante todo ese tiempo, asistieron a numerosos eventos sociales, ofrecieron cenas y fiestas en la embajada y no tardaron en convertirse en los anfitriones más populares de Rabat. Alex hizo una gran amistad con la esposa del embajador francés, que había formado parte de la Resistencia durante la guerra y con la que sentía una afinidad especial.

Al cabo de solo seis meses, Alex ya era capaz de defenderse en árabe. Aún no lo hablaba con fluidez, pero se esforzaba en conseguirlo tomando clases a diario. Sophie también había empezado a parlotear en francés, además de en su inglés materno.

Llevaban un año en Marruecos cuando el gobierno francés por fin permitió que el sultán Mohamed V regresara del exilio y se instalara de nuevo en el poder. Con su discreción habitual, Richard había formado parte de las negociaciones para conseguir que los franceses cedieran.

Poco antes del retorno triunfal de Mohamed V, Alex recibió un mensaje en clave del MI6 pidiéndole que se reuniera en un café de la medina con un importante miembro del Partido Comunista. El servicio secreto quería que este les asegurara que el regreso del sultán no iba a provocar nuevos disturbios. Sus agentes sobre el terreno organizaron el encuentro. Era la primera vez que le pedían que se reuniera con alguien en persona desde que empezó a trabajar para ellos nueve años atrás, y sentía que no podía decepcionarles. Solo esperaba que nadie la viera sentada con un desconocido en un café de la medina. El mensaje en clave decía que debía llevar un jersey rojo y un libro azul, sentarse en el lugar indicado y esperar a que llegara el hombre.

El encuentro estaba fijado para el día siguiente, lo que obligó a Alex a aplazar algunos compromisos que ya tenía: la clase de árabe y una cita en la peluquería. Mientras se dirigía a través de los callejones de la medina hacia el café donde debían reunirse, recordó de pronto la época en la que trabajaba para la SOE y realizaba misiones clandestinas en Alemania para recibir documentos robados o pasaportes falsificados.

Dos minutos después de tomar asiento en el café, un hombre de aspecto anodino se sentó frente a ella. Alex supuso que habría estado controlando su llegada. Tras intercambiar la contraseña acordada, ella le preguntó por la información que le interesaba al MI6. El miembro del Partido Comunista le aseguró que en esta ocasión no iba a haber ningún problema. Los disturbios de 1952 los había provocado el asesinato de un dirigente sindical tunecino, pero ahora no tenían ninguna objeción al retorno del sultán exiliado. Al contrario, consideraban que sería algo bueno para el país y que contribuiría a conseguir la independencia de los franceses.

Ella le dio las gracias y el hombre se marchó poco después. Tras tomarse un té con menta, deambuló un rato entre los puestos de la medina con aire despreocupado, sin comprar nada, y luego regresó a casa. Había sido una misión bastante sencilla, y en cuanto llegó envió al MI6 el informe en clave con el resultado del encuentro. Al momento le confirmaron que lo habían recibido.

Esa misma tarde, en la peluquería, se encontró con la mujer del embajador francés. Esta la miró con una expresión extraña, y luego le susurró que esa mañana la había visto con un hombre en un café de la medina. Alex se echó a reír.

—Me paré un momento a tomar una taza de té y ese tipo intentó venderme un reloj o algo así, seguramente robado. Le dije que no estaba interesada y se marchó —concluyó restándole importancia, y su amiga pareció aliviada.

—No deberías ir sola a los cafés. Por esos sitios suele rondar gente bastante turbia, y a veces secuestran a las mujeres para venderlas como esclavas sexuales. Ten mucho cuidado, querida. No queremos perderte.

Ambas se rieron, pero aquello le sirvió a Alex como toque de atención. Si Richard le hubiera preguntado, no habría sabido qué decirle. Y no había tenido motivos para mentirle desde hacía años.

Tres días después, el sultán regresó a Rabat y logró negociar con éxito la independencia del país en un proceso de transición basado en la cooperación e interdependencia franco-marroquí. Asimismo, se comprometió a que, con el tiempo, instituiría reformas que transformarían Marruecos en una monarquía constitucional provista de un gobierno democrático.

En febrero de 1956 el país obtuvo un cierto grado de poder sobre su territorio, y el 2 de marzo consiguió la plena independencia gracias al conocido como Acuerdo franco-marroquí. Mohamed V asumió un papel muy activo en la modernización del gobierno, al tiempo que mostraba una actitud de prudente reticencia respecto al Partido de la Independencia y a los comunistas. En sus dos primeros años en Marruecos, Alex tuvo mucho sobre lo que informar al MI6. Y, como siempre, consiguió recabar información muy valiosa gracias a la gente con la que alternaba en fiestas y reuniones sociales.

Un mes después del Acuerdo franco-marroquí, España también reconoció la independencia del país, y durante los dos siguientes años Marruecos fue recuperando el control sobre muchos de los territorios del protectorado español. Tánger se reincorporó en octubre de 1956, y al año siguiente el sultán fue coronado como rey en una fastuosa celebración a la que Richard y Alex también asistieron.

Como en sus dos misiones anteriores, estuvieron presentes en una época de grandes cambios históricos para la nación, todos ellos positivos y en beneficio de la paz.

Richard había realizado en Marruecos una gran labor diplomática, ayudando con éxito en las delicadas negociaciones que habían culminado en la independencia. Había superado un importante reto en su carrera, y cuando se marcharon de Rabat en 1958 habían pasado cuatro años maravillosos y habían hecho grandes amigos a los que nunca olvidarían, tanto entre los miembros del cuerpo diplomático como entre los marroquíes.

Antes de finalizar su estancia en Marruecos, Alex consiguió pasar un mes en Hampshire con su madre para que pudiera conocer a Sophie. La entristeció comprobar que Victoria estaba cada vez más frágil.

Poco antes les habían comunicado su nuevo destino: Hong Kong. Una vez allí, Alex tenía intención de aprender a hablar mandarín o cantonés. El primero era el dialecto más común en toda China, mientras que el segundo era el que se hablaba en Hong Kong. Cuando dejaron Rabat, Sophie tenía cinco años y medio y mostraba un perfecto dominio bilingüe del francés y el inglés. Por su parte, Alex hablaba árabe con bastante fluidez.

Durante su estancia en el país norteafricano había comprado muchos objetos valiosos y de interés encontrados en sus incursiones en la medina. El MI6 no había vuelto a ordenarle que se reuniera en persona con nadie más, aunque Alex no dejaba de preguntarse si volverían a pedírselo algún día. Suponía que eso dependía del puesto que le asignaran a Richard. Los dos estaban entusiasmados con su nuevo destino, pero nada les había preparado para la superpoblada y bulliciosa ciudad que se encontraron en cuanto aterrizaron en el aeropuerto internacional Kai Tak.

Durante la ocupación japonesa en la Segunda Guerra

Mundial, los habitantes de Hong Kong fueron sometidos a una represión brutal. Algunos consiguieron huir, pero los que se quedaron soportaron unas condiciones de vida infrahumanas y la escasez de alimentos provocó que muchos murieran de hambre. El gobierno británico recuperó el control del territorio en 1945, y cuatro años más tarde, cuando los comunistas ganaron la guerra civil y se hicieron con el poder de la China continental, se produjo un desplazamiento masivo hacia la isla de inmigrantes que huían del régimen comunista, lo que supuso un enorme incremento de la obra de mano barata.

En 1958, trece años después de que acabara el conflicto mundial, la población de Hong Kong se había cuadruplicado hasta alcanzar los dos millones de habitantes. La colonia británica había prosperado y experimentaba un gran crecimiento económico. El dinero, las empresas y las grandes inversiones se habían desplazado desde Shangai hasta la isla hongkonesa.

Quienes habían huido antes de la ocupación japonesa también regresaron después de la guerra. Había riqueza en abundancia y los rascacielos empezaron a proliferar por doquier. Se produjo una gran expansión industrial, sobre todo en el sector textil, y Hong Kong se convirtió pronto en una próspera colonia empresarial bajo dominio británico, a solo un tiro de piedra de la China continental comunista. Era un enclave financiero de enorme valor estratégico que también hacía negocios con el nuevo régimen comunista de Pekín, y el gobierno británico estaba decidido a convertirlo en un gran centro empresarial e industrial, un puente comercial entre la China comunista y el resto del mundo.

Dos años antes de la llegada de Richard y Alex se habían producido graves disturbios para protestar por los bajos salarios, las largas jornadas laborales y las condiciones de hacinamiento en las que vivía la población más pobre. Pero en 1958, cuando Richard fue destinado a la colonia como alto comisionado, la situación se había estabilizado y reinaba una gran prosperidad económica y empresarial. Hong Kong constituía el paradigma del capitalismo, opuesto por completo a las políticas comunistas.

Quienes ostentaban el poder en la colonia eran sobre todo europeos, en concreto británicos, con una fuerte presencia escocesa entre las empresas más antiguas y asentadas. Y, al más puro estilo británico, pertenecer a un club era extremadamente importante a la hora de hacer negocios. El Hong Kong Club era el más venerable y prestigioso, seguido muy de cerca por el Royal Hong Kong Yacht Club. Richard, que en su calidad de alto comisionado trabajaría estrechamente con el gobernador británico de Hong Kong, sir Robert Brown Black, se convirtió de forma automática en miembro de ambos.

En muchos sentidos, Hong Kong era más británica que la propia Gran Bretaña, como ocurría a veces con algunas colonias, al tiempo que mantenía una estrecha relación comercial con el régimen comunista chino. A diferencia de la Vieja Guardia inglesa, formada por aristócratas cuyas fortunas disminuían rápidamente pero que, pese a su desesperada situación financiera, seguían frunciendo un ceño desdeñoso ante la sola mención de la palabra «comercio», en Hong Kong todo giraba en torno a los negocios. Enormes cantidades de dinero cambiaban de manos gracias a importantes acuerdos empresariales, y los eventos sociales eran el lugar perfecto para establecer nuevos contactos. En el momento en que Richard y Alex llegaron a la colonia, Hong Kong nadaba en la abundancia y los británicos se dedicaban a realizar grandes inversiones y a amasar fortunas.

La vida social era extremadamente importante, y bajo su apariencia de frivolidad subyacían siempre motivos comerciales. La gente solía acudir hasta a dos y tres fiestas por noche, y a menudo alguno de esos eventos servía para cerrar un importante acuerdo empresarial. La ciudad bullía con una impresionante actividad económica y social, y eran muchos los que consideraban que el futuro de la industria estaba en utilizar mano de obra china barata para reducir al máximo los costes de producción.

La interrelación entre la vida social y la empresarial conformaba un matrimonio próspero, de una forma que en Inglaterra no habría estado bien vista pero que en Hong Kong funcionaba a la perfección. Había una gran actividad en clubes de todo tipo, desde los más tradicionales hasta los de carácter deportivo o nocturno. Sin embargo, en las constantes fiestas que se celebraban en ellos solo se veía a británicos y occidentales, nunca a un chino. También había restaurantes fabulosos y excelentes oportunidades para efectuar grandes adquisiciones en ropa, joyería y antigüedades.

Altísimos bloques de apartamentos se alzaban por toda la ciudad, pero las mansiones más antiguas y hermosas, así como otras más recientes y fastuosas, estaban en el Peak, o Cumbre Victoria. Allí se encontraba la residencia del alto comisionado en la que vivirían Richard y Alex, así como la mansión del gobernador.

Salvo los cócteles de carácter más informal, todos los eventos sociales requerían vestir de etiqueta, y en casi todas las fiestas se celebraban bailes de gala. La esposa del embajador francés en Marruecos le había dado a Alex la dirección de una modista discreta pero fabulosa que podía copiar cualquier modelo de París a precios muy económicos, y estaba ansiosa por visitarla para que la ayudara con el amplísimo vestuario que necesitaría para su intensa actividad social en Hong Kong. Copiar los estilismos parisinos era una práctica muy habitual y casi todas las mujeres de clase alta contaban con su propia modista de cabecera. Alex tenía claro que su vida social hongkonesa iba a ser mucho más formal y ajetreada que la que había llevado en Marruecos.

El problema más importante, el que había que controlar más de cerca, era el que representaban las tríadas, los grupos de gángsteres procedentes de la China continental que se infiltraban de manera clandestina en la isla para conseguir sus fines por medio de amenazas y actos violentos. Esas bandas criminales organizadas constituían el elemento más peligroso de la vida en Hong Kong.

La Cruz Roja británica también desempeñaba un papel muy activo en la colonia. A Alex le sugirieron de forma sutil que sería buena idea que ejerciera labores de voluntariado, como ya hacían muchas de las mujeres del cuerpo diplomático. Se consideraba una labor apropiada para ellas, ya que no podían participar de las actividades de los clubes, exclusivas para los hombres salvo en ocasiones especiales.

En Hong Kong se hablaban muchos dialectos chinos; el cantonés era el más común entre la población y los trabajadores locales, mientras que el mandarín era el más extendido por toda China. Siempre ávida de conocimientos, Alex quería aprenderlos ambos. Después de cuatro años en Rabat se manejaba con bastante soltura en árabe. El chino, con sus diversas variedades idiomáticas, constituiría un reto mucho mayor, pero que afrontaría, como siempre, sin miedo alguno. Estaba convencida de que podría ayudar a Richard en su labor social y diplomática, a la vez que le serviría para gestionar mejor el cuidado de la casa. Y conociéndola como la conocía, Richard estaba convencido de que dominaría el idioma en muy poco tiempo.

A los dos les entusiasmó su nueva residencia en el Peak, desde la que disfrutaban de unas magníficas vistas de la bahía y el puerto. El servicio estaba conformado en su mayoría por personal procedente de la China continental que había regresado a la isla tras la guerra civil. Todos ellos hablaban inglés y habían sido instruidos a la perfección por sus predecesores en las tradiciones británicas. Contaban con doncellas, criados, un mayordomo y un excelente chef que había trabajado en un restaurante francés, así como con una niñera para Sophie, Yu Li, una muchacha muy dulce que parecía también una niña.

El servicio era más refinado que el que habían tenido con anterioridad, pero Alex seguía añorando el trato cálido y encantador de Sanjay e Isha en Nueva Delhi. El personal de Rabat no había sido tan formal, pero todos eran muy agradables y adoraban a Sophie. Al principio, la pequeña le hablaba a su niñera en francés. Yu Li soltaba unas risitas y le respondía en inglés. Alex confiaba en que la niña aprendiera también a hablar chino, ya que pensaba que dominar varios idiomas le resultaría muy útil en el futuro, decidiera lo que decidiese hacer en la vida. A ella le había servido de mucho.

Como de costumbre, el mismo día de su llegada Alex informó cumplidamente al MI6. Le sorprendió bastante descubrir que esta vez esperaban que ejerciera un papel más activo. Aparte de aquel único encuentro con el dirigente comunista en la medina de Rabat, nunca le habían pedido que estableciera contacto con la población local, tan solo que informara sobre a quién conocía y sobre lo que veía y escuchaba.

En esta ocasión, su contacto en el servicio secreto le envió una lista de personas cuyos movimientos y actividades tendría que controlar, tres con las que debería intentar reunirse y otra serie de gente a la que querían que invitara a sus fiestas. Solo uno de los nombres de la lista era chino, los demás eran británicos. Y todos eran hombres, lo cual requeriría que mostrara cierto recato e ingenuidad para no ganarse una reputación de mujer demasiado coqueta o descocada. No tendría acceso a ellos en sus clubes, todo tendría que ocurrir en las fiestas y cócteles a los que asistieran, en las cenas a las que les invitaran o en las que ellos dieran en su residencia.

Durante los primeros días, Alex estuvo muy ocupada organizando la casa a su gusto. Para la primera gran cena que organizarían, prevista para tres semanas después de su llegada, había logrado incluir a dos de las personas que figuraban en la lista del MI6. Diplomáticos, personajes de la alta sociedad y grandes empresarios estaban deseando conocer al nuevo alto comisionado y a su esposa.

A los pocos días de su llegada ya habían recibido docenas de invitaciones. Richard quería que asistieran al mayor número posible de compromisos, y en ocasiones, en una misma noche, acudían a un cóctel o incluso a dos antes de ir a una cena más formal. Al cabo de un mes, su vida social en Hong Kong era un auténtico torbellino. Alex apenas tenía tiempo para nada más, pero había memorizado los nombres que aparecían en la lista del MI6: los de aquellos a los que debía controlar y los de aquellos a los que querían que invitara a sus fiestas.

Conoció a dos de esas personas en el primer cóctel al que asistieron: un escocés que trabajaba en la Hongkong and Shanghai Banking Corporation, una gran institución financiera a la que todos en la isla se referían habitualmente como «el Banco»; y un empresario irlandés que había hecho fortuna tras la guerra gracias a la industria textil. El primero, Ronald MacDuffy, tendría unos sesenta años, bebía whisky escocés a palo seco y resultaba evidente que la miraba con bastante interés. No se mostró especialmente locuaz, salvo para hablar de temas bancarios.

El segundo, Patrick Kelly, era un efusivo irlandés más o menos de la misma edad que Alex que la invitó a comer poco después de conocerse, aunque ella rechazó el ofrecimiento. Más tarde, situada discretamente detrás de él, escuchó cómo hablaba con un amigo suyo sobre un negocio que estaba cerrando con Pekín. Alex memorizó ambas conversaciones y esa noche, antes de acostarse, envió su contenido encriptado a los servicios secretos.

Richard ya estaba en la cama, leyendo algunos informes e

intentando ponerse al día sobre los principales magnates y empresarios que actuaban en Hong Kong, así como sobre las cuestiones políticas más candentes de la relación con la cercana China comunista.

Alex consiguió que los dos hombres que el MI6 le había pedido que invitara a sus fiestas acudieran a la primera cena oficial que ofrecieron en su residencia. Asistieron acompañados por sus esposas, muy guapas y elegantes, aunque bastante superficiales. Ambos eran personajes muy influyentes en Hong Kong, con grandes inversiones financieras en la isla. Habían vivido allí antes de la guerra, regresaron a Inglaterra durante la ocupación nipona y volvieron a la colonia tras la rendición japonesa. Uno de ellos la invitó discretamente a tomar unas copas a la noche siguiente. Ella aceptó. Intuía que era lo que el MI6 esperaba que hiciera, y no se equivocaba. Cuando más tarde les informó de la invitación, le pidieron que se reuniera con él y tratara de averiguar todo lo que pudiera. Tuvo que ponerle una excusa a Richard para no asistir a la noche siguiente a un cóctel al que estaban invitados, prometiéndole que se reuniría con él más tarde en la cena que se celebraba en el consulado galo. Los franceses también desempeñaban un papel muy activo en la isla, aunque no tanto como los británicos.

Richard estaba tan ocupado que ni siquiera cuestionó por qué no podía acompañarle al cóctel. Ella le puso la débil excusa de que debía acudir a una reunión de última hora con la Cruz Roja sobre una campaña de donación de sangre que había aceptado organizar.

Cuando se reunió con Arthur Beringer en el bar del hotel Peninsula, Alex lucía un elegante vestido negro. Todo aquello le recordó vagamente su breve escarceo con el coronel de las SS en París. Beringer era un hombre muy atractivo, e incluso se parecía un poco al oficial alemán.

Un sutil trasfondo sexual subyació en su manera de saludarla y hacerle un cumplido por su sugerente vestido, cortesía de la modista china recomendada por Marie-Laure, que lo había copiado a partir de una fotografía de una revista en apenas dos días. Las modistas en Hong Kong no solo trabajaban por un precio baratísimo, sino que eran muy rápidas y confeccionaban unas copias impecables.

Beringer le pidió una copa de champán sin preguntarle lo que quería. Él estaba bebiendo ginebra con hielo.

—Sé que usted es nueva en Hong Kong, pero quiero que sea consciente de las numerosas oportunidades que tenemos aquí. Se pueden hacer grandes fortunas. Si jugamos bien nuestras cartas, cuando volvamos a Inglaterra seremos todos muy ricos. —Fue directo al meollo de la cuestión y la imagen que utilizó fue muy apropiada, ya que Alex había oído que era un jugador empedernido y que había corrido grandes riesgos para labrar su fortuna. Era un inversor audaz y se decía que tenía algunos contactos más que cuestionables—. Si no tienes miedo de establecer alianzas poco ortodoxas, aquí se pueden hacer negocios muy interesantes. Nuestros amigos de Pekín entienden muy bien las ventajas del capitalismo, siempre que las cosas se realicen con la debida discreción.

Beringer no mostró el menor reparo en insinuar que estaba haciendo negocios con la China comunista, lo cual resultaba muy arriesgado. Le era imposible saber si podía confiar en ella o no, pero Alex le parecía una mujer inocente y solo la veía como un medio para aprovechar los contactos que ella podría hacer en su calidad de esposa del alto comisionado. Era una jugada muy temeraria por su parte, pero sin duda podía ser una buena baza, y muy provechosa para ambos.

—Me temo que mi marido y yo no estamos en la posición más adecuada para hacer grandes inversiones —respondió ella recatadamente, con una sonrisa.

Se acordó del brazalete de diamantes que había devuelto en París durante la guerra. En cierto sentido, aquello no era muy diferente. Arthur Beringer era un arribista que no se detendría ante nada para obtener lo que quería.

—Soy consciente de ello —afirmó Beringer en tono suave. Sabía que la mayoría de los diplomáticos no poseían grandes fortunas, pero estaban muy bien relacionados con personas situadas en las más altas esferas—. Sin embargo, a partir de ahora va a conocer a gente muy importante y, si consigue ponerme en contacto con las personas apropiadas, habrá una sustanciosa comisión para usted. Una cantidad muy considerable, dependiendo de los resultados que obtengamos.

Beringer había puesto sus cartas sobre la mesa.

Alex le devolvió una mirada inquisitiva.

—¿Y cómo le explicaría todo esto a mi marido?

—Aquí hay bancos que permiten abrir cuentas con la máxima discreción, ya sea numeradas o bajo otro nombre. Yo me encargaré de eso. Créame, cuando se marche de Hong Kong será usted una mujer muy rica.

—Tengo que pensarlo bien, señor Beringer, pero su proposición es ciertamente intrigante. Siempre y cuando nadie más se entere...

Lo dijo con el aire de una mujer hermosa, inocente y confiada.

—Tengo amigos en los bajos fondos —comentó él, sonriendo como si hubiera hecho una gracia—. No tiene ni idea de lo útiles que pueden resultar en ocasiones.

—¿Las tríadas? —preguntó Alex ingenuamente, refiriéndose a las bandas criminales chinas involucradas en asuntos de sicarios, prostitución y tráfico de drogas.

—Tal vez —respondió Beringer, e hizo una seña para que le sirvieran otra copa—. No tiene que preocuparse por los detalles. Deje que yo me encargue de todo y el dinero aparecerá como por arte de magia en su cuenta numerada. Nadie hará la menor pregunta y su marido nunca se enterará.

Alex se preguntó cuántas personas de su círculo social harían ese tipo de negocios con él. Seguramente más de las que podría imaginarse. Hong Kong era un hervidero de gente que buscaba hacer fortuna de forma honrada, pero también corrupta, utilizando métodos como los que Beringer acababa de mencionarle. Lo único que le había comentado era que habría una importante comisión para ella, lo cual podría haber sido algo legal de no ser por varios detalles: lo de la cuenta numerada, el hecho de que no podía contarle nada a su marido y sus alusiones a los «amigos de Pekín» y a las temibles tríadas de Hong Kong.

Alex echó un vistazo a su reloj y luego, muy despacio, recogió su bolso, le sonrió y le dijo que tenía que marcharse.

—Piénselo bien y hágame saber qué le parece mi propuesta. Tal vez podríamos quedar para comer algún día.

Beringer era demasiado inteligente para mostrar descaradamente su interés sexual, pero quedó implícito en la mirada que le dirigió y en la manera de tocarle el hombro desnudo antes de marcharse. Había algo peligroso e intimidante en aquel hombre, sobre todo teniendo en cuenta que, al parecer, estaba relacionado con el mundo del hampa.

Después de aquel encuentro, su chófer la condujo hasta el consulado francés en el Rolls que habían puesto a su disposición. En cuanto se reunió con Richard, Alex vio cómo Beringer entraba en el salón con su esposa, una mujer medianamente atractiva, algo mayor que ella. Iba cargada de diamantes y estuvo flirteando con el cónsul francés durante toda la velada. Arthur Beringer saludó al alto comisionado y a su esposa con un educado movimiento de cabeza, pero no se acercó a ellos. No había nada que sugiriera ni remotamente que hacía apenas media hora él y Alex habían estado tomando unas copas en el Peninsula, ni que él tuviera el más mínimo interés, social o económico, en ella. Sin duda, era un maestro en el póquer.

La cena en el consulado francés se prolongó hasta la una de la madrugada. Durante el trayecto de vuelta a la residencia, Richard estaba muy cansado después de una larguísima jornada de trabajo. Hablaron un poco sobre la gente que habían conocido y Alex le preguntó qué opinaba sobre Arthur Beringer y su esposa.

—Me parece un tipo un tanto turbio —respondió Richard sin especial interés—, y ella parece demasiado ansiosa por encontrar un poco de diversión.

Alex sonrió. Coincidía por completo con su valoración. Cuando llegaron a casa, Richard fue directamente a acostarse mientras que ella se demoró un rato en el vestidor, como solía hacer cuando consideraba que era urgente enviar al MI6 la información recabada.

Después de desvestirse, sacó el transmisor que guardaba bajo llave en un armario y mandó el informe completo de su encuentro con Beringer en el Peninsula. Le confirmaron que lo habían recibido, pero no hicieron ningún comentario. Alex había cumplido con su trabajo y todo cuanto tenía que hacer ahora era decirle a Beringer que, tras meditarlo bien, había decidido rechazar la propuesta.

Cuando se levantó a la mañana siguiente, tenía un mensaje del MI6. Siempre lo comprobaba después de que Richard se hubiera marchado al despacho. Formaba parte de su rutina diaria, aunque no hubiera enviado ningún informe la víspera. También lo hacía todas las noches antes de acostarse.

El mensaje que le remitió su contacto era breve: «No le respondas de inmediato. Dale largas un tiempo». No le resultó muy difícil hacerlo. No volvió a tener noticias de Beringer hasta que la llamó al cabo de una semana, a media mañana, cuando sabía que Richard no estaría en casa. Era evidente que tenía claro cuándo era el mejor momento para llamar a una mujer casada, y Alex sospechaba que lo hacía a menudo.

—¿Ha tomado ya alguna decisión con respecto a nuestra

conversación? —preguntó con cierta apatía, como si no le importara demasiado la respuesta.

No obstante, estaba claro que tenía bastante interés; de lo contrario, no la habría llamado para saber qué había decidido.

—Lo he estado pensando —respondió ella en tono tímido e inseguro—. Y no quiero crearle ningún problema a mi marido si esto llegara a salir a la luz.

—No se preocupe. Sé muy bien cómo funcionan estas cosas. Y nadie se enterará nunca.

—Pero ¿y si se enteran? La Oficina Colonial es muy estricta acerca de mantener políticas anticomunistas en la isla. Usted mencionó a sus «amigos de Pekín». Si llegara a saberse que estoy implicada en negocios con ellos, mi marido podría perder su puesto.

—Si hacemos esto bien, y puede estar segura de que así será, usted se convertirá en una mujer muy rica y su marido no tendrá que seguir trabajando en el cuerpo diplomático. —La estaba presionando, algo que encontró bastante interesante. Se preguntó si, con todo lo que había en juego, más adelante intentaría incluso chantajearla. Pero Alex no estaba dispuesta a llegar tan lejos—. Piénselo bien unos días más —insistió Beringer. Luego pareció dudar por un instante y volvió a tentarla—. Si colabora conmigo, podría acabar amasando una gran fortuna. Haría muy bien en no rechazar mi propuesta.

¿Era una amenaza? No estaba segura. Informó de su conversación al MI6 y luego salió a almorzar. Por la tarde, después de su clase de cantonés, fue a comprobar si había recibido algún mensaje. La respuesta de los servicios secretos era clara: «Sigue dándole largas o vuelve a reunirte con él. No aceptes ni rechaces su oferta, mantén una postura ambigua».

Querían que jugara con él, algo que intuía que podría resultar muy peligroso, ya que Beringer no parecía un hombre excesivamente paciente. Lo llamó a su despacho y le dijo que se sentía tentada, pero que tenía miedo. Eso implicaba que necesitaba que le proporcionaran tranquilidad y seguridad, y él se mostró más que dispuesto a ofrecérselas.

—La invito a comer mañana —le propuso él en tono sensual y persuasivo. Ella aceptó, tratando de parecer ingenua y coqueta.

Hacía mucho tiempo que no utilizaba esas artimañas en sus misiones y casi lo encontró divertido, pero no quería que Richard descubriera en qué andaba metida. Ahora que estaba casada, realizar actividades de espionaje para los servicios secretos británicos era algo mucho más complicado. Informar sobre la gente a la que conocía había sido bastante sencillo, pero involucrarse con alguien como Arthur Beringer iba a resultar mucho más difícil. Y tampoco quería perjudicar a Richard. Además, si se enterara, no volvería a confiar en ella nunca más.

Al día siguiente quedaron para almorzar en un discreto restaurante que él había sugerido. Beringer llevaba un traje azul marino de corte impecable que parecía más salido de cualquier sastrería a medida de la famosa calle londinense de Savile Row que de Hong Kong. En el transcurso de la comida no mencionó en ningún momento su propuesta de negocios. En su lugar, trató de seducirla y le acarició varias veces la mano. Al final, mientras tomaban el té tras los postres, Beringer sacó a relucir de nuevo el tema. Alex notó un deje de desesperación en su voz.

—Necesito trabajar en este asunto con alguien del que nadie nunca sospecharía, y tú eres nueva aquí, Alex. —Ya habían empezado a tutearse—. Quiero transferir una enorme cantidad de dinero desde Shangai a una cuenta en Hong Kong para que cierta gente muy bien situada pueda acceder a ella sin problemas. Si me ayudas en esto, recibirás una importante suma, simplemente como un regalo. Las comisiones vendrán más tarde. —Alex se preguntó si los beneficiarios de esa cuenta serían oficiales comunistas de Pekín, y si los fondos procederían de Beringer o de algún mafioso de las tríadas—. Pero necesito hacer esto cuanto antes, en los próximos días.

Alex fingió ponerse muy nerviosa, al tiempo que se preguntaba hasta dónde querría el MI6 que le siguiera la corriente. Tuvo la impresión de que en todo aquel asunto había mucho en juego y que había implicada gente muy importante, algo que sin duda sería de gran interés para los servicios secretos.

—Dame otro día —le pidió al fin. Él le acarició la mano por debajo de la mesa y luego la posó sobre su rodilla, mientras ella rezaba para que no fuera más allá. La mano de Beringer se encontraba peligrosamente cerca del borde de su falda cuando Alex le miró a los ojos—. Estoy casada, Arthur —le recordó, con todo lo que ello implicaba y significaba para ella.

—Yo también. Pero tu marido está demasiado ocupado para prestarte atención, y seguramente tendrá también sus escarceos. Hong Kong corrompe a la gente. Es algo que aún no has entendido, Alex.

Y tampoco quería entenderlo. Sabía que Richard nunca renunciaría a su integridad ante hombres como Arthur Beringer.

—Quiero acostarme contigo —añadió él en voz baja para que nadie más pudiera oírlo—. Eres una mujer muy hermosa y te deseo.

Alex tenía ganas de decirle que no podía comprarla, pero sabía que el silencio era la respuesta más sensata. Aquello solo era una cuestión de trabajo, para ambos: él quería convencerla para que accediera a sus planes; ella estaba realizando una labor de espionaje, siguiendo órdenes del MI6. No era un asunto personal para ninguno de los dos. Por parte de Beringer, no era más que una artimaña para que ella hiciera lo que él quería. Si tuviera agallas, la forzaría para que se acostara con él. Y seguramente lo habría preferido así. Alex podía ver la violencia en sus ojos.

En ese momento, ella le dio las gracias por la comida y se levantó. Cuando se disponía a marcharse, él la agarró de la muñeca.

—Tienes que hacerlo. No te arrepentirás —insistió con vehemencia.

Ella asintió y, mientras se alejaba, rezó para que Richard no se enterara por boca de alguien de que había estado comiendo con otro hombre. Esa tarde le costó mucho concentrarse en su clase de chino, y cuando por la noche acudió a una cena con su marido se mostró muy abstraída y callada. Antes de salir de casa había querido pasar un tiempo con Sophie, pero tenían bastante prisa y además la pequeña estaba encantada con su nueva niñera. Alex tuvo la sensación de que, desde que llegaron a Hong Kong, apenas había visto a su hija. Tenía demasiados compromisos que atender como esposa del alto comisionado.

—¿Estás muy cansada? —le preguntó Richard en el coche de camino a la cena—. Llevamos una vida social demasiado ajetreada, ¿no crees?

Él estaba disfrutando mucho de los distintos aspectos derivados de su cargo en Hong Kong y de la compleja situación política y económica de la colonia. Ella, en cambio, tenía la sensación de sentir en el cuello el aliento de Arthur Beringer. Daba las gracias porque esa noche no coincidirían en la misma cena.

Al día siguiente, durante el desayuno, Alex se quedó totalmente conmocionada cuando leyó el periódico de la mañana: Arthur Beringer había sido asesinado por un sicario, posiblemente relacionado con las tríadas. En un extenso artículo, el diario hablaba sobre sus turbias conexiones, sus negocios más que cuestionables y su inmensa fortuna. Después de que Richard se hubiera marchado a su despacho, la policía llamó a Alex para decirle que querían hablar con ella esa tarde. El corazón se le aceleró cuando les preguntó de qué se trataba y le respondieron que querían hablar con cualquiera que hubiera estado en contacto con Arthur Beringer en las últimas veinticuatro horas. Tenían entendido que había estado comiendo con él el día antes.

Alex ni lo confirmó ni lo negó. Quedaron en que les recibiría a las cinco en su residencia y luego subió corriendo a su vestidor para enviar un mensaje al MI6 explicándoles que la policía quería interrogarla en relación con su almuerzo con Beringer el día anterior. Confiaba en que le respondieran cuanto antes. Estaba segura de que, si aquello salía a la luz, se montaría un gran escándalo. En el fondo, Hong Kong era una ciudad pequeña. Los rumores eran constantes en los círculos en los que se movían y la noticia correría como la pólvora si llegaba a saberse que la esposa del alto comisionado había estado involucrada de algún modo con Beringer.

Por primera vez, estuvo tentada de renunciar a su trabajo para el MI6. En ningún momento le habían dicho que la utilizarían como cebo ni que tendría que reunirse cara a cara con tipos peligrosos. Se suponía que era una mera informante y nada más. Ese había sido su acuerdo, pero ahora la habían obligado a ir mucho más allá de su zona de confort. Ya no estaban en tiempos de guerra, cuando no le había importado en absoluto jugarse la vida; ahora no quería poner en riesgo su matrimonio ni la carrera de Richard.

La respuesta de los servicios secretos fue prácticamente inmediata: «Nosotros nos encargamos a partir de aquí. Misión finalizada». Al cabo de una hora, Alex recibió una llamada del secretario del jefe de policía cancelando el interrogatorio, disculpándose por el error que habían cometido y lamentando cualquier molestia que le hubieran ocasionado. Eso fue todo. Un mes más tarde apareció un artículo en el periódico en el que se explicaba que Beringer había estado blanqueando capital tanto para los comunistas como para las tríadas, y que al final se había visto atrapado en una fatal encrucijada entre los dos grupos, al parecer por una enorme cantidad de dinero.

Richard comentó que Beringer siempre le había dado muy mala espina, y Alex asintió, agradecida por que el MI6 no la hubiera dejado en la estacada y hubiera evitado que se viera implicada en la investigación policial. Aquella era la ocasión en que más cerca había estado de ser descubierta. Alex no volvió a ver a la esposa de Beringer. Se decía que se había marchado de Hong Kong justo después de enviudar y que simplemente había desaparecido. Después de aquel incidente, el MI6 no había vuelto a pedirle que se reuniera en persona con nadie más. Parecían satisfechos con los informes que les enviaba, y solo de forma ocasional le solicitaban que invitara a sus fiestas y cenas a determinados personajes que, pese al interés de los servicios secretos, parecían ser tan solo respetables banqueros y empresarios.

Por el momento, Alex estaba a salvo y se alegraba mucho por ello. Richard no tenía ni idea de lo cerca que había estado de verse envuelta en un grave escándalo. Aquello sirvió para recordarle que el espionaje era una actividad muy peligrosa, incluso en tiempos de paz y aunque no tuviera a alguien sosteniendo un cuchillo contra su cuello. Los riesgos que no se veían podían ser igual de letales.

15

Nueve meses después de su llegada a Hong Kong, el MI6 volvió a pedirle a Alex que se reuniera en persona con alguien, en esta ocasión una mujer china que había fundado una gran corporación de industrias textiles cerca de Shangai. Querían saber cuál era su actual relación con los comunistas. Alex se quedó fascinada cuando la conoció. Tendría algo más de treinta años, su padre había sido un gran terrateniente en la China continental y ella había escapado del régimen comunista. Sin embargo, a los servicios secretos les preocupaba que hubiera mantenido o retomado sus relaciones con el gobierno chino.

Alex solo se reunió una vez con ella, pero más adelante quedó claro que era la amante de un importante miembro del Partido Comunista, que la estaba ayudando económicamente con sus negocios textiles. Este acabó perdiendo su cargo en el partido y ella abandonó China y huyó a Inglaterra, probablemente como resultado de las informaciones que Alex había podido deducir durante su conversación con aquella mujer tan hermosa y fascinante, rodeada de una misteriosa aura de peligro e intriga.

Pasaron meses antes de que volvieran a pedirle que se reuniera con alguien, y cada vez que lo hacía tenía que poner excusas y mentirle a Richard. Solo en una ocasión volvió a tener la sensación de estar corriendo un gran riesgo, cuando tuvo que verse con un turbio personaje, sospechoso de ser miembro de las tríadas. Acudió al encuentro armada con su pistola y su cuchillo de comando. No tuvo que utilizarlos, pero no habría dudado en hacerlo de ser necesario.

Durante el resto del tiempo, Alex se dedicaba a ejercer su papel de anfitriona encantadora y amante esposa. En su segundo año en la colonia ya dominaba sorprendentemente bien tanto el cantonés como el mandarín, lo cual dejaba muy impresionado a todo aquel que la escuchaba hablar en ambos idiomas. El único que no estaba sorprendido era Richard. Sabía lo inteligente y brillante que era su mujer.

Y, de vez en cuando, el MI6 seguía pidiéndole que se reuniera con alguna persona de interés. Hong Kong era un hervidero rebosante de misterio e intriga.

Llevaban ya dos años en Hong Kong cuando recibieron la noticia de que Victoria no se encontraba muy bien. Alex regresó a Inglaterra durante un mes y se llevó consigo a Sophie. Sin embargo, la niña se aburría mucho en Hampshire. Decía que había demasiados bichos y que allí no había nada que hacer. A diferencia de su madre, no le gustaba montar a caballo y tampoco le interesaba ninguno de los clásicos entretenimientos ingleses. Los niños acogidos durante la guerra hacía mucho tiempo que se habían marchado, y aunque seguían manteniendo el contacto con Victoria, la anciana estaba ahora sola, con la única compañía de un ama de llaves y un hombre que las ayudaba en el mantenimiento de la casa. El granjero que se encargaba de gestionar la finca venía a verla una vez por semana y de forma regular le enviaba informes a Alex, quien tomaba algunas decisiones importantes, ayudada también por los sabios consejos de Richard.

Victoria tenía ya setenta y dos años, hacía once que había

enviudado y estaba bastante delicada de salud. Había envejecido mucho y aparentaba mucha más edad de la que tenía. Alex se sentía culpable por tenerla tan abandonada, pero estaba demasiado ocupada ejerciendo su papel de esposa del alto comisionado. Cada vez que la invitaba a visitarles, su madre respondía que Hong Kong estaba muy lejos y que no le apetecía hacer un viaje tan largo sin Edward. Alex tenía ya cuarenta y cuatro años y se sentía muy afortunada con la vida tan interesante que llevaba junto a Richard. A ambos les encantaba Hong Kong y deseaban no tener que marcharse nunca. Solían hablar de regresar a vivir allí cuando él se retirase de la carrera diplomática.

Para entonces, Sophie había cumplido ya ocho años y dominaba a la perfección tanto el inglés como el francés. Su madre le hablaba casi todo el tiempo en francés para que no perdiera la fluidez, y la niña también se manejaba un poco en cantonés gracias a la estrecha relación que mantenía con su niñera. Sin embargo, aquella visita a Hampshire le hizo comprender a Alex que su hija no tenía ningún vínculo real con Inglaterra, salvo la nacionalidad. Solo había estado allí tres veces en su corta vida y, aparte de a su abuela, no tenía a nadie más en el país. Pakistán —donde nació—, Marruecos y Hong Kong eran los únicos hogares y culturas que había conocido. En muchos aspectos, un estilo de vida como el que llevaban era algo envidiable, sobre todo para Alex y Richard. No obstante, para una cría como Sophie podía resultar muy extraño crecer impregnándose de diversas culturas que, en el fondo, no eran la suya. Victoria también lo pensaba así.

—Algún día todo esto será tuyo —le dijo con aire melancólico a Alex, refiriéndose a la mansión familiar y a la finca—, y tal vez más adelante regreses para vivir en Inglaterra y disfrutar de estas tierras. Tú creciste aquí. Y Richard se crio en la granja de sus padres y en un internado escocés. Ambos tenéis vuestras raíces aquí. Pero ¿y Sophie? ¿Cuáles son sus raíces?

No sabe nada sobre la vida y las costumbres inglesas, solo lo que ha vivido en las colonias y, francamente, no es lo mismo.

Todos conocían a gente que se había criado en la India y en otros territorios coloniales y que eran más británicos que los propios británicos. No obstante, había cierta cualidad engañosa en ello, insistió Victoria, sobre todo cuando habías crecido viendo a un elefante o a un camello en el patio de casa. A Sophie le encantaban los camellos cuando estaban en Marruecos, pero probablemente nunca volvería a vivir allí. Y ahora Hampshire le resultaba más ajeno que cualquiera de los lugares en los que había vivido.

—Es una manera extraña de crecer y educarse, aunque imagino que debe de ser una vida muy agradable para vosotros, con esas grandes casas y tantos criados. Sin embargo, nada de aquello os pertenece. Esto sí —le recordó Victoria a su hija. Alex también pensaba en ello a veces, y echaba de menos Hampshire, pero no se imaginaba viviendo allí por ahora, ni tampoco en mucho tiempo—. Espero que no acabes desprendiéndote de la hacienda. Ha pertenecido a la familia de tu padre durante trescientos años y él amaba estas tierras.

Era una tremenda responsabilidad, y Alex sabía que, aunque mantuvieran la finca, cuando Sophie creciera seguramente no querría conservarla. Iba a pasarse toda su infancia y juventud viviendo alrededor del mundo, y una mansión en Hampshire no significaría nada para ella. De hecho, estaba deseando regresar a Hong Kong, que era donde se encontraba más a gusto. Y, en cierto modo, Alex sentía lo mismo. Ese era el aspecto negativo de la vida que habían escogido y que tanto amaban. Richard y ella habían perdido los vínculos emocionales con su tierra natal.

Aun así, Alex disfrutó mucho del mes que pasó junto a su madre y le entristeció tener que marcharse. Cada vez que la visitaba la encontraba más delgada, frágil y envejecida, y siempre temía que aquella fuera la última vez que la viera. Esperaba que siguiera con vida cuando su marido se retirara y regresaran a Inglaterra, pero para eso aún faltaba mucho tiempo. Richard solo tenía cincuenta y dos años y pasaría la última etapa de su carrera en el Ministerio de Asuntos Exteriores. No obstante, aún le quedaban por delante unos diez años de misiones diplomáticas en el extranjero, y Alex no estaba muy segura de que su madre viviera tanto tiempo. Ya había desistido de intentar convencerla para que fuera a visitarles, y Victoria había pasado tan poco tiempo con Sophie que la niña apenas tenía vinculación afectiva con su abuela. A Alex le pesaba enormemente ser la única hija que le quedaba y albergaba un gran sentimiento de culpabilidad. Victoria guardaba en cajas todas las cartas que le había enviado a lo largo de aquellos años, pero las misivas y las fotografías no podían sustituir al contacto humano.

A pesar de la tristeza que sintió al separarse de su madre, Alex se alegró mucho de volver a Hong Kong. Como de costumbre, Richard había estado muy ocupado. Y tras su regreso, las fiestas y eventos sociales parecieron multiplicarse. Alex continuó enviando informes a los servicios secretos y de vez en cuando le pedían que se viera con alguien en persona, pero no volvieron a ponerla en ninguna situación comprometida o peligrosa. Tras varias reuniones celebradas en Londres, los dirigentes del MI6 comprendieron que aquello podría poner en riesgo la carrera de su marido y decidieron no tensar demasiado la cuerda, al menos por el momento.

Los dos últimos años en Hong Kong transcurrieron más deprisa de lo que Richard y Alex habrían deseado. Cuando se marcharon dejaron atrás multitud de amistades, y en esta ocasión Alex solo pudo pasar una semana con su madre en Hampshire, ya que querían que Richard ocupara su nuevo puesto lo antes posible. Su predecesor había tenido que renunciar por motivos de salud, y ahora Richard asumiría uno de los cargos más importantes y difíciles de su carrera diplomática: iba a convertirse en el embajador británico en la Unión Soviética.

Tanto Richard como Alex consideraban su nuevo destino como un desafío francamente estimulante, pero a Sophie no le hacía ninguna gracia tener que vivir en Moscú. Quería quedarse en Hong Kong, y su madre tuvo que prometerle que regresarían algún día. La niña tenía ya casi diez años cuando se marcharon de la colonia y, tras pasar una semana con su abuela, voló con su madre a la capital soviética, donde Richard ya las estaba esperando. Este le contó a Alex que la residencia del embajador había sido un edificio majestuoso antes de la Revolución, pero que ahora, cuarenta y cinco años más tarde, era un símbolo de la antigua grandiosidad decadente en un país comunista con una población pobre, castigada, hambrienta y férreamente controlada por el KGB. La residencia estaba situada en el distrito de Arbat, junto al resto de las grandes embajadas, y cuando entraron y contemplaron el maltrecho mobiliario, las cortinas desvaídas y las alfombras deshilachadas, Alex supo que tendría mucho trabajo por delante.

Era un día de invierno gélido, gris y deprimente, y el edificio apenas tenía calefacción. Al ver aquello, Sophie se echó a llorar y se giró furiosa hacia su madre. Alex consideraba aquel nuevo destino un paso importantísimo en la carrera de Richard, y también como una experiencia muy interesante para ella. En cambio, Sophie no era más que una niña que, una vez más, iba a tener que adaptarse a un estilo de vida muy distinto en un país inhóspito y desconocido.

—¡Os odio por haberme traído a este lugar! —les gritó a sus padres.

Alex y Richard intercambiaron una mirada de preocupación por encima de la cabeza de su hija. Aquello no iba a resultar nada fácil. Lo supieron cuando dejaron Hong Kong, que hasta el momento había sido el mayor éxito en la carrera diplomática de Richard. Y ahora se iba a enfrentar a su mayor desafío.

El MI6 estaba más que encantado con el destino que les habían asignado, y en cuanto Alex llegó a Moscú su contacto le dijo que iban a tener mucho trabajo para ella. Se preguntó si aquella misión no les quedaría demasiado grande a ambos. Alex confiaba en que no fuera así, y Richard también, y rezaba para estar a la altura de su nuevo cargo.

16

Llegaron a Moscú en 1962, en uno de los períodos históricos más controvertidos y apasionantes desde el triunfo de la Revolución rusa. La Guerra Fría estaba en pleno auge desde hacía varios años, pero la situación se había recrudecido especialmente en 1960, cuando los rusos derribaron un avión espía estadounidense U-2 y capturaron a su piloto, Gary Powers. Aquello hizo que las relaciones entre Estados Unidos y Rusia se volvieran aún más tensas. El incidente amenazó con frustrar la cumbre Este-Oeste prevista en París para dos semanas más tarde, aunque finalmente se celebró. El dirigente soviético Nikita Jrushchov exigió una disculpa oficial al presidente estadounidense Eisenhower, y, cuando este se negó, el ruso abandonó la cumbre.

Cuando Richard y Alex llegaron dos años más tarde, las relaciones continuaban siendo muy tensas y la Guerra Fría se había intensificado, no solo entre Rusia y Estados Unidos, sino también con los británicos.

Gran Bretaña tenía sus propios problemas con los rusos. Estos habían reclutado como espías a varios científicos ingleses situados en puestos estratégicos, e incluso a algún diplomático, y el hecho de que varios actuaran como agentes dobles, espiando para ambos bandos, complicaba aún más las cosas. Reinaba un clima general de resentimiento hacia los traidores y desertores británicos que vendían a los rusos secretos altamente confidenciales sobre la fabricación de misiles.

El espionaje era una actividad muy peligrosa, algo de lo que Alex era muy consciente después de trabajar tanto tiempo para la SOE y el MI6. Si te atrapaban, no podías esperar un rescate. Los espías occidentales capturados en Rusia eran encarcelados o ejecutados. Y los que trabajaban en suelo británico para el KGB, la policía secreta soviética, también eran castigados con severidad.

Los rusos pagaban grandes cantidades de dinero a los traidores que reclutaban para sus filas. Entre los espías más famosos situados en puestos clave dentro del *establishment* británico figuraban los Cinco de Cambridge, que revelaron al régimen soviético importantes secretos que afectaban a la seguridad nacional. En 1955, el agregado naval de la embajada británica en Moscú fue condenado en Inglaterra a dieciocho años de cárcel por espiar para la Unión Soviética.

La tecnología nuclear era vital para los intereses británicos, estadounidenses y rusos, y se pagaban grandes fortunas para conseguir que personajes bien posicionados cambiaran de bando. Sin ir más lejos, en 1961, un año antes de que Richard fuera nombrado embajador en Moscú, un agente de la Inteligencia Militar británica fue sentenciado a cuarenta y dos años de prisión por actuar como agente doble para los rusos y los ingleses.

El KGB ponía todo su empeño en reclutar a agentes del MI5 y el MI6, a los que consideraba muy valiosos. Lo consiguieron en varias ocasiones, algo que preocupaba especialmente a los servicios secretos británicos. Durante la Guerra Fría, la táctica de robar espías y agentes, atrayéndolos a uno u otro bando con grandes cantidades de dinero, se había convertido en algo demasiado habitual.

A pesar de todo, la actividad diplomática continuaba manteniendo las apariencias y se desarrollaba en todo su esplendor, sobre todo gracias al vigoroso impulso de los estadounidenses, cuya embajada, Spaso House, acogía los eventos sociales más deslumbrantes de todo Moscú y cuyas invitaciones eran las más codiciadas. Las fiestas que ofrecían cada Cuatro de Julio tenían fama de ser legendarias. En 1935, la residencia se había ampliado con un gran salón donde se celebraban bailes, conciertos y proyecciones de cine, así como algunas de las recepciones diplomáticas más glamurosas de la capital soviética. Y pese al implacable espionaje al que todos los asistentes eran sometidos por el KGB, el presidente Jrushchov nunca se perdía ninguna de las fiestas a las que era invitado por la embajada norteamericana.

La primera visita que Alex y Richard recibieron el día después de su llegada fue precisamente la del embajador estadounidense y su esposa. Alex estaba intentando decidir cómo conseguir que la residencia luciera más atractiva para las recepciones que tenía pensado ofrecer allí. Había encontrado en el sótano algunas piezas de mobiliario y varias alfombras enrolladas, y cuando los visitantes llegaron Alex tuvo que disculparse por su aspecto.

—Pero si estás estupenda, querida —respondió el embajador en tono afectuoso.

Su esposa le entregó un obsequio de bienvenida con un precioso envoltorio, y luego el hombre señaló hacia la calle. Richard comprendió su gesto al momento y asintió. El embajador se llevó un dedo a los labios, miró a Alex y comentó con una sonrisa:

—¿Queréis que os enseñemos un poco vuestro nuevo vecindario? Hay algunas casas antiguas muy hermosas que estoy seguro de que os encantarán.

Su esposa también sonrió, asintiendo de forma cómplice con la cabeza.

—Iré a buscar nuestros abrigos —dijo Richard.

Regresó al cabo de un minuto, le entregó su abrigo a Alex

y se puso el suyo. Sophie estaba en el piso de arriba con la niñera que la embajada había puesto a su disposición, una joven rusa que hablaba inglés relativamente bien. La niña aún se mostraba bastante recelosa con ella. Ahora estaban desempaquetando algunos de sus juguetes en el enorme y gélido dormitorio infantil, en cuyas paredes Sophie ya había colgado algunos de sus pósters.

Poco después los cuatro estaban en la calle, aparentemente dando un tranquilo paseo en dirección a la plaza Arbat, seguidos a una prudente distancia por uno de los guardaespaldas de la embajada estadounidense.

—Siento haber tenido que raptaros así —se excusó el embajador sonriéndole a Richard—. Estoy seguro de que vuestro gobierno ya os lo habrá advertido, pero nuestras residencias están llenas de dispositivos de escucha del KGB. Cuando nos instalamos en Spaso House encontramos más de cien micrófonos e incluso cámaras: en las chimeneas, entre las plantas, debajo de los sofás, dentro de las paredes, en los conductos de ventilación, en el jardín... por todas partes. Dentro de la casa no podréis decir nada que no queráis que los soviéticos escuchen. Pensé que estaría bien avisaros del grado de extrema vigilancia al que vais a estar sometidos.

Las dos mujeres caminaban un poco más atrás, compartiendo una charla agradable. La esposa del embajador estadounidense invitó a los recién llegados a una cena formal en Spaso House a la semana siguiente, y Alex le dio las gracias.

—Los rusos siempre están intentando reclutar a nuestros agentes del MI5 y el MI6 —comentó Richard—. Por desgracia, con bastante éxito en ocasiones —añadió con amarga ironía.

—Nosotros tenemos el mismo problema —confirmó su homólogo—. Pondrán micrófonos hasta en el dormitorio de vuestra hija. Y no confiéis en nadie del servicio. Esta es una nación de gente adiestrada para espiar y para delatar a quien no comulgue con ellos. Es muy triste, pero es así. —La Guerra Fría se había recrudecido aún más a raíz de la crisis de Suez y del incidente del U-2 estadounidense—. Y registrarán vuestras pertenencias personales varias veces al día.

Mientras caminaban, continuaron hablando sobre la situación en Moscú. Los objetivos de la diplomacia británica y estadounidense eran prácticamente los mismos: obtener información sobre la política interior y exterior del país, promover el intercambio comercial y tratar de influir en las decisiones soviéticas en los grandes asuntos a escala internacional. En teoría, unos objetivos bastante convencionales, pero cuando añadías a la mezcla las actividades de espionaje y contraespionaje, la cosa se tornaba mucho más complicada. Ser embajador de cualquier país en la Unión Soviética era un gran honor, pero también un tremendo desafío.

Pasearon tranquilamente alrededor de la plaza durante una media hora. Antes de marcharse, el embajador le ofreció a Richard los servicios de su «decorador», que en realidad era un agente de élite especializado en detectar y desactivar aparatos de escucha. Este llevaría consigo todo un equipo de «interioristas» que se encargarían de limpiar la embajada británica, una sutil e inteligente maniobra que el KGB aún no había descubierto.

—Gracias por contarme todo esto —le dijo Richard en tono afable y sincero.

Había oído hablar mucho de lo que ocurría en Moscú, pero la información proporcionada por su homólogo estadounidense le confirmaba todo lo que sabía y mucho más.

—Te acostumbrarás. Todos lo hemos hecho. Y, además, la comunidad diplomática internacional formamos un grupo muy bueno. Todos estamos aquí por una misma razón: lo hemos hecho muy bien en nuestras anteriores misiones y nos han castigado enviándonos a Moscú —comentó riendo, y Richard no pudo por menos que sonreír—. Pero también sabemos pasarlo bien. A todos les encanta venir a nuestra embajada.

—A nosotros aún nos queda mucho trabajo que hacer en la nuestra —confesó Richard.

Sabía que Alex no estaba nada contenta con el estado en que se encontraba la residencia, y Sophie directamente la odiaba. El proceso de adaptación iba a resultar muy difícil, sobre todo viniendo de las lujosas comodidades y los placeres sofisticados de Hong Kong, donde disfrutaban de unas condiciones de vida muchísimo más civilizadas que las que había en Rusia.

Cuando se quedaron solos, Alex y Richard siguieron paseando un poco más. Ella trataba de mostrarse más optimista de lo que en realidad se sentía.

—Tal vez deberías esconder tu pistola, Alex, si es que no la han visto ya —comentó Richard bastante preocupado—. Puede que se pregunten por qué la tienes.

—Ya había pensado en ello. La pistola y el cuchillo están en un lugar seguro —repuso ella sonriendo.

—¿Y qué lugar es ese? —preguntó él, extrañado.

Si, como había dicho el embajador estadounidense, registraban sus pertenencias a diario, no habría ningún sitio que fuera seguro.

—Mi cuerpo.

No podían cachear a la esposa de un diplomático a menos que tuvieran pruebas de que era una espía, y de momento no las tenían.

—¿Y tu... eh... accesorio mayor? —inquirió él, refiriéndose al subfusil Sten que Alex conservaba como recuerdo de la guerra.

—Desmontado y guardado cuidadosamente en una Biblia encuadernada en cuero.

Richard se quedó muy impresionado y le sonrió.

—¿Por qué sigues llevando esas armas contigo? Ya no trabajas como voluntaria en tiempos de guerra.

Desconocía si habría llegado a usarlas alguna vez, aunque lo consideraba improbable.

—Nunca se sabe cuándo pueden ser de utilidad —repuso Alex—. Las tenía durante la guerra y simplemente las he conservado. Tal vez algún día te alegres de que aún las tenga.

—No querrás que los rusos piensen que eres una espía —le advirtió él.

—No soy una espía —mintió ella—. Tan solo soy precavida.

—Tú asegúrate de que nadie las encuentra. Supongo que debería agradecer que dejaras tu otro subfusil en Hampshire con tu madre —replicó él bromeando, aunque en realidad no la creyó cuando se lo dijo.

Seguía preguntándose por qué tenía un subfusil Sten. Resultaba algo muy inquietante, una especie de fetiche para Alex, junto con la pistola y el cuchillo de comando.

—No me hace ninguna gracia que la casa esté plagada de micrófonos —siguió ella, pensativa—. Tendré que poner a Sophie sobre aviso. ¿Y cómo vas a trabajar si tu despacho también está vigilado?

—Eso lo resolverán nuestros técnicos. Para eso les pagan —repuso Richard, y le habló sobre el equipo de «decoradores» que el embajador estadounidense había puesto a su disposición—. Aquí todo es a lo grande y todo el mundo espía a todo el mundo.

Y toda la información que pudieran averiguar iba a parar directamente a la policía secreta soviética, el KGB.

Esa noche descubrieron que su cocinero era sorprendentemente bueno, aunque nunca había salido de Rusia. Disfrutaron de una cena excelente y se fueron pronto a la cama. Richard tenía mucho trabajo por delante y estuvo leyendo informes hasta muy tarde, tratando de ponerse al día de la situación política. El cargo de embajador en Moscú era el mayor desafío de su carrera diplomática hasta la fecha.

Por la mañana, Alex recibió un mensaje cifrado del MI6 con un nombre y una hora en clave para concertar una reunión, así como una contraseña que le haría saber que la persona en cuestión era un agente del servicio secreto británico. Sin embargo, el mensaje no mencionaba dónde se produciría el encuentro. Decidió esperar a ver qué pasaba.

A las once en punto de la mañana, mientras estaba sentada al escritorio de la pequeña sala que había decidido utilizar como despacho privado, una de las doncellas rusas entró para anunciarle que la esposa del embajador finlandés había venido a visitarla. El nombre y la hora coincidían con los que le habían transmitido en el mensaje. Alex bajó a recibirla y se encontró con una hermosa mujer rubia que le entregó un ramillete de flores.

—Me encantan las margaritas en invierno —le dijo a Alex con una cálida sonrisa.

Era la contraseña, y Alex se quedó muy sorprendida e intrigada al descubrir que aquella mujer era también una agente británica del MI6. Las dos tenían mucho en común: ambas eran inglesas y esposas de un embajador.

—A mí también. Es muy amable por tu parte —respondió Alex con una sonrisa, e intercambiaron una mirada cargada de complicidad.

La mujer se presentó. Se llamaba Prudence Mikki y, tras las cortesías de rigor, le informó sobre algunos detalles mundanos de la vida moscovita: a qué peluquería debía ir o cuáles eran las mejores zonas para salir de compras. Sophie iba a recibir clases particulares en la embajada y Alex pensaba estudiar ruso. Muchas familias de diplomáticos no habían traído a sus hijos consigo, pero ella no había querido dejar a Sophie en Hampshire con su abuela, donde se sentiría muy sola y desdichada, ni tampoco meterla en un internado. Alex quería que también tomara clases de ruso con ella. Eso las mantendría bastante atareadas.

Después de charlar un rato, Alex acompañó a Prudence hasta su vehículo. Por el camino, esta le dijo en voz baja:

—No confíes en nadie ni en nada, ni siquiera dentro de tu coche. Creo que nuestros amigos de Londres van a tenerte muy ocupada. Por lo menos, así es en mi caso. Aquí hay mucho trabajo que hacer.

Alex no hizo ningún comentario, aunque esperaba que ese no fuera su caso. La Rusia soviética era el último lugar de la Tierra en el que querría cometer un error y ser encarcelada por espionaje. Se estremeció solo de pensarlo. Las dos mujeres se despidieron con un beso en las mejillas y Alex agitó la mano sonriendo mientras Prudence se alejaba en el vehículo conducido por su chófer. Más tarde la llamó para darle las gracias por las flores. Al menos, tenía una amiga en Moscú.

Alex consiguió comprar algunos rollos de tela en un mercadillo del que le había hablado la secretaria de Richard, e hizo que le confeccionaran nuevas cortinas para los salones donde pensaba dar las recepciones oficiales. También descubrió que había más muebles guardados en un almacén. Al anterior embajador no le habían gustado y se había traído los suyos de Inglaterra. Pero el mobiliario almacenado era infinitamente mejor que el que había ahora. Hizo una lista de las cosas que quería que le enviara su madre. Colocó las alfombras que había encontrado en el sótano, adquirió algunas piezas de mobiliario que faltaban y le pidió al ama de llaves que comprara flores dos veces por semana. La residencia empezaba a tener mucho mejor aspecto.

También le pidió a la secretaria de Richard que le proporcionara la lista de invitados de la última cena que habían ofrecido en la embajada y empezó a planificar su primer evento social. Al igual que había ocurrido en Hong Kong, el MI6 le había pasado una relación bastante larga de personas a las que querían que recibiera en su casa. Alex no hizo preguntas y se limitó a incluir los nombres en la nueva lista, consciente de que el KGB también tomaría buena nota de ello. Tenía pensado invitar a la mayor parte de la comunidad diplomática y, si redistribuía bien el mobiliario, tendría espacio suficiente para celebrar un baile de gala. La esposa del embajador estadounidense le había ofrecido la orquesta que solía utilizar en sus fiestas. Alex consideraba de vital importancia relacionarse cuanto antes con las personalidades más destacadas de la diplomacia y la sociedad moscovita, aunque desde un principio se dio cuenta de que la actividad social en Moscú era mucho más rígida y encorsetada que en Hong Kong, donde todo era más mundano y sofisticado.

Una semana antes de dar su primera cena oficial, el MI6 añadió dos nuevos nombres a la lista. Esa noche tenían previsto asistir a una fiesta en la embajada estadounidense. Alex estaba muy ilusionada, y cuando Richard volvió a casa para arreglarse y vestirse para la ocasión, le dijo que él también tenía muchas ganas.

Al llegar a Spaso House fueron recibidos por dos mayordomos chinos, que se encargaban de anunciar a los invitados con una pulcritud y una prestancia dignas del palacio de Buckingham. La anfitriona ya les había hablado de ellos. Eran dos hombres de nacionalidad china casados con mujeres rusas, pero como no les concedían visados para salir del país estaban atrapados allí y ahora trabajaban para la embajada estadounidense. Eran muy conocidos en Moscú, y Alex envidió su saber estar y su profesionalidad. El servicio en la residencia británica era mucho menos eficiente, y el personal parecía más interesado en espiarles y escuchar sus conversaciones que en atenderles debidamente.

El ambiente que se respiraba en la fiesta fue un auténtico

soplo de aire fresco. La residencia estaba decorada con un elegante y moderno estilo americano. El embajador y su esposa se habían traído incluso sus propios cuadros. Todo el mundo se sentía muy relajado por el mero hecho de estar allí, como liberados de la opresiva atmósfera que les rodeaba. Fue todo un ejemplo para Alex de lo que quería conseguir: mostrar a la sociedad moscovita y a la comunidad diplomática las excelencias del estilo de vida británico. Decidió que ofrecería reuniones para tomar el té, almuerzos con mujeres de la alta sociedad y cócteles como los que había celebrado en Hong Kong, así como cenas de gala para recibir a los invitados más importantes. Cuando se marcharon esa noche, Alex tenía un montón de nuevas ideas. Le había encantado la orquesta que amenizó la fiesta. La vocalista era una cantante de jazz que le recordó a la mismísima Billie Holiday.

—Se te ve muy contenta —le dijo Richard, complacido.

Él también lo había pasado muy bien, departiendo de forma distendida con el resto de los embajadores y hablando con oficiales soviéticos de alto rango a los que había pedido conocer.

—Estoy planificando nuestra vida social para los próximos seis meses —le comentó ella. Nunca hablaban de temas serios a menos que estuvieran caminando por la calle. Intentaban dar un paseo juntos todos los días para ponerse al corriente de los asuntos importantes—. La cantante me ha gustado mucho.

—A mí también. Aunque tal vez deberíamos probar con algo un poco más británico —sugirió él, pero Alex desestimó la idea.

—Cuando los americanos hacen algo bien, lo hacen realmente bien.

Había sido una velada maravillosa, y Alex siguió de muy buen humor hasta que fue a comprobar sus mensajes y vio que había llegado uno en el que le daban el nombre de alguien con el que debía reunirse lo antes posible. Las únicas instrucciones eran que tenía que contratar sus servicios como guía en cierto museo. El hombre con el que debía encontrarse tenía un nombre ruso.

Cuando fue a acostarse, Alex ya no se sentía tan contenta. Richard estaba medio dormido. El MI6 quería que se pusiera manos a la obra cuanto antes. Después del incidente con Beringer en Hong Kong no la habían presionado demasiado, pero en Moscú necesitaban que todos sus agentes estuvieran operativos al cien por cien, algo de lo que ya la habían avisado cuando Richard fue destinado a la capital rusa.

Al día siguiente fue al museo en cuestión y preguntó en recepción si disponían de guías que hablaran inglés, sin dar el nombre de la persona que buscaba. Llamaron por teléfono a alguien y poco después apareció un hombre bajito y delgado cuyo nombre se correspondía con el que le había dado el MI6: sin duda, una feliz «coincidencia». Traía en la mano un pequeño aparato reproductor de audio y le contó a Alex que contenía una grabación en inglés con explicaciones sobre lo expuesto en las distintas salas del museo, pero que la acompañaría por si necesitaba alguna aclaración. Ella asintió e iniciaron el recorrido por las instalaciones. Al llegar a la primera sala, el hombre encendió el reproductor, se lo entregó a Alex y esta se puso los auriculares. Todas las obras pertenecían a la época posterior a la revolución bolchevique y su temática se centraba en el espíritu del trabajo colectivo, en un estilo bastante crudo y nada preciosista.

Cuando Alex se plantó frente al primer cuadro y empezó a escuchar la grabación, se dio cuenta al momento de que no tenía nada que ver con lo que estaba viendo. Se trataba en realidad de un extenso informe para el MI6 acerca de una serie de reuniones sobre armas nucleares que infringían los acuerdos de un reciente tratado armamentístico. Alex permaneció impasible sin que su rostro delatara la menor reacción de sorpresa y, mientras se desplazaban de una sala a otra, continuó escuchando con atención y contemplando las obras de arte. La grabación acabó mucho antes que el recorrido por el museo, pero ella fingió seguir escuchando. Cuando llegaron a la última sala, Alex dio las gracias al guía y le entregó el aparato y los auriculares. Lo había memorizado todo, tal como la habían adiestrado a hacer, e incluso lo había escuchado una segunda vez para asegurarse de que no se olvidaba de nada. Obviamente, el guía era un ruso que espiaba para los británicos, aunque también podría ser un agente doble. Sin embargo, Alex estaba segura de que el MI6 confiaba en él; de lo contrario, no le habrían encomendado a ella la misión, dada su delicada posición como esposa del embajador británico.

No le correspondía a Alex evaluar la información, sino solo transmitirla. Cuando salió del museo, regresó directamente a la residencia para enviar el mensaje codificado tal como lo había memorizado, palabra por palabra, dando también el nombre de su fuente. El guía le había ofrecido entregarle la grabación, pero ella le había dicho que no era necesario. El hombre había procedido a borrarla enseguida, ya que resultaba demasiado peligroso conservarla. Alex había sido adiestrada para transmitir información. Era lo que había hecho durante la guerra, y lo que acababa de hacer ahora había sido más o menos igual de peligroso.

Envió el mensaje y esperó a que llegara la confirmación de que lo habían recibido. Había abierto los grifos de la bañera para simular que iba a darse un baño a fin de amortiguar los sonidos de la transmisión. La respuesta llegó al cabo de dos minutos: «Recibido. Buen trabajo. Gracias».

Alex se quedó mirando el transmisor durante un buen rato. Odiaba lo que había tenido que hacer, pero al mismo tiempo se sentía obligada a hacerlo.

—Al diablo con todos —masculló en voz baja, mientras

volvía a guardar el diminuto aparato en su caja con apariencia de botiquín de primeros auxilios.

Nadie habría adivinado nunca lo que ocultaba en su interior ni para qué servía. Como la propia Alex, parecía algo del todo inocente, aunque no lo era en absoluto. Todo aquello afectaba a las vidas de mucha gente, y también a la suya, unas vidas que estaban constantemente en primera línea de fuego. En ese momento, Alex comprendió que su estancia en Moscú iba a resultar mucho más peligrosa de lo que había esperado.

17

El MI6 comprendió que Alex se encontraba en una posición muy delicada y, como no querían que acabara renunciando, no la presionaron demasiado. Al menos, no tanto como a otros agentes. Optaron por no encomendarle misiones de alto riesgo que pudieran acabar quemándola y decidieron ajustarse básicamente a su acuerdo inicial: que recabara información en los círculos sociales y diplomáticos en los que se desenvolvía. Aun así, de vez en cuando le pedían que se reuniera con alguien que —Alex estaba bastante segura— trabajaba para los servicios secretos británicos. Nunca volvió a ver al hombre del museo, pero hubo otros muchos contactos. En una ocasión tuvo que encontrarse con una mujer en una carnicería. Mientras esta le pasaba la información hubieron de hacer cola durante horas, y esa misma noche Alex debía acudir a una fiesta de gala en la embajada turca. Richard se enfadó un poco cuando ella llegó tarde a casa y tuvo que cambiarse a toda prisa. Alex se excusó diciendo que había tenido que ir a la carnicería a escoger ella misma la carne, ya que su cocinero compraba cortes de muy mala calidad. Él se quejó alegando que podría haberlo hecho por la mañana, y ella no se lo discutió. Richard estaba siempre muy estresado y fatigado debido a las exigencias de su cargo, tratando de mantener un difícil equilibrio entre la necesidad de defender los intereses británicos y la de mitigar el clima de hostilidad provocado por la Guerra Fría. Tenía que hacer auténticos malabarismos, sobre todo teniendo en cuenta que el KGB los tenía sometidos a una estrecha vigilancia en todo momento. Era una situación opresiva y angustiosa que afectaba incluso a la pequeña Sophie.

Al cabo de seis meses Alex ya hablaba ruso, lo cual le resultó de mucha utilidad en su trabajo de recabar información para el MI6. Richard no podía manejarse sin la ayuda de un traductor. Utilizaba los servicios de varios intérpretes, todos ellos enviados desde Inglaterra y con un buen dominio del idioma local, aunque nunca confiaba plenamente en ellos. Sí tenía bastante confianza en su secretaria, pero en Rusia cualquiera podía ser un agente doble. Richard ni siquiera se fiaba al cien por cien de los propios británicos, lo cual añadía aún más tensión a su trabajo. No le costaba entender por qué había enfermado su predecesor. Había que estar en situación de alerta las veinticuatro horas del día.

Alex se sentía igual. El MI6 se ponía en contacto con ella casi a diario, algo que había empezado a odiar. Cada vez que le encargaban una misión, por pequeña que fuera, sentía sobre sus hombros todo el peso de la responsabilidad, debatiéndose entre el deber de servir a su país y el compromiso de no perjudicar a su marido. Tenía miedo de que, en cualquier momento, algún error imprevisto pudiera estallarles en la cara y arruinar la carrera de Richard. Sin embargo, a pesar de la tensión y de la atmósfera opresiva que les rodeaba, no se produjo ningún incidente destacable y todo fue bastante bien.

En noviembre de 1963, un año después de su llegada a Rusia, el mundo entero quedó conmocionado por el asesinato de John Fitzgerald Kennedy. Con él murieron también muchos sueños y se perdió una ilusión de inocencia que, tal vez, nunca había existido. Los días del mítico Camelot americano parecían más que nunca un espejismo remoto. Alex lloró junto al resto del mundo al contemplar el trágico rostro de Jacqueline Kennedy tras el velo de viuda, tomando de la mano a sus hijos pequeños.

Aquello sirvió para que nadie olvidara que las fuerzas del mal nunca descansaban. Incluso los soviéticos se sintieron profundamente afectados por el asesinato de Kennedy. Resultaba difícil no estarlo. El embajador estadounidense y su esposa volaron a Washington para asistir al funeral de Estado.

La estancia de Alex y Richard en Moscú pareció transcurrir más deprisa que en sus anteriores destinos, ya que ambos tenían unas agendas apretadísimas; había demasiadas cosas importantes en juego y la tensión era constante. Alex se alegró mucho cuando la misión diplomática llegó a su fin y, en privado, Richard reconoció que también. Rusia era uno de los puestos de mayor responsabilidad que podrían haberle asignado, y sabía que le quedaba como mucho un último destino antes de que el Ministerio de Asuntos Exteriores le enviara de regreso a Inglaterra. Llevaba exactamente veinte años de carrera diplomática. Alex acababa de cumplir los cincuenta y él cincuenta y ocho. Después de que le asignaran su última misión en el extranjero, el ministerio le ofrecería un cargo como asesor experimentado en algún despacho hasta que llegara el momento de su jubilación. Cuando leyó el comunicado oficial en que le informaban de su próximo destino, no pudo por menos que sonreír. Sintió que se lo merecía, que se había ganado la gratitud y el respeto de sus superiores por la magnífica labor que había realizado durante los últimos cuatro años en Rusia. Su próxima misión diplomática, y probablemente la última, sería en Washington.

Esa noche, después de cenar, le comunicó la noticia a Alex mientras daban un paseo por la plaza Arbat.

—Tengo algo importante que decirte —le anunció mientras estrechaba con fuerza la mano de Alex bajo su brazo.

Richard apreciaba mucho aquellos escasos momentos de privacidad que pasaban juntos, y valoraba enormemente los consejos de su esposa.

—Te has enamorado de tu secretaria —dijo ella con una amplia sonrisa.

—Por Dios, no. Pero ¿tú la has visto?

—¿Vas a ingresar en alguna orden religiosa?

—Si nos quedamos en Moscú mucho más tiempo, acabaré haciéndolo. No, no es eso. Nos vamos a Washington.

—¿De vacaciones? —preguntó ella entusiasmada, y él se echó a reír.

—¿Piensas que voy a reengancharme aquí? —Ambos sabían que eso no era posible, pero Richard habría preferido antes la muerte. Con cuatro años había tenido más que suficiente—. No, cariño. Creo que, dada mi edad, la próxima será mi última misión diplomática, y nos han reservado el mejor destino para el final, o al menos uno de los mejores. Es uno de los puestos más codiciados, y estoy seguro de que nos sabrá a gloria después de todo lo que hemos pasado en Rusia con la Guerra Fría y el KGB.

—¿Vas a ser el embajador británico en Estados Unidos? —preguntó Alex casi a voz en grito.

Él asintió, dejó de caminar y la estrechó con fuerza entre sus brazos. A pesar de todos los momentos difíciles, las épocas convulsas que habían vivido y las terribles pérdidas que habían sufrido, estaban más unidos que nunca. La intensidad de la actividad diplomática había destrozado más de un matrimonio, pero el suyo había demostrado ser firme como una roca. No era una vida sencilla y las infidelidades eran habituales. Pese a todo, Alex se había amoldado perfectamente a las exigencias de la carrera de Richard y con los años había llegado a amar aquella vida.

—Pues sí, voy a ser el embajador británico en Washington. Y comeremos hamburguesas, iremos a ver partidos de béisbol y seguramente cenaremos más de una vez en la Casa Blanca. Se avecinan días felices —exclamó Richard con una sonrisa radiante.

Caminaron de vuelta a casa para contárselo a Sophie. Richard no quería que el KGB se enterara antes de que se anunciara de forma oficial, así que Alex subió a su habitación, escribió la noticia en un papel y se lo enseñó a su hija. Esta soltó un grito cuando lo leyó. Tenía casi catorce años y pensaba que Estados Unidos era el mejor lugar del mundo, a pesar de no haber estado nunca allí. Le encantaba Elvis y tenía todos sus discos, aunque también le gustaban los Beatles, Nat King Cole y Frank Sinatra, así como las películas de Rock Hudson y Doris Day.

—¿Cuándo? —preguntó Sophie en un susurro.

—Supongo que dentro de unas semanas.

—Y por una vez, gracias a Dios, ¡conozco el idioma!

Aunque hablaba perfectamente francés, recordaba con desagrado las clases de cantonés y detestaba el poco ruso que había aprendido. Esperaba no volver a tener que usarlos nunca, salvo quizá el francés.

Sophie agarró el papel de la mano de su madre y garabateó rápidamente: «¿Podré ir a un instituto americano normal?».

—Sí —respondió ella sonriendo.

Sophie quería empezar a hacer el equipaje esa misma noche. Estaba claro que Rusia no había logrado conquistar su corazón.

Cuando Alex volvió con Richard, le dijo:

—Tu hija es la persona más feliz del mundo.

—Me temo que, cuando estemos allí, ya no querrá marcharse —repuso él, preocupado—. Y me gustaría que, cuando volvamos a Inglaterra, ella se viniera con nosotros.

—Eso no será ningún problema. Sophie es inglesa, no americana.

—Pero nunca ha vivido en Inglaterra.

—Todos los que han vivido en las colonias acaban volviendo a «casa». Y ella también lo hará.

—No estés tan segura. Pero al menos lo pasará muy bien durante los próximos cuatro años.

Rusia había sido una experiencia bastante sombría y deprimente para todos ellos. Alex había dejado la residencia en mucho mejor estado del que la había encontrado, y Richard había hecho un gran trabajo como embajador, pero ahora ya estaban más que preparados para marcharse.

Esa noche Alex envió un mensaje al MI6 para informar de que iban a trasladarles a Washington, ya que no estaba segura de que los servicios secretos estuvieran al tanto de la novedad. La respuesta llegó rápidamente: «Felicidades al embajador. Buen trabajo».

Cuando por fin se acostó, soñó con Washington y con la placentera vida que allí les esperaba.

Antes de abandonar Rusia tuvieron que asistir a un montón de fiestas de despedida ofrecidas por las distintas embajadas. La comunidad diplomática, sobre todo en Moscú, conformaba un grupo muy bien avenido, y todos lamentaron mucho que Richard y Alex se marcharan.

Numerosos oficiales soviéticos pasaron por la embajada para agradecer personalmente a Richard sus esfuerzos por intentar rebajar la tensión política, algo que le llenó de satisfacción. Y antes de dejar el cargo, dio las gracias con afecto a todo su equipo. En todos los destinos donde había estado, siempre se había ganado el respeto y la admiración de sus colaboradores y subordinados. También pasó un par de días con el nuevo embajador para ponerle al corriente de la situación y, tras dejarlo todo en orden, por fin se marcharon.

Volaron de Moscú a Londres, donde permanecieron unos

días para que Richard recibiera instrucciones del Ministerio de Asuntos Exteriores. Alex y Sophie aprovecharon para hacer algunas compras y, tras pasar unos días con Victoria en Hampshire, tomaron el vuelo de BOAC con rumbo a Washington. Para ellos tres era como un sueño hecho realidad.

La embajada británica, ubicada en Massachusetts Avenue, era un edificio majestuoso rodeado de extensos jardines. Diseñado por Edwin Lutyens, había sido construido en 1930 con mármol, madera y vidrieras procedentes casi en su totalidad de Inglaterra. Recientemente se había añadido un nuevo edificio situado justo enfrente que albergaba las nuevas oficinas y cuya construcción había finalizado dos años antes de que ellos llegaran. El anterior embajador lo había dejado todo en perfecto orden y el personal era de lo más eficiente. Richard hizo una visita oficial al presidente Johnson y la Casa Blanca le impresionó aún más de lo que había imaginado.

Alex supuso que, durante los cuatro próximos años, el MI6 no tendría mucho trabajo para ella. Los británicos no espiaban a los estadounidenses: no tenían necesidad de hacerlo, ya que solían intercambiar gran parte de sus informaciones. Era todo un alivio encontrarse en un país que no era abiertamente hostil, sin estar rodeados por un entorno peligroso y opresivo.

Poco después de llegar, Alex y Sophie empezaron a buscar instituto. La muchacha no había ido a una escuela propiamente dicha desde que estuvo en Hong Kong. En Moscú había recibido clases particulares de un profesor inglés casado con una rusa.

Sophie se enamoró al instante de la Sidwell Friends School, uno de los mejores colegios privados de Washington. Richard también fue a verlo: quería asegurarse de que su hija saliera preparada para adaptarse al sistema universitario británico cuando regresaran a Inglaterra. Todos coincidieron en que se trataba de un colegio estupendo. Sophie aprobó los exámenes de ingreso y convalidación en todas las asignaturas y, pese a su escolarización poco ortodoxa, fue aceptada sin ningún problema. En septiembre empezaría a asistir a un «auténtico instituto americano», tal como ella quería. Sus padres nunca la habían visto tan feliz.

Alex se sentía igual, como si después de marcharse de Rusia se hubiera quitado un enorme peso de encima. Allí había estado sometida a una presión angustiosa en cada una de sus misiones, temiendo a cada momento que la atraparan y la arrestaran. Aun así, había cumplido siempre con su deber. Tenía pensado dejar el MI6 cuando regresaran a Inglaterra dentro de cuatro años, después de tres décadas trabajando para los servicios secretos. Sin duda, era una más que respetable carrera como espía.

El juramento de silencio que había hecho para mantener en secreto su trabajo para la SOE había expirado mientras estaban en Rusia. Técnicamente podría habérselo contado todo a Richard, pero como seguía colaborando con el MI6 había decidido no hacerlo a fin de no levantar sospechas.

Al igual que había ocurrido en Hong Kong, enseguida se vieron envueltos en el torbellino de la intensa vida social de Washington, y prácticamente todas las noches asistían a cenas en embajadas, actos diplomáticos y todo tipo de eventos. Uno de los puntos álgidos se produjo a las dos semanas de su llegada, cuando fueron invitados a la boda de Luci Johnson, la hija del presidente, con Patrick Nugent. La recepción tuvo lugar en la Sala Este de la Casa Blanca, una suntuosa fiesta para más de setecientos invitados que Alex y Richard disfrutaron mucho.

No tardaron en hacer amistades entre los miembros de la comunidad internacional y entre la gente del lugar. Algunos de ellos eran los padres de las nuevas compañeras de Sophie. A la muchacha le iba muy bien en el instituto. Era una recompensa a la educación poco ortodoxa que había recibido a lo largo de su infancia en todos aquellos países exóticos, desde Pakistán a Marruecos, pasando por China y Rusia. Nunca hablaba de ello con sus amigas, y le confesó a su madre que quería dejar atrás todo aquello y asentarse en algún lugar para el resto de su vida.

El trabajo de Alex para el MI6 en Washington era casi testimonial, lo cual supuso todo un alivio. Se sentía como si estuviera de vacaciones. Se limitaba a informar sobre los políticos y diplomáticos que conocía, así como sobre las cenas oficiales en la Casa Blanca. Era todo bastante sencillo y relajado, sin tener que enfrentarse constantemente a situaciones de crisis que debía resolver.

Dieciséis meses después de su llegada tuvieron el privilegio de asistir a una segunda boda en la Casa Blanca cuando otra de las hijas del presidente Johnson, Lynda Bird, contrajo matrimonio con Charles Robb. En esta ocasión asistieron seiscientos cincuenta invitados y, para entonces, Alex y Richard ya conocían a la gran mayoría. Les invitaban con frecuencia a la Casa Blanca, no solo a cenas oficiales, sino también a otras de carácter más íntimo y privado.

Su estancia en Washington transcurrió muy deprisa. Cuando Sophie estaba ya en su último año de secundaria estalló una disputa monumental, una batalla que Richard no estaba dispuesto a perder: la joven quería ir a una universidad estadounidense, como el resto de sus amigas. En vez de volver a Inglaterra con sus padres, pretendía cursar los estudios superiores en Estados Unidos. Decía que se sentía más americana que británica.

—Eso es absurdo —objetó su padre—. Tú eres inglesa. Solo llevas tres años aquí.

—No me importa. Quiero quedarme. En Londres no conozco a nadie, y tampoco quiero vivir con la abuela en Hampshire. No quiero ir a una universidad británica, quiero estudiar aquí. Tengo que presentar las solicitudes este año, papá —le imploró, pero él no parecía dispuesto a ceder.

Sophie le suplicó a su madre que tratara de convencerle. Sin embargo, a Alex tampoco le hacía ninguna gracia que se quedara en Estados Unidos.

—Aquí no tienes familia. ¿Y si te pones enferma?

Alex quería estar cerca de ella para orientarla y cuidarla si era necesario, pero Sophie no daba su brazo a torcer.

—Entonces te vienes para estar conmigo. Por favor, mamá, no me obligues a volver a Inglaterra. Quiero quedarme aquí.

Para entonces ya había salido con algunos chicos, pero esa no era la razón de que quisiera quedarse. Le encantaba la vida en Estados Unidos y todas sus amigas iban a ir a universidades americanas. Pensaba que Inglaterra era gris y deprimente y no tenía ninguna vinculación emocional con el país, ya que nunca había vivido allí. Era inglesa porque lo ponía en su pasaporte, pero nada más.

Alex y Richard debatieron mucho al respecto, hasta que al final llegaron a una solución de compromiso.

—Si consigues que te acepten, puedes ir a la universidad aquí. Pero después de graduarte volverás a Inglaterra y trabajarás allí. Eso es innegociable —dijo Richard con firmeza—. No permitiré que te quedes a vivir aquí. Ya estaré muy mayor y no voy a consentir que mi única hija viva a cinco mil kilómetros.

Después de que Sophie saliera dando chillidos de alegría de la sala, Alex se giró hacia Richard con semblante serio.

—Eso es lo que le ha pasado a mi madre —comentó con tristeza—. Durante veintitrés años ha vivido a miles de kilómetros de la única hija que le quedaba, y ha estado totalmente sola desde que murió mi padre.

—Volveremos a Inglaterra el año que viene. Entonces podrás compensarla con creces —respondió él con delicadeza.

Sin embargo, Alex sabía que no podría devolverle todos aquellos años. Formar parte del cuerpo diplomático durante tanto tiempo había sido una buena decisión para ellos, pero no para su madre, y Alex se sentía muy mal por ello.

Los últimos meses en Washington pasaron volando. Se marcharían en junio, después de la graduación de Sophie. Ese verano la joven tenía planeado viajar por California con un grupo de amigas, y luego pasarían el mes de agosto en Martha's Vineyard, en la casa de los padres de una de ellas.

La habían aceptado en casi todas las universidades en las que había presentado solicitud. Al final se había decidido por Barnard, en la Universidad de Columbia de Nueva York, y viviría en la residencia estudiantil. Cuando empezara en septiembre tendría diecisiete años, y cumpliría los dieciocho en diciembre. Volvería a Inglaterra para pasar su cumpleaños y las Navidades, y Alex pensaba visitarla en otoño, cuando se celebraría un fin de semana con los padres. Ya la echaba muchísimo de menos, y eso que aún no se habían marchado. Odiaba la idea de tener que vivir a cinco mil kilómetros de su hija y empezaba a sentir la amargura de pensar cómo habría sido la vida de su madre.

La Casa Blanca les ofreció una última cena de despedida. Nixon era el nuevo presidente y Richard tenía muy buena relación con él.

La ceremonia de graduación de Sophie tuvo un sabor agridulce para Alex y Richard, pero la joven estaba exultante, ansiosa por irse a California con sus amigas cuanto antes. Se marchó de Washington un par de semanas antes que ellos, y después de que se fuera Alex se giró con expresión triste hacia Richard. Ellos también estaban empezando a empaquetar sus pertenencias para regresar a Inglaterra.

—Siento que la estoy perdiendo —dijo Alex con lágrimas en los ojos. Él la rodeó con un brazo por los hombros.

—No la estás perdiendo. Acabará volviendo a casa, como una buena chica inglesa.

Alex se preguntó si su padre le dijo lo mismo a su madre cuando ellos se marcharon a la India. Pero entonces ella era una mujer casada y la situación era muy distinta: tenía que seguir a su marido. Sophie estaba persiguiendo sus sueños, lo cual resultaba más peligroso.

Dos semanas más tarde partieron desde Washington con rumbo a Londres. Se alojaron en el hotel Claridge's durante unos días mientras buscaban un apartamento. Richard tenía unos meses libres antes de presentarse de nuevo en el ministerio, y Alex le había prometido a su madre que pasarían todo el verano con ella, salvo por algunas excursiones por Inglaterra para visitar a viejos amigos y tal vez unas cortas vacaciones en Italia o Francia. Richard no había estado en su hacienda desde hacía muchos años y ni siquiera conocía a los nuevos arrendatarios, ya que un servicio inmobiliario local se encargaba de gestionar la finca. Últimamente había estado pensando en venderla. La propiedad no tenía mucho valor y estaba claro que nunca iba a vivir allí. No tenía sentido mantenerla.

Cuando llegaron a Hampshire, Alex se quedó terriblemente conmocionada al ver a su madre: estaba muy delgada, pálida y demacrada, y apenas podía andar. Era evidente que estaba muy enferma. Alex fue a ver a su médico, que le contó que Victoria tenía cáncer de estómago. Llevaba enferma varios meses, pero no había querido que Alex se enterara para no preocuparla.

—¿Por qué no me lo dijiste? —le preguntó a su madre cuando llegó a casa—. Habría venido para cuidarte.

Victoria la miró con un semblante apacible y lleno de amor.

—No podías dejar solos a Richard y Sophie en Washington —respondió con generosidad.

Así pues, había pasado la enfermedad en soledad. El ama de llaves la había estado cuidando durante el día, pero por las noches se quedaba sola y aseguraba que no le había importado.

Ahora que Alex estaba en casa, Victoria dormía casi todo el tiempo. De vez en cuando paseaban por el jardín e iban a visitar las tumbas de su padre y sus hermanos. La anciana tenía ya ochenta y dos años y la mayoría de sus amistades habían muerto. Pero ahora Alex estaba junto a ella. Al fin. Había esperado demasiado tiempo para que llegara ese momento, aunque se encontrara ya tan cerca del final. Era lo que Alex más lamentaba en su vida. Eso, y la pérdida de su pequeño hijo. Por lo demás, había llevado una existencia dichosa y plena.

Victoria murió tranquilamente mientras dormía, tres semanas después de que Alex regresara. Era como si la hubiera estado esperando. Una vez que la había visto, ya pudo irse en paz.

Alex llamó a Sophie para contarle la triste noticia, y la joven voló desde California para asistir al funeral de su abuela. Muy poca gente acudió al servicio oficiado en la pequeña iglesia. Sophie se quedó en Hampshire hasta que sus amigas fueron a pasar el resto de las vacaciones en la casa de Martha's Vineyard, y entonces tomó un vuelo a Boston para reunirse con ellas. Alex la llevó al aeropuerto. Cuando se despidieron antes de que embarcara, la abrazó con fuerza.

—Cuídate. Te quiero mucho, Sophie.

Mientras la veía alejarse, con el oscuro cabello ondeando tras ella, Alex comprendió por primera vez que el mayor regalo que podía hacer una madre era dejar que sus hijos persiguieran sus sueños, allá donde los llevaran. Ver a Sophie marcharse era una de las cosas más duras que había hecho en su vida. Aquello le infundió un nuevo respeto por su madre, que había perdido a sus dos hijos y había visto cómo la única hija que le quedaba se iba a vivir a la otra punta del mundo.

Después de salir del aeropuerto, Alex regresó conduciendo a Londres. Debía hacer algo que llevaba mucho tiempo planeando. Ya no tenía mucho más que ofrecer a los servicios secretos. De hecho, en los últimos cuatro años su aportación había sido bastante simbólica. Durante la guerra había colaborado con la SOE y luego había trabajado veinticuatro años para el MI6. Era tiempo más que suficiente. El dinero que había recibido por sus servicios no había sido nada del otro mundo, pero eso no era lo importante. Alex lo había hecho todo por amor a su reina y a su país. No había otra razón para hacerlo.

Al llegar, Alex entregó su carta de renuncia. Su contacto le estrechó la mano y le dio las gracias.

—Ha hecho un excelente trabajo para nosotros durante mucho tiempo.

Resultaba extraño que sus treinta años como espía acabaran con una carta y un apretón de manos, pero ella ya había cumplido con su trabajo. Ahora les tocaba a otros.

En el trayecto de vuelta a Hampshire la invadió la nostalgia, pero también se sentía más ligera, como si hubiera cerrado un círculo. Continuaba echando muchísimo de menos a su madre y lamentaba todos los años que no habían estado juntas, pero había seguido a Richard en su camino y también se había labrado el suyo. Había logrado compaginar ambas cosas y había estado presente en todo momento para cuidar de Sophie.

Cuando llegó a casa, Richard volvía de pescar en el lago. Con su caña apoyada en el hombro, parecía un chaval que hubiera hecho novillos.

—¿Es que el avión ha salido con retraso? —le preguntó a Alex, consciente de su tardanza.

—Tenía una cita en Londres que llevaba postergando mucho tiempo.

—¿Con el médico? —inquirió preocupado, y ella negó con la cabeza.

Había llegado por fin el momento de sincerarse con él. Le había ocultado muchos secretos durante gran parte de su vida juntos, pero no había tenido otra elección.

—Hoy he dejado de colaborar con el MI6 —declaró Alex. Esperaba que Richard se quedara impactado, pero no pareció sorprendido—. Llevo treinta años trabajando para los servicios secretos.

Cuando lo dijo había lágrimas en sus ojos. Sabía que iba a echar de menos todo aquello. Había dado un sentido añadido a su existencia durante mucho tiempo. Más de la mitad de su vida.

—Siempre lo he sabido —confesó él sonriendo—. Tan solo rezaba para que no te arrestaran o para que no nos expulsaran de dondequiera que estuviéramos destinados en ese momento. En Moscú hubo ocasiones en que me asusté bastante.

—Yo también pasé mucho miedo —admitió Alex, y se echó a reír. Richard la conocía mucho mejor de lo que se pensaba—. ¿Y por qué nunca dijiste nada?

—No me pareció muy apropiado preguntarle a mi esposa si era una espía. No hay muchas mujeres que tengan un subfusil o vayan armadas por ahí con una pistola. Sospeché algo durante la guerra, pero era consciente de que no podías contar nada.

—Entonces colaboraba con la SOE. Espionaje y sabotaje tras las líneas enemigas. Un trabajo muy peligroso.

—Detesto pensar que tuviste que pasar por todo aquello —dijo él muy serio. Luego se acercó a ella y la besó—. Entonces ¿ya no eres espía? —Alex negó con la cabeza—. Bueno, a partir de ahora todo será muy diferente. Y algún día tendrás que contárselo a Sophie.

—Tal vez lo haga. Aunque no estoy segura de que quiera saberlo.

Sophie tenía ahora su propia vida. Sus propios secretos que ocultar.

—Eres una mujer extraordinaria —añadió Richard mientras entraban en la casa.

Ahora Wickham Manor pertenecía a Alex. Había que hacerle algunas reparaciones y también quería cambiar algunas cosas. Habían planeado vivir en Londres durante la semana y pasar los fines de semana en Hampshire. Tenían a un hombre de confianza que se encargaba de cuidar de la finca. Alex siempre había estado muy pendiente de la gestión de la propiedad, y Richard también empezaba a mostrar gran interés. Y, ahora que estaban de vuelta, Alex podría cuidar mucho mejor de todo.

—Vas a necesitar algo en lo que ocuparte —le dijo Richard—. Sin armas, espero...

A pesar de las lujosas mansiones y las exóticas ciudades en que habían vivido, a Alex le encantaba aquella casa y siempre la había considerado su hogar. Solo lamentaba que Sophie no sintiera el menor apego por ella. Tal vez, cuando fuera mayor, llegaría a sentirlo.

En la mansión de Hampshire Alex se sentía muy cerca de sus padres. Richard y ella habían sido muy felices viviendo por todo el mundo, pero se alegraba de estar por fin de vuelta en casa. Y esperaba que, algún día, Sophie también considerara Wickham Manor como su hogar.

18

Las predicciones de Alex acerca de su hija resultaron ser más acertadas que las de Richard: después de graduarse en Barnard, Sophie no quiso volver a Inglaterra. Ahora todos sus amigos estaban en Estados Unidos, procedentes tanto de Washington como de Columbia, y quería quedarse en Nueva York al menos un año más. Se había enamorado de un joven licenciado en derecho por Columbia, y Alex tuvo la impresión de que la cosa iba en serio.

Conocieron a Steve Bennett en la ceremonia de graduación de Sophie, y después fueron a comer con él y con sus padres. Era hijo único, y su padre era un general de la academia militar de West Point. Steve se había criado como uno de aquellos niños del ejército que tenían que viajar constantemente por todo el mundo, algo que el muchacho había odiado tanto como Sophie. Ahora quería asentarse por fin y acababa de conseguir trabajo en un bufete de Nueva York.

Richard disfrutó mucho hablando con el padre de Steve, Sam Bennett, acerca de sus experiencias de guerra y de los lugares en los que había vivido. Por su parte, la madre era una mujer muy agradable, que había seguido a su marido alrededor del mundo siempre que le había sido posible. Sam continuaba en activo dentro del ejército; en ese momento estaba destinado en el Pentágono y vivían en Washington. Era un hombre vital y dinámico, cuatro y doce años más joven que Alex y Richard respectivamente. Ambos disfrutaron mucho de la compañía de la pareja, y su hijo también les cayó muy bien.

Para Sophie, Steve representaba la estabilidad. Los dos querían las mismas cosas: una vida estable asentados en un mismo lugar. El joven había detestado su infancia rodeada de militares y su padre le había agobiado con sus aspiraciones de que él también ingresara en el ejército. Como Sam le reconoció en privado a Richard, aquello había sido una gran decepción para él, pues la suya era ya la tercera generación de militares en West Point. Pese a todo, a Steve le había ido muy bien en la facultad de derecho y había conseguido entrar a formar parte de un excelente bufete legal.

Después de graduarse, Sophie había encontrado trabajo en las Naciones Unidas como traductora e intérprete de inglés y francés, añadiendo a sus aptitudes un buen dominio del chino y el ruso, y tanto Steve como sus padres estaban muy impresionados por la madurez de la joven. Él tenía veintisiete años y había trabajado dos años en un banco antes de ingresar en la universidad, donde se había sacado el título de derecho y un máster en administración de empresas. Era una persona seria y de sólidos principios, y se notaba que estaba tan enamorado de Sophie como ella de él. A pesar de su juventud, ambos eran muy maduros y estaban locos el uno por el otro.

Richard se opuso firmemente a que Sophie se quedara en Nueva York, pero Alex sabía que era una batalla perdida y al final logró convencerle de que tenían que dejar que su hija hiciera lo que realmente quería. Tenía casi veintidós años y las ideas muy claras, más o menos la edad de Alex cuando se marchó de Hampshire para trasladarse a Londres.

—Aquello era diferente —objetó Richard—. Estábamos en guerra.

—No estoy segura de que esa fuera la causa principal para

mí. Yo ya estaba preparada para abandonar el nido y la guerra no fue más que una buena excusa. Y ahora Sophie también está lista para volar por su cuenta —concluyó Alex con resignación.

En agosto, Steve y Sophie pasaron dos semanas en Hampshire, y el joven le pidió a Richard la mano de su hija. Él le dio su bendición con lágrimas en los ojos. Detestaba la idea de que Sophie se quedara en Estados Unidos, pero no podía impedírselo. Y también detestaba que Alex hubiera tenido razón.

Se comprometieron en Navidad y se casaron al verano siguiente en Nueva York. Alex y Richard habrían querido que la boda se celebrara en Hampshire, pero todos los amigos de la pareja vivían en Estados Unidos, así que acabaron cediendo. Sus futuros consuegros les caían muy bien; eran gente buena, decente y respetable, con firmes valores. Steve y Sophie parecían demasiado jóvenes para contraer matrimonio, pero Alex le recordó a Richard que ellos también lo habrían hecho mucho antes de no haber estado en guerra.

—En vez de eso, nos veíamos cuando podíamos en hoteles baratos, fingiendo estar casados y con el miedo constante a que nos mataran a alguno de los dos en cualquier momento. La verdad, prefiero verlos felizmente casados —le aseguró Alex con un suspiro—. Sophie es joven, pero tiene muy claro lo que quiere. Creo que la asustamos un poco con nuestro estilo de vida, arrastrándola por todo el mundo porque era lo que nosotros queríamos hacer. Lo único que Sophie quiere ahora es echar raíces en algún lugar y no tener que volver a trasladarse. Y, sin duda, es lo mejor para ella.

Steve también se sentía igual con respecto a su infancia. Los padres de ambos habían escogido unas trayectorias vitales y profesionales que no se ajustaban a la voluntad y los deseos de sus hijos, aunque les hubieran ofrecido unas vidas francamente interesantes y llenas de experiencias enriquecedoras.

—Trabajar para el cuerpo diplomático fue la única salida que vi para nosotros tras acabar la guerra —reconoció Richard en tono de disculpa.

—Y fue lo mejor para nosotros —repuso Alex—, pero creo que no lo fue para Sophie. Ella es más feliz ahora. Y casarse con Steve le hará mucho bien. Es un buen chico. Sophie no quiere el estilo de vida aventurero que hemos llevado nosotros, y Steve no quiere el estilo de vida militar que ha llevado su padre.

Mientras la escuchaba, Richard sabía que su esposa tenía razón. Casi siempre la tenía, y además conocía muy bien a su hija.

Sophie y Steve se casaron en junio de 1975, un año después de graduarse. Ella tenía veintidós años y él veintiocho, una edad que podía parecer demasiado temprana para contraer matrimonio, pero que en realidad no lo era tanto. Los padres de Steve también se habían casado muy jóvenes.

Los bebés no tardaron en llegar, ya que ambos estaban deseando tenerlos y se sentían preparados para ser padres. Tuvieron tres hijas. Sabrina nació justo un año después de la boda. Alex voló a Nueva York en cuanto se produjo el feliz acontecimiento. Era una niña preciosa, clavadita a Sophie, y los nuevos padres estaban orgullosos y exultantes. Cuando la tomó en brazos, Alex se echó a llorar. No había esperado sentir algo tan intenso y profundo por su nieta.

Dos años más tarde nació Elizabeth, una niña rubita de aspecto angelical, como una princesa de cuento de hadas. Y al cabo de solo un año llegó Charlotte, un accidente imprevisto, aunque fue recibida con el mismo cariño y amor. Con tres hijas en cuatro años, se mudaron a una casa en Connecticut. A Steve le iba muy bien en el bufete, y Sophie había dejado de trabajar desde que se quedó embarazada de Sabrina. Se sentía muy feliz en casa cuidando de las pequeñas, para lo cual contaba con la ayuda de una muchacha irlandesa. Sophie estaba encantada con su marido, con las niñas y con su hogar. Después del nacimiento de Charlotte se convirtió en ciudadana estadounidense, algo que le rompió el corazón a Richard. No obstante, conservó la doble nacionalidad, lo cual mitigó un tanto su frustración.

Alex habría deseado que vivieran más cerca pero, al fin y al cabo, se encontraban a solo unas cuantas horas de avión. No pensaba repetir el error que había cometido su madre, que nunca fue a visitarles, aunque las circunstancias y los lugares donde ellos habían vivido habían hecho que resultara mucho más difícil. Viajar a Nueva York en ese momento era bastante sencillo, y la llenaba de emoción ver a Sophie tan feliz y realizada. Se sentía por fin a gusto consigo misma: tenía la vida que siempre había deseado y que encajaba con su forma de ser.

Todos los veranos, Sophie llevaba a las niñas a visitar a sus abuelos en Hampshire durante un mes. Steve tenía mucho trabajo y se les unía durante las dos últimas semanas, y luego los cinco se iban a Maine para el resto de las vacaciones. Alex disfrutaba mucho del tiempo que pasaba con sus nietas, e iba a visitarlas a Nueva York dos o tres veces a lo largo del año. Le encantaba que fueran tan diferentes y que cada una hubiera mostrado su propia personalidad desde el momento mismo de nacer. Sabrina era una niña muy seria, y conforme crecía se veía que iba a tener un carácter bastante conservador y tradicional. Era una fanática de la equitación, al igual que lo había sido su abuela de joven, y pasaba todo el tiempo que podía con los caballos que Alex y Richard compraron cuando regresaron a Inglaterra. Alex también seguía montando a menudo y salía a cabalgar con Sabrina cuando las niñas estaban de visita.

Elizabeth era la princesa de la familia, y sus hermanas solían tomarle el pelo al respecto. Le gustaba llevar vestidos bonitos, ir a fiestas y salir a divertirse. Siempre tenía a su alrededor un montón de novios y admiradores y decía que su mayor sueño era casarse luciendo un vestido de novia maravilloso. Se quedaba embelesada mirando las fotografías de su abuela en el Baile de la reina Carlota. A Alex todo aquello le parecía ridículamente anticuado, pero a su nieta le fascinaba y le habría encantado vivir una experiencia así. Sophie había celebrado su presentación en sociedad en el Baile Internacional de Debutantes en Washington en su primer año de universidad, y sus padres habían volado desde Inglaterra para asistir al evento.

Charlotte era la aventurera del grupo, siempre dispuesta a hacer travesuras y cometer temeridades. No le tenía miedo a nada y estaba ansiosa por explorar más allá de los horizontes de su mundo. A medida que crecía, le gustaba cada vez más escuchar hablar a su abuelo sobre los lugares en los que habían vivido. Le parecía algo exótico y deslumbrante.

Las niñas tenían catorce, doce y once años cuando, durante su visita anual a Hampshire, Richard les contó, a ellas y a su madre, que Alex había sido espía durante treinta años. Las cuatro se quedaron estupefactas y fascinadas y quisieron saberlo todo al respecto. Sophie se horrorizó al darse cuenta de lo poco que conocía a su propia madre. Sabrina se sintió llena de admiración por su abuela, mientras que Elizabeth pensó que aquello era demasiado impactante y aterrador. Por su parte, Charlotte quiso empaparse de todo y conocer todos los detalles. Sophie se quedó conmocionada al enterarse de algunas historias, especialmente las de su colaboración con la SOE en tiempos de guerra. Y no tenía la menor idea de que, durante las tres décadas que su padre había trabajado como miembro del cuerpo diplomático, su madre había sido una agente de los servicios secretos británicos. Había oído algo acerca de sus experiencias como voluntaria durante la guerra, pero Alex siempre se había mostrado muy discreta y nunca había alardeado al respecto.

—¿Por qué nunca he sabido nada de todo esto? —le preguntó Sophie a su madre, refiriéndose a sus años en el MI6.

—Porque no debías saberlo. Durante veinte años no pude contarle nada a nadie sobre mi colaboración con la SOE. Tu padre tampoco lo sabía, o al menos eso creía yo. Cuando volvimos de Washington y dejé de trabajar para el MI6, se lo conté todo. Él me confesó que lo había sabido desde el principio, pero que consideró que era mejor no decir nada.

Ante la insistencia de Richard, Alex les enseñó a las niñas las medallas que le habían concedido tras la guerra, lo cual hizo que todo aquello les pareciera más real.

Para entonces, Richard tenía ya ochenta y dos años y se había retirado, aunque seguía estando sano y robusto. Conservaban el apartamento en Londres, pero no iban a menudo. Él prefería la vida tranquila de Hampshire, mientras que Alex viajaba ocasionalmente a la capital para ir de compras y ver a sus viejas amistades. Bertie había fallecido hacía algunos años, pero antes de su muerte habían seguido siendo buenos amigos y quedaban para comer de vez en cuando. Ahora Alex disponía de tiempo libre para hacer todo aquello que no había podido hacer antes. Y aunque tenía ya setenta y cuatro años, parecía diez años más joven. Disfrutaba mucho del mes que pasaba cada verano con su hija y sus nietas, pero era consciente de que Sophie no sentía ningún apego por la finca de Hampshire. Era un lugar al que iba de visita y al que llevaba diligentemente a sus hijas para que vieran a sus abuelos, pero su corazón estaba con Steve en Estados Unidos. Se sentía más americana que inglesa. Estados Unidos era el país que había elegido como hogar y en el que había vivido desde los catorce años, desde que se marcharon de Moscú.

Sabrina era la que más disfrutaba de sus estancias en Inglaterra, y al final acabó matriculándose en Oxford. Visitaba a sus abuelos con regularidad y pasaba los fines de semana con ellos. Un día se presentó acompañada por el chico del que se había enamorado en la universidad. Era el clásico aristócrata británico, el prototipo con el que Victoria habría deseado que Alex se casara, aunque tuvieron que pasar dos generaciones para que eso ocurriera finalmente. El padre era un marqués con grandes extensiones de tierra y el joven acabaría heredando el título en calidad de primogénito.

Al igual que su madre, Sabrina se casó muy joven. Y, para gran alegría de Alex y Richard, la boda se celebró en Wickham Manor. Ella tenía veintidós años y Anthony, el novio, veinticinco. El hecho de que decidieran celebrar el enlace en Hampshire significó mucho para Alex. Richard acababa de cumplir noventa años y cada vez estaba más frágil, y viajar a Estados Unidos habría supuesto un esfuerzo demasiado grande para él. Así que de ese modo, felizmente, pudo asistir al enlace de su nieta.

Para no ser menos, Elizabeth se casó al año siguiente. La joven Lizzie tenía un carácter menos serio, más frívolo que el de su hermana mayor, quien en ese momento estaba acabando un máster en arqueología en Oxford. Elizabeth se había comprometido con Matthew, un hombre diez años mayor que ella que pertenecía a una familia de banqueros, que la trataba como una princesa y la mimaba en exceso. Lizzie quería celebrar una boda fastuosa, así que Sophie tuvo que planificar un gran enlace en Nueva York para cuatrocientos invitados, algo de lo que disfrutó enormemente, ya que no tenía mucho más que hacer. Elizabeth quería casarse ese mismo verano, justo después de graduarse en la universidad. En otoño empezaría a colaborar en una publicación de moda, mientras que Matthew seguiría trabajando para la corporación bancaria de su familia. Aparecían habitualmente en las revistas glamurosas, donde los consideraban como «la pareja de oro», y Sophie le enviaba a Alex todos los recortes que salían en la prensa rosa. Con el tiempo, Elizabeth había acabado pareciéndose cada vez más a la dulce niñita que había sido su madre de pequeña.

Alex y Richard eran conscientes de que él se encontraba muy débil para asistir a la boda en Nueva York. Un gran evento social de ese tipo representaría demasiado esfuerzo, así que Richard le pidió a su esposa que fuera ella sola para ver cómo se casaba su segunda nieta.

Alex llegó a Nueva York una semana antes del enlace para ayudar a Sophie con los preparativos y se quedó hasta dos días después. Eso le dio la oportunidad de pasar más tiempo con Charlotte. Acababa de graduarse en ciencias políticas por Harvard después de terminar la carrera con un año de antelación: la joven siempre había ido con prisas por la vida.

—No me digas que tú también te vas a casar... —le dijo Alex cuando llegó a Nueva York. Charlotte se echó a reír.

—Para nada, abuela. Tengo otros planes. Quiero viajar. De hecho, he tenido una idea: ¿podríamos ir juntas a Hong Kong algún día? Me gustaría conocer el lugar en el que vivisteis tú y el abuelo y en el que creció mi madre... bueno, uno de los lugares donde creció. Todavía lo recuerda con mucho cariño, aunque dice que odiaba Moscú.

—Todos odiamos Moscú —admitió Alex—. Pues claro que iré contigo a Hong Kong, pero creo que ahora no deberíamos dejar solo a tu abuelo mucho tiempo.

Charlotte asintió. Richard había cumplido noventa y un años y ya le habían visto muy frágil en la boda de Sabrina. Esta y Anthony vivían en ese momento en Londres y volarían a Nueva York para asistir al enlace de Lizzie.

—Bueno, ¿y cuáles son tus planes? —le preguntó Alex a Charlotte, la más audaz y aventurera de sus nietas.

—Quiero conseguir un trabajo en Pekín —respondió con absoluta determinación. China era sin duda el futuro, y en esos momentos estaban ocurriendo allí cosas muy interesantes. Charlotte había tomado clases de chino en la universidad y hablaba mandarín con bastante fluidez—. Quiero vivir allí, y también ir contigo a Hong Kong algún día.

—Nunca fui a Pekín durante mi estancia allí —reconoció Alex en tono pensativo—. Entonces no se podía entrar en el país. Pero me gustaría mucho ir.

A sus ochenta y tres años seguía teniendo muchas ganas de viajar, aunque Richard ya no podía acompañarla. Ni siquiera le apetecía ir a Londres. No habían utilizado el apartamento en todo el año, pero a Alex le gustaba la idea de mantenerlo, por si quería ir a la capital por algo y pasar allí la noche. Sin embargo, cada vez le preocupaba más dejar solo a Richard. El ama de llaves le cuidaba muy bien, pero a Alex no le gustaba separarse de él más de unas horas.

En ese momento, Sophie se les acercó llevando en la mano las tarjetas con la planificación de los asientos para la boda.

—¿Qué estáis tramando? —les preguntó con aire distraído.

—Estamos planeando un viaje a China —respondió Charlotte.

—¿Ahora? —dijo Sophie muy sorprendida.

—Ahora no puedo dejar solo a tu padre —repuso Alex—. Solo estábamos soñando en voz alta —añadió sonriendo.

—Tal vez el año que viene —propuso Charlotte en tono esperanzado.

Entonces Sophie miró a Alex con cierta inquietud.

—Mamá, ¿te importaría sentarte en el banquete junto a mi suegro? —Su esposa había fallecido el año anterior, poco después de la boda de Sabrina—. Los dos estaréis solos. Y estoy teniendo pesadillas todas las noches con el tema de las mesas.

—Por mí estupendo —aceptó Alex—. Puedes sentarme donde te apetezca.

Habían alquilado una finca enorme en los Hamptons e iban a disponer una gran carpa en el jardín. Además, habían alquilado autobuses para trasladar a los invitados y que no tuvieran que conducir. La organización logística era como planificar una invasión militar. Alex comentó que todo aquello le recordaba al Día D, pero Sophie lo tenía todo muy bien organizado y estaba disfrutando mucho.

La boda fue tan hermosa como Alex sabía que lo sería. Elizabeth lució un vestido confeccionado expresamente para ella en París y, mientras avanzaba camino del altar del brazo de su padre, parecía realmente una princesa de cuento de hadas. El enlace no tuvo nada del espíritu campestre británico que había caracterizado la boda de Sabrina. Aquello fue puro glamour hollywoodiense, y la revista *Vogue* se encargó de cubrir el evento. Lizzie llevaba un ajustado vestido de satén blanco que realzaba su figura, con una cola de unos seis metros de largo y velo de encaje. Parecía una auténtica estrella de cine y todos los asistentes se quedaron boquiabiertos al verla. Sus dos hermanas ejercieron como damas de honor, ataviadas con vestidos de satén azul claro. Sophie llevaba un modelo de organza color esmeralda, mientras que Alex lució un vestido de encaje azul marino que ceñía su todavía esbelta figura, aunque de forma apropiada a su edad. La madre del novio iba mucho más emperifollada, en tonos dorados.

La boda se ofició a las siete de la tarde y fue una celebración de alto postín en la que todo resultó perfecto. Las mesas presentaban un aspecto maravilloso con sus arreglos florales de delicadas orquídeas blancas. El banquete estuvo amenizado por una orquesta de baile de doce músicos, y para el final de la noche habían dispuesto una carpa separada en la que un famoso disc-jockey se encargaría de la música. Habían tardado dos días en instalar todo el sistema de iluminación y sonido. Alex no pudo evitar sonreír cuando vio a Sophie bailando con Steve. Se les seguía viendo enamorados después de veinticuatro años. Por su parte, Richard y ella llevaban casados ya cincuenta y cuatro años.

Alex disfrutó mucho del lugar que le tocó durante el banquete. El general Bennett, el padre de Steve y abuelo de la novia, fue una excelente compañía. Se había retirado del ejército unos años antes, aunque el Pentágono seguía recurriendo a él como asesor y participaba en numerosos consejos militares. Sam le explicó a Alex que el año anterior había estado impartiendo un curso en West Point y que le había gustado mucho la experiencia.

—Y nuestra nieta Charlotte me contó algo muy interesante —añadió, sonriendo a Alex.

Se notaba que también estaba muy complacido con la compañía. La muerte de su esposa había supuesto un gran trastorno y ahora intentaba mantenerse ocupado la mayor parte del tiempo posible.

—Charlotte siempre me cuenta cosas interesantes —repuso Alex, sonriendo a su vez—. Cuando llegué, me pidió que hiciéramos juntas un viaje a Hong Kong y a Pekín. Hong Kong me encantó cuando vivíamos allí. Creo que es el único lugar en el que Sophie se sintió a gusto, aparte de Washington. Y ahora se siente estadounidense de corazón.

—Charlotte me contó que fuiste espía —prosiguió Sam sin perder la sonrisa—. ¿Es eso cierto?

No estaba seguro de si su nieta había exagerado o no.

—Supongo que sí —respondió ella, un tanto azorada—. Colaboré con la SOE durante la guerra, realizando misiones de espionaje y sabotaje tras las líneas enemigas. Y también trabajé para la Inteligencia Militar británica entre 1946 y 1970.

—¿Y Richard lo sabía?

Se le veía profundamente impresionado. Había oído hablar mucho de la SOE en los círculos militares, y también había colaborado con el MI6.

—Se lo conté todo cuando dejé de trabajar para los servicios secretos, aunque él me dijo que lo había sospechado desde el principio. El MI6 me reclutó cuando me casé con Richard y él entró a formar parte del cuerpo diplomático. Me lo propusieron poco antes de marcharnos a la India, y acepté. Pero Richard no lo supo a ciencia cierta hasta después de retirarme. No podía contárselo, aunque él siempre lo sospechó. Me conoce demasiado bien. Y supongo que mi preciado subfusil Sten le dio alguna pista —añadió riendo.

—Tuvo que ser muy interesante trabajar para la Inteligencia Militar en esa época —comentó Sam—. La independencia de la India y Pakistán, y más tarde la Guerra Fría...

—Bueno, hubo ocasiones en que pasé mucho miedo en Rusia —admitió ella sin dejar de sonreír—. Me aterraba la idea de que en cualquier momento descubrieran que era una espía y me encerraran o me asesinaran. En aquel entonces había muchos desertores británicos trabajando como agentes dobles para los rusos y nunca podías saber en quién confiar. Fue un gran alivio cuando por fin nos trasladaron a Washington. Allí pasamos unos años estupendos.

—Tampoco debió de resultar fácil trabajar durante la guerra tras las líneas enemigas.

—No lo fue —confirmó ella, aunque sin ofrecer más detalles.

—Creo que nunca había conocido a una espía, al menos que yo supiera que lo era —dijo él sonriendo—. Siempre había pensado que los espías eran hombres.

—Durante la guerra hubo algunas agentes femeninas increíblemente buenas —repuso ella con firmeza.

—Charlotte me contó también que te concedieron dos medallas.

Entonces Alex se sintió bastante avergonzada. No estaba acostumbrada a hablar de aquel tema. Nunca lo había hecho, salvo con Richard, Sophie y sus nietas.

—Deben de estar por ahí, metidas en algún cajón.

—Deberías estar muy orgullosa de los servicios que prestaste a tu país —comentó él en un tono de profundo respeto, y ella se sintió conmovida por la seriedad con que lo dijo.

—Viniendo de un general, es muy generoso por tu parte. Estoy segura de que mi contribución fue mucho menos importante que la tuya.

—Lo dudo. ¿Te apetece que sigamos hablando de ello mientras bailamos? Me gustaría bailar un poco antes de que empiecen con la música disco.

Ella se echó a reír y dejó que él la condujera hasta la pista. Sam era un excelente bailarín y lo pasaron muy bien juntos. Tenía setenta y nueve años, aunque parecía mucho más joven y estaba en muy buena forma. Hablaron sobre política y sobre los muchos lugares en los que habían vivido, y al final de la velada volvieron juntos a la ciudad en uno de los autobuses dispuestos por la organización. Luego él la acompañó en un taxi hasta el hotel St. Regis.

—Lo he pasado muy bien esta noche, Alex —le aseguró Sam—. No hay muchas mujeres con las que se pueda hablar de espionaje o que entiendan realmente lo que es vivir en tiempos de guerra.

—De eso hace ya mucho tiempo —repuso ella sonriendo. También había disfrutado mucho de la velada—. Llámanos si vienes alguna vez por Inglaterra.

—Lo haré —respondió Sam, quien seguía viviendo en Washington, atendiendo a sus labores de asesoría militar para el Pentágono.

Al día siguiente, Alex asistió al brunch que se celebró en el Carlyle para la familia y los amigos más cercanos. Sam ya había regresado a Washington y los recién casados se habían marchado a primera hora para disfrutar de su luna de miel, que pasarían en París y el sur de Francia. Alex felicitó a Sophie por haber organizado una boda tan maravillosa, y al día siguiente tomó un vuelo para volver a Londres. Cuando llegó a Hampshire, Richard estaba a punto de acostarse. Le había llamado el día anterior para contarle todos los detalles del enlace.

—Te he echado mucho de menos —le aseguró Alex, y le dio un beso.

Richard sonrió.

—¿Con quién te sentaste en el banquete? —le preguntó.

—Con el padre de Steve. Me dio recuerdos para ti. Charlotte le había contado que trabajé para la SOE y el MI6, lo cual nos dio mucho de lo que hablar.

—Tampoco tuvisteis mucho problema para encontrar tema de conversación el año pasado en la boda de Sabrina. Ese hombre te tiene echado el ojo, querida.

—No digas tonterías. Soy una anciana. Sam no va detrás de mí.

—Pues a mí me parece que sí.

—Espero que eso signifique que estás celoso. Eso sí que me haría ilusión —repuso Alex, y volvió a besarle.

Después le acompañó escaleras arriba hasta el dormitorio. La destrozaba ver lo cansado que parecía y lo mucho que se había deteriorado su estado en los últimos meses, como una vela que empezara a consumirse. Le ayudó a meterse en la cama y se tumbó junto a él para contarle más detalles acerca de la boda. Mientras le hablaba, Richard se quedó dormido, y ella permaneció a su lado sosteniéndole la mano.

Por la mañana parecía encontrarse mejor y salieron a dar un agradable paseo. Richard seguía teniendo la mente totalmente lúcida, pero su cuerpo le fallaba. Los ocho años de diferencia entre ambos parecían ahora un abismo insondable.

A la semana siguiente, Richard cogió un resfriado. Alex llamó al doctor, que vino a visitarle y dijo que se encontraba bien, pero que debía abrigarse y guardar cama unos días. Ella le llevaba la comida en una bandeja y veía cómo poco a poco se iba debilitando cada vez más. La angustiaba verle así: parecía haber envejecido años en cuestión de semanas. Por las tardes se sentaba junto a su cama y leía mientras él dormía, sin apartarse de su lado y siempre atenta por si necesitaba algo. Pero, básicamente, lo único que hacía era dormir.

Una noche, mientras ella le ayudaba a meterse en la cama, Richard dijo:

—Mañana saldremos a dar un paseo. Estoy cansado de estar tumbado aquí todo el tiempo.

Se le veía muy pálido y delgado.

—Muy bien. Mañana saldremos a pasear —accedió ella mientras le arropaba y le besaba en la mejilla.

Cuando Alex se metió en la cama, Richard la cogió de la mano. Al cabo de unos minutos, ella oyó su respiración sosegada. Permaneció tumbada junto a él, deseando que recuperara parte de su energía y vitalidad, o al menos poder darle algo de la suya. Le acarició suavemente la cara y luego se quedó dormida. Cuando Alex se despertó por la mañana, él yacía apaciblemente, pero ya no estaba allí.

Richard había muerto mientras dormía, tendido junto a su esposa. Alex había estado a su lado hasta el último momento, y pensó agradecida que al menos no había fallecido mientras ella estaba en Nueva York en la boda de Lizzie. Se quedó tumbada junto a él un rato más, luego se levantó, le besó en la mejilla y salió en silencio de la habitación. Era consciente de que ese momento tenía que llegar, pero no estaba preparada para ello, y sabía que nunca lo estaría. Después de cincuenta y cuatro años, no podía concebir la vida sin Richard. Estaban hechos el uno para el otro. Le faltaba el aire cuando pensaba en la idea de tener que seguir adelante sin él.

Se sentó en la cocina y llamó a Sophie para comunicarle la noticia. Su hija se quedó terriblemente conmocionada. Tampoco ella estaba preparada para perder a su padre.

—Lo siento muchísimo, mamá. Saldré para allí hoy mismo.

Alex asintió, con las lágrimas rodándole por las mejillas.

—No puedo imaginarme la vida sin él. Nunca podré.

El dolor que sentía le recordó de pronto la pérdida de su pequeño Edward, solo que esto era infinitamente peor. Richard y ella habían sido compañeros de vida durante más de medio siglo.

Después de colgar, Alex llamó al vicario y a la funeraria. Vestida con un sencillo traje negro, contempló cómo se llevaban el cuerpo. Luego salió a dar un largo paseo hasta el lago, sintiendo en todo momento que Richard estaba junto a ella y que siempre lo estaría. Habían compartido tantas cosas que iba a echarlo terriblemente de menos. Y sintió que aquella pérdida le provocaba un dolor como nunca había sufrido en la vida.

19

Esa noche, por primera vez en muchos años, Alex durmió sola en la cama que habían compartido. Se levantó a las seis y se preparó un té. Sophie llegó al cabo de unas horas con Charlotte. Habían tomado el vuelo nocturno procedente de Nueva York. Sabrina había prometido que llegaría esa tarde desde Londres con Anthony, y Lizzie y Matthew volarían desde París, donde estaban acabando de pasar su luna de miel. Steve vendría también al final del día para estar junto a Sophie. Por la noche, la mansión se llenó de voces y de gente: su hija y sus nietas, su yerno y los maridos de dos de sus nietas. Alex se alegraba mucho de que estuvieran allí y deseó que Richard también hubiera podido presenciarlo. Así era como debería haber estado siempre la casa, vibrante de vida y juventud.

Dos días más tarde, Richard recibió sepultura en el cementerio familiar junto a las tumbas de los padres y los abuelos de Alex, y junto a las lápidas de sus dos hermanos muertos en la guerra. A su regreso de Pakistán, Alex también había ordenado colocar una pequeña lápida para recordar a Edward.

Después del funeral, volvieron a la casa y almorzaron todos juntos. Sophie se encargó de organizarlo todo junto con el ama de llaves, y las chicas también ayudaron. Comieron y charlaron, y por la tarde salieron a dar un largo paseo, tal como Richard había deseado hacer justo antes de morir. Pero al cabo de dos días, cuando todos tuvieron que marcharse, la casa se quedó terriblemente vacía.

Durante los seis meses siguientes, Alex se sintió desolada y perdida, dando vueltas por la casa sin saber qué hacer con su vida sin Richard. De vez en cuando iba a Londres y se quedaba en el apartamento, pero también allí se sentía de lo más extraña. Seguía sin poder creer que él ya no estuviera. No se acostumbraba a la idea de no tener a Richard junto a ella y poder hablar con él. Sophie la invitó a pasar las Navidades en Nueva York, pero prefirió quedarse en Hampshire a solas con sus recuerdos.

Al año siguiente, Charlotte obtuvo un máster en ciencias políticas por la Universidad de Harvard. Alex se sentía tan orgullosa de ella que asistió a la ceremonia de graduación.

Sam Bennett también estaba allí. Le dijo lo mucho que había lamentado el fallecimiento de Richard y le preguntó cómo se encontraba.

—Estoy bien —respondió ella, sin poder disimular su aflicción.

—Al principio resulta muy extraño. Y muy duro. El mundo pierde todo su sentido al no tener a ese ser querido junto a ti, pero poco a poco te acostumbras y sigues adelante con tu vida.

Alex asintió. Sam lo había descrito a la perfección. Él también había tenido que sobreponerse a la muerte de su esposa dos años atrás. Ahora ella tenía ochenta y cuatro años y él ochenta. Ambos habían perdido la mitad de lo que antes sentían como un solo ser, una mitad que ya no existía.

Durante el almuerzo que tuvo lugar después de la graduación, Charlotte le dijo:

—¿Cuándo vamos a ir a China, abuela?

Alex se sintió invadida por la melancolía, preguntándose

si no resultaría demasiado doloroso hacer un viaje así ahora.

—Empezaré a trabajar en noviembre en Pekín —añadió Charlotte. Alex se quedó muy impactada—. Pero antes tengo que pasar por un período de formación, así que deberíamos ir este verano.

—¿Qué tipo de trabajo? —le preguntó Alex, llena de curiosidad.

—Para un periódico —contestó su nieta con cierta vaguedad—. Tenían un puesto para un corresponsal extranjero y lo he aceptado. Si no te apetece viajar ahora, podrías venir a verme más adelante, cuando ya esté instalada. Podríamos encontrarnos en Hong Kong.

—Pues sí, estaría bien —accedió Alex, muy intrigada—. ¿Y qué tipo de formación vas a recibir?

Charlotte apartó la vista al responder.

—Ya sabes, el tipo de cosas que te enseñan cuando vas a trabajar en un país extranjero.

—Pero ya hablas chino con bastante fluidez —le recordó Alex, escrutando fijamente la cara de su nieta.

Se fijó en que Sam también la observaba con atención. Sus miradas se cruzaron durante un largo momento.

—¿De qué tipo de trabajo se trata? —le preguntó ella discretamente cuando Charlotte se alejó de la mesa para hablar con unos amigos y se quedaron los dos solos. Él le sonrió.

—Supongo que tu cláusula de confidencialidad te obligaba a guardar secretos más importantes que los míos, así que puedo decírtelo. Va a ir a Quantico.

—¿Quantico?

A Alex le sonaba mucho, pero durante un momento no estuvo muy segura de a qué se refería.

—La CIA —respondió Sam en voz muy baja para que nadie pudiera oírlos—. Allí también forman a agentes del FBI, pero ella está más interesada en asuntos internacionales, no en los nacionales. Es más o menos como vuestros MI5 y MI6.

Alex se quedó anonadada.

—¿Va a recibir formación de la CIA? —preguntó en un susurro, y Sam se echó a reír.

—Tú más que nadie deberías entenderlo. Por lo visto es algo genético. Está siguiendo tus pasos.

—¡Pero eso es muy peligroso!

—¿Acaso no lo fue para ti? Todos ellos tienen que seguir sus propios caminos, tal como hicimos nosotros. Steve no quería ni oír hablar de ir a West Point, y Sophie odiaba la idea de tener que crecer viajando por todo el mundo, hasta que al final llegó a no sentir ningún apego por Inglaterra. En cambio, Sabrina es más británica que los propios británicos, y los hijos que tenga con Anthony también lo serán. Lizzie quiere llevar una vida llena de glamour en Nueva York, algo que ni a ti ni a mí nos interesa. Y ahora Charlotte quiere convertirse en una agente de no sé qué tipo, tal vez una espía, como tú lo fuiste. Y quién sabe, quizá algún día tengamos un bisnieto que acabe yendo a West Point. Todos son como son, no porque nosotros hayamos querido eso para ellos, sino a pesar de nuestros deseos y aspiraciones. Pero está claro que, de todas tus nietas, Charlotte es la que más se parece a ti. Es una chica valiente, audaz, apasionada, increíblemente brillante, y si se convierte en espía será una espía condenadamente buena, como lo fuiste tú. Y sea lo que sea lo que vaya a hacer en Pekín, nunca nos lo contará, del mismo modo que tú no lo hiciste.

Mientras escuchaba hablar a Sam, Alex sabía que tenía razón, y que si Charlotte iba a trabajar para la CIA sería una magnífica agente. Solo de pensar en ello, se sintió tremendamente orgullosa. Cuando la joven regresó a la mesa, Alex le sonrió.

—Creo que iré a verte una vez que estés trabajando en Pekín. Ahora hace demasiado calor allí. Y si te tomas unos días libres, podríamos ir a Hong Kong.

No le hizo más preguntas. Ahora sabía que no debía hacerlo.

Por la tarde, Charlotte fue a ver a su abuela al hotel para despedirse antes de que esta regresara a Inglaterra.

—Tengo un regalo de graduación para ti —le dijo Alex con una sonrisa.

Antes de la ceremonia le había regalado unos discretos pendientes de diamantes que Charlotte ya llevaba puestos. Alex rebuscó en su bolso, sacó un pequeño objeto y se lo tendió en la palma de la mano. Cuando vio de qué se trataba, la joven se quedó estupefacta.

—¿Es tuya?

Era la pistola que había acompañado a Alex durante casi toda su vida.

—La he llevado conmigo durante más de cincuenta años. Es casi una pieza de anticuario, como yo. Y ahora es tuya. —Se la entregó con las balas por separado. Había sacado la munición cuando llegó al hotel—. Buena suerte en Quantico —añadió en voz baja.

—¿Cómo lo sabes? —preguntó Charlotte, acunando la pequeña pistola en su mano.

—Tu abuelo me lo ha contado. He sido espía, no vidente. Y, por cierto, sigue funcionando muy bien. Siempre he sido muy buena tiradora —añadió con una voz que volvió a sonar juvenil. Charlotte se echó a reír—. Y, hagas lo que hagas, que no sea porque intentas parecerte a mí. Tienes que seguir tus propios sueños, seguir lo que te dicta el corazón.

—Siempre he querido hacer algo como esto, sobre todo desde que el abuelo nos contó que habías sido espía. No estoy preparada para casarme y sentar cabeza como mis hermanas, al menos no durante mucho tiempo. Quiero volar por mi cuenta y me siento lista para extender las alas y lanzarme. —Volvió a mirar la pistola y luego a Alex—. ¿No la necesitarás, abuela?

—Creo que a mi edad no quedaría muy bien ir disparando a la gente por ahí. Aunque mi técnica de yudo sigue siendo bastante buena —comentó Alex con una gran sonrisa, sintiéndose muy orgullosa de su nieta.

—Eres una mujer peligrosa, abuela.

Era un cumplido, y Alex lo tomó como tal.

—Antes lo era, pero ahora ya no tengo necesidad de serlo. Solo quiero decirte que tengas mucho cuidado. Aprende muy bien todo lo que te enseñen y sigue siempre tu instinto.

Era un consejo muy bueno no solo para el espionaje, sino también para la vida. Alex selló sus palabras con un beso y Charlotte se marchó poco después, con la pistola y las balas en su bolso. Su abuela nunca dejaba de sorprenderla. Desearía poder descubrir más cosas acerca de su extraordinaria vida, pero probablemente nadie llegaría nunca a saberlas. Era algo que formaba parte de su carácter y de la naturaleza de su trabajo.

Esa noche Alex tomó un vuelo de regreso a Londres. Cuando por fin llegó a Hampshire, lucía un hermoso día estival.

Salía todos los días a dar largos paseos, y hacia el final del verano empezó a sentirse bastante mejor. Sus nietas ya no venían a pasar el mes de vacaciones. Ahora tenían sus propias vidas, sus parejas, sus carreras. Charlotte estaba recibiendo formación en Quantico, algo que sus padres desconocían. Solo Sam y Alex estaban al tanto de que su trabajo en el «periódico» de Pekín era una tapadera para su primera misión con la CIA.

Una tarde, Alex estaba pensando en todas esas cosas cuando de pronto sonó el teléfono. Era Sam Bennett, que la llamaba desde Londres.

—¿Qué estás haciendo aquí? —le preguntó, muy sorprendida al oír su voz.

—He venido a dar una conferencia en la Real Academia Militar sobre la guerra de Vietnam, sobre en qué nos equivocamos. ¿Puedo invitarte a cenar?

A Alex le encantó la idea. Siempre disfrutaba mucho hablando con él en los eventos familiares, y a Richard también le había caído muy bien.

—Pues claro. Podemos intercambiar batallitas de guerra. Y después podrías venirte a pasar unos días a Hampshire. Ya conoces Wickham Manor, mi encantadora mansión con cientos de años de historia familiar como para aburrirte, y donde poder dar largos paseos y disfrutar de su precioso lago.

Sam ya había estado allí para la boda de Sabrina y le había impresionado mucho.

—Parece un lugar muy agradable para dos viejos veteranos de guerra como nosotros. Me haría mucha ilusión ir. A las chicas les encanta, e incluso Sophie ha tenido que admitir a regañadientes que a ella también le gusta. Entonces ¿cenamos mañana en Londres?

—Me parece estupendo. Tengo un apartamento en Kensington y pasaré allí la noche. ¿Dónde te estás alojando?

—En el Connaught.

Era un pequeño y elegante hotel de lo más distinguido, muy apropiado para un general.

—Si quieres, puedo recogerte en el hotel —propuso ella.

—Perfecto. ¿A las ocho?

—Estupendo. Y, Sam, muchas gracias por todo. Por el sabio consejo que me diste sobre dejar que Charlotte extendiera sus alas para volar y perseguir sus sueños... Y por llevarme a cenar. Ya empezaba a aburrirme aquí.

—Tenemos mucho de lo que hablar —dijo él muy animado—. El general y la espía. Parece la trama de una novela.

—No creo que me quede tiempo como para llenar un nuevo libro —comentó ella riendo—. Aunque tal vez sí un capítulo o dos.

—Bueno, ya veremos cómo avanza esta historia. Llevo esperando esto mucho tiempo. Ya me fijé en ti en la boda de Sophie y Steven, pero mi esposa era una buena mujer y tu marido también era un buen hombre.

Richard tenía razón: le había dicho que Sam estaba por ella y no se había equivocado. A saber adónde podría llevar todo aquello. Tal vez a ninguna parte, pero él tenía muchas preguntas que hacerle, ella tenía muchas historias que contarle, y también quería escuchar las suyas.

—Entonces, mañana a las ocho —dijo Sam.

—Quiero que sepas que no iré armada. Le di mi pistola a Charlotte como regalo de graduación. Aunque todavía debo de tener mi viejo subfusil Sten por alguna parte —añadió Alex entre risas.

—Iré en son de paz —repuso él también riendo.

Estaba claro que lo pasaban muy bien juntos y no había nada malo en ello.

—Yo también —le aseguró ella.

—Hasta mañana, Alex.

—Gracias, Sam —dijo ella sonriendo, y colgó.